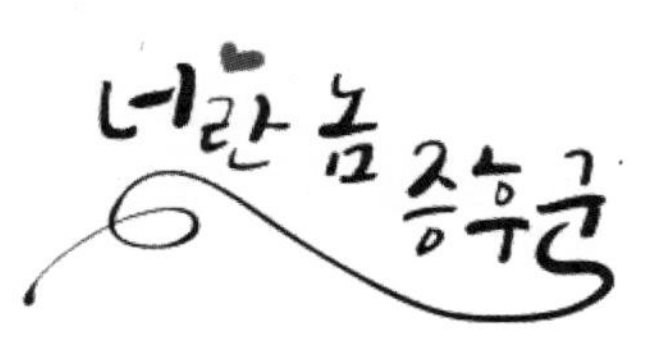
너란 놈 증후군

KB012820

초판 1쇄 찍은 날 | 2017년 8월 25일
초판 1쇄 펴낸 날 | 2017년 8월 31일

지은이 | 문희
펴낸이 | 예경원

편집 | 유경화 · 주승아

펴낸곳 | 예원북스
등록번호 | 제396-2012-000132호
등록일자 | 2012. 7. 25
YRN | 제1-0195호

주소 | 경기도 고양시 일산동구 호수로 646-24 위너스21-Ⅱ 206A호 (우) 10401
전화 | 031-819-9431 팩스 | 031-817-9432
http://cafe.naver.com/yewonromance
E-mail | yewonbooks@naver.com

ISBN 979-11-6098-444-6 03810

※ 이 도서의 국립중앙도서관 출판시도서목록(CIP)은 서지정보유통지원시스템 홈페이지(http://seoji.nl.go.kr)와 국가자료공동목록시스템(http://www.nl.go.kr/kolisnet)에서 이용하실 수 있습니다.

19세 미만 구독 불가

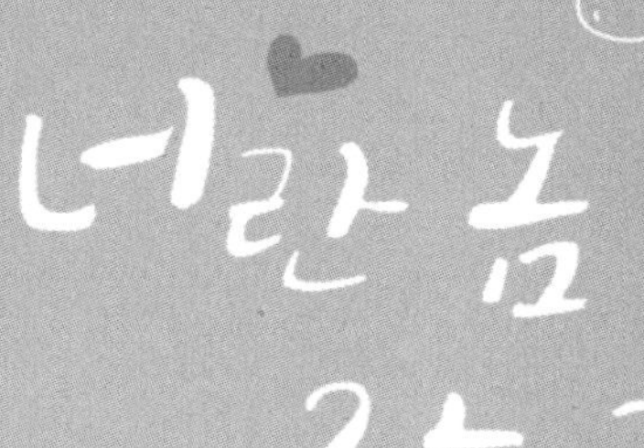

너란 놈 승후군

YEWONBOOKS ROMANCE STORY

문희 장편 소설

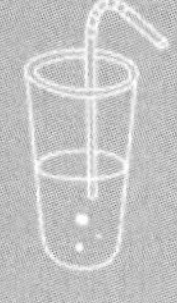

C · O · N · T · E · N · T · S

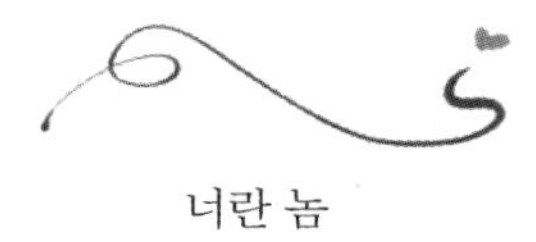

너란 놈

음침한 조명과 담배 연기가 자욱한 피막골의 한 주점에 그놈과 난 대치 중이었다. 허름한 이곳의 벽에는 수많은 사람들의 사연들이 적힌 낙서로 도배가 되어 있었고 탁자 위에는 해물파전과 동동주 단지가 놓여 있었다.

대학에 다니고서부터 달라진 많은 것들 중에 하나가 술을 마실 수 있다는 것이었다. 술을 마실 수 있다는 건 어른이 되었다는 뜻이었고, 난 분명히 성인 여자였다. 하지만 난 술을 마실 때면 항상 놈과 마셔야 했다. 다른 사람과의 술자리는 놈에겐 용납이 되지 않았다.

어쩌다가 술을 마시면 정신 줄도 한번씩 놓고 놈에게 덤벼도 보았지만 유도로 단련이 된 놈에겐 난 그저 작은 인형에 불과했다. 놈의 손에 양손이 잡혀 집에 끌려오기 다반사였다. 놈은 나에게 직접적인 폭력을 쓴 적은 없었지만 나에게 폭력을 행사하는 유일한 사람인 엄마에게 인계하는 아주 악질적인 놈이었다.

덕분에 난 언제나 등짝에 엄마의 손바닥 문신을 그리고 다녀야만 했다. 그러다 보니 나에겐 자유가 없었다. 짧은 치마를 입고 배꼽티란 걸 걸치고 홍대클럽에 가보는 게 소원이었지만 놈은 날 가만두지 않았다.

"따라."

"어?"

놈이 더 이상 말도 하지 않고 고갯짓을 하자 평생을 놈의 노예로 살아가고 있는 나의 손이 자동적으로 움직였다.

나의 눈이 놈을 빠르게 스캔했다. 오늘 상태를 보아하니 놈의 기분이 그다지 좋아 보이지 않았다. 이럴 땐 그냥 잠자코 놈의 옆에 붙어 있는 게 상책이었다. 나는 술을 마시는 놈의 얼굴을 몰래 훔쳐보았다. 솔직히 인정하고 싶진 않았지만 23년을 살면서 외모로는 놈을 따라갈 남자를 발견하지 못했다.

술이 놈의 두꺼운 목울대를 넘어가는 걸 난 넋을 잃고 보았다. 확실히 23살의 남자치고는 놈은 쓸데없이 섹시했다. 유도를 오랜 세월 해서 그런지 놈의 몸은 차돌처럼 단단했고 겉으로 보기에 근육들도 멋있었다.

다만 그걸 날 괴롭히는 데 주로 사용한다는 게 문제였지만 말이다. 놈은 사람들이 볼 때는 무척 신사적이었지만 둘이 있을 땐 본색을 드러냈다. 시키는 대로 안 하면 거꾸로 들어 올려 내려주지도 않았고 문제를 잘 못 풀면 자존심 상하게 볼펜으로 내 이마를 쿡쿡 찌르기도 했다.

같이 공부를 할 때면 놈은 날 노예 부리듯 했다. 물 떠오기, 라면 끓여 오기, 빵 사오기 등 온갖 잔심부름이 이제는 익숙해져 버렸다. 술을 먹던 놈이 날 쳐다보자 난 얼른 시선을 다른 쪽으로 돌렸다.

내 앞에서 인상을 쓰며 술을 마시는 놈의 이름은 강재희, 23살로 변호사 집안에 S대 법대 수석의 아주 머리가 좋은 놈 중에 최고봉인 놈은 지능적으로 날 괴롭혀 왔다. 쌍꺼풀이 가늘게 진 커다란 눈, 조각상같이 높은 코에 여자보다 더 빛이 나는 피부는 아주 곱상하게 생겨서 놈의 본모습을 가리고 있었다.

고등학교 때까지 유도부의 주장이었던 놈은 지역에서 알아주는 싸움꾼이었다. 하지만 그건 부모님들을 비롯한 선생님들까지 학생들을 제외하곤 비밀이었다.

“뭘 그렇게 봐?”

“아니야.”

녀석은 언제나 내 속마음까지 꿰뚫어 보는 것만 같았다. 매서운 눈이 언제나 사람을 주눅 들게 만들었다. 하지만 이 짓도 오늘이면 끝이다. 태어나면서부터 거의 한순간도 떨어지지 않았던 우리가 며칠도 아닌 몇 년을 떨어져 지낸다니 이건 나에게 하늘이 주신 축복이었다. 우리나라가 분단국가임을 처음으로 감사하게 생각했다.

"넌 친구도 없냐?"

"……."

간이 배 밖으로 나온 말을 하고는 놈의 눈이 나를 향하자 언제나처럼 기가 죽어 고개를 숙였다.

"아니, 그러니까 군대 가기 전날에는 친구들 만나야 하는 것 아냐?"

나는 얼른 싸한 분위기를 수습하기 위해 아무 말이나 막 던졌다.

"어제 만났어."

"아!"

그랬다. 어제는 일찍 집에 보내주었었다. 웬일인가 했더니 이유가 있었다. 나의 노예생활의 첫 번째는 집에 들어가기 전까지 녀석의 옆에 붙어 있는 것이었다. 그래도 아주 어릴 적엔 동등한 관계였는데 초등학교를 지나 중학교 때부터는 확실하게 놈과 나는 주종관계가 되었다.

난 다른 아이들에게 놈의 껌딱지로 불렸다. 이게 다 지나치게 인기가 많은 놈 때문이었다. 중학교 때부터 같은 학교 여자들의 공공의 적이 나였다. 방과 후에 끌려가서 맞기도 수차례였다.

그럴 때마다 놈이 날 구해줬고 난 놈에게 보호를 받게 되었다. 하지만 세상에 공짜는 없는 법, 그때부터 놈은 날 꼼짝 못 하게 자신의 옆에 붙여놓았다. 껌딱지처럼 말이다.

"왜?"

"아니, 그냥 궁금해서."

"그런 거 궁금해하지 마."

놈이 웬일로 나의 잔에 동동주를 부어주었다.

"마셔."

"진짜?"

"싫어?"

놈의 한쪽 눈썹이 올라갔다. 아주 마음에 들지 않는다는 소리였다.

"아니, 그런 게 아니라 넌 내가 술을 마시는 걸 아주 싫어하잖아."

놈이 군대 가는 것 때문에 제정신이 아닌지 잔을 들어 나에게 내밀었다.

"무슨……."

"건배도 몰라?"

건배라고 했다. 놈은 오늘 극도의 스트레스 때문에 정신이 나간 게 분명했다. 더 놀라운 건 멍하게 있는 나의 손을 잡아 나의 잔에 자신의 잔을 부딪치는 게 아닌가?

"미쳤어."

"뭐?"

내 입에서 속엣말이 흘러나오고 말았다.

"아아아악!"

불똥이 튈 차례였다. 나는 놈이 주는 딱밤이 세상에서 제일 아팠다. 잘 때리지는 않았지만 한번 맞고는 절대로 맞고 싶지 않은 딱밤이었다. 난 혹시나 해서 손으로 이마를 가리며 소리를 질렀다.

"시끄러!"

나의 비명은 그놈의 한마디에 꼬리를 내렸다. 하지만 이상하게 더 이상의 액션은 없었다.

나의 노예 인생이 내일이면 종지부를 찍는다. 그놈도 피해갈 수 없는 일이 있었다. 대한민국 사나이라면 피해갈 수 없는 군대를 놈이 간다.

"대한민국 만세!"

"입 다물어."

놈이 나를 무서운 눈으로 쳐다보고 있었다. 나는 입을 쭉하고 내밀었다. 내가 반항을 할 수 있는 유일한 것이었다. 유난히 검고 반짝이는 놈의 눈이 나를 바라보고 있었다. 평소의 무서운 눈빛이 아닌 알 수 없는 눈빛이었다.

세상에는 많고 많은 증후군들이 있다. 피터팬 증후군, 신데렐라 증후군, 리플리 증후군 등 뜻도 제대로 알지 못하는 수많은 증후군들이 있다. 하지만 난 그 수많은 증후군들 중에 가장 최악의 증후군에 빠져 버렸다. 결코 좋지 않은 증후군이다.

건강에 해로운 건 기본이고 치료약도 없다. 내 23년 인생에서 단 한 번도 벗어날 수 없는 놈 때문이었다. 우리는 산부인과 동기이자 소아과 동기요, 유치원 동창이자 초등학교, 중학교 동창이었다. 그나마 고등학교는 담장 하나를 사이에 둔 여고와 남고로 나뉘어졌지만 그 또한 의미가 없었다.

대학만은 벗어나기 위해 노력을 했건만 결국은 그놈이 과외선생을 자처해서 같은 대학에 다니게 만들었다. 그때를 생각하면 지금도 아찔했다.

이게 다가 아니다. 우리는 같은 빌라의 아래위 층에 산다. 태어나면서부터 지금까지 변함이 없었다. 나의 앨범은 놈의 앨범이었다. 사진마다 놈이 안 들어간 게 없었다.

악연이었다. 그런데 지금 2년이란 자유 시간이 나에게 주어졌다.

진실로 꿈같은 일이었다.

"너무 좋아하는 거 아냐?"

"어?"

나도 모르게 무의식적으로 웃었나 보다. 놈의 눈이 가늘게 변하더니 동동주 한잔을 입안에 그대로 부었다. 나는 뒷말이 나오기 전에 얼른 빈 잔에 동동주를 부었다.

"아니야, 나도 슬퍼. 얼른 마셔."

"……."

놈이 나의 눈을 보며 연속해서 술을 마셨다. 인정하긴 싫지만 못된 성격에 비해 참으로 과분한 얼굴이었다. 신이 저놈에게만 온갖 복을 다 준 것 같았다. 쓸데없이 완벽한 놈이었다. 그런데 갑자기 놈이 자리에서 일어났다.

화장실에 가려나 보다 했더니 내 옆에 앉는 게 아닌가?

"왜, 왜 그래?"

"뭐가?"

"아니, 멀쩡한 저 자리 놔두고 옆으로 오고 그래?"

"그래서 싫어?"

"덥지 않아? 8월이야. 그리고 먹을 때는 개도 안 건드리는

데…….”

“네가 개야?”

놈의 목소리가 위험하게 가라앉아 있었다. 이런 목소리는 딱 한 번 들었었다. 성년식날 밤에 놈이 갑자기 장미를 던지듯이 나에게 주더니 나를 안고는 나의 입술을 빼앗았다. 내 첫 키스를 말이다. 나쁜 놈.

그리고는 번개처럼 나에게서 떨어졌다. 사실 그날은 무슨 일이 벌어졌는지 정신을 차릴 사이도 없이 큰오빠가 등장했었다. 멍하게 서 있는 나와는 다르게 놈은 아무 일도 없었다는 듯 날 남겨두고는 놈을 나보다 더 예뻐하는 큰오빠와 집으로 들어가 버렸었다.

“안으로 들어가.”

“어? 어.”

녀석이 내 옆에 앉았다. 이곳은 다 칸막이가 되어 있는 곳이라서 소리만 지르지 않는다면 뒤에서 무슨 일이 벌어지는지 알기 힘든 곳이었다.

“안 더워?”

“응.”

놈의 팔이 내 어깨를 자연스럽게 감쌌다. 뭘 먹고 그리도 컸는지 놈의 키와 나의 키는 30cm 차이가 났다. 놈의 팔 안에 나의 몸이 꼭 맞게 들어갔다. 연인이라면 기분 좋은 느낌이겠지만 나는 꼭 잡아먹히기 직전의 모습 같았다.

"재희야, 덥다."

"왜, 싫어?"

"그건 아니지만 어색해."

"맞아, 어색해. 그래서 이제부터는 어색하게 느끼지 않게 만들려고."

통 모를 말만 하는 녀석이었다. 녀석의 눈빛이 위험스럽게 짙어지고 있었다. 난 엉덩이를 벽 쪽으로 빼며 놈과의 거리를 조금이라도 멀리 하기 위해 안쓰러운 노력을 했다.

"재희야."

"응."

이미 놈의 목소리는 위험 수위를 넘어 갈라질 대로 갈라져 있었다. 워워, 이건 아니었다. 놈이 눈썹을 움찔거리고 날 지그시 쳐다봤다. 내 촉이 자꾸만 위험하다고 신호를 보내왔다.

"난……."

다음 말은 놈의 입안으로 사라져 버렸다. 놀란 나의 눈은 튀어나올 듯이 커졌다. 어찌나 놀랐는지 몸이 굳은 듯이 정지해 있었다. 성년식 때처럼 금방 떨어지리라 예상했는데 이번에는 떨어지는 대신에 커다란 손으로 나의 얼굴을 감싸고는 입술을 빨기 시작했다.

놈이 내 입술을 빨아대고 있었다. 그러더니 놀란 게 가시기도 전에 입술을 살짝 떼더니 짙어진 눈빛으로 나를 보며 이렇게 말했다.

"벌려봐."

"……."

나의 몸은 그의 말에 길들여진 바보 노예처럼 시키는 대로 하고 있었다. 멍하게 입을 살짝 벌린 나의 모습을 본 놈이 아주 만족스러운 미소를 짓더니 다시 입을 맞추고는 입안에 혀를 집어넣었다.

처음이었다. 남자의 혀가 내 입안에 들어온 건 말이다. 내가 이 나이가 되도록 키스를 못 한 이유는 나에게 키스해 줄 남자가 없었기 때문이었다. 놈이 언제나 곁에 있는데 어떤 놈이 감히 나에게 접근을 한단 말인가?

이렇게 나의 입술은 강제적으로 23년 동안 청정 구역이었고 오늘은 반 강제적으로 청정 구역 해제였다. 그런데 이상한 건 놈의 혀가 미친 듯이 입안을 헤집고 다니는데 이상하지 않았다. 아니, 오히려 조금 짜릿했다.

"으음."

놈이 내 혀를 뽑을 듯이 빨자 내 입에서 나도 모르게 신음 소리가 흘러 나왔다. 나는 놈의 키스에 정신이 팔려서 다음에 놈이 할 행동을 예상하지도 못했다.

"으읍."

놀란 나의 입을 놈이 입술로 막았다. 놈이 내 가슴을 손으로 감싸고 있었다. 미친놈. 사람들이 왔다 갔다 하는데 키스로도 부족해서 가슴을 만지다니, 놈은 제정신이 아니었다. 나는 놈의 손을 가슴에서 치워내려 했지만 놈의 힘이 너무 셌다.

"미쳤어?"

입술이 잠시 떨어졌을 때 간신히 한마디 했다.

"안 좋았어?"

"뭐?"

"너도 좋아하던데?"

얄미운 놈이었다.

"난 싫었어."

내일이면 군대에 갈 놈이었다.

"날 자극하지 마."

"왜?"

난 끝까지 대들었다. 이제 얼마 남지 않았다. 하지만 솔직히 처음으로 한 키스와 스킨십이 싫지는 않았다. 아니, 좀 짜릿한 것 같기도 했다.

"자꾸 그러면 오늘 널 안 들여보낼지 몰라."

"……."

아무리 숙맥이라도 지금 놈이 하는 말을 이해하지 못할 정도는 아니었다. 하지만 뭔가를 생각할 겨를도 없이 놈이 또다시 나의 입술을 덮었다. 그리고 놈의 손은 이제 나의 가슴에 떡하니 자리를 잡고 있었다.

처음으로 느끼는 여자로서의 욕망이 당황스럽기도 하면서 짜릿했다. 지금 나의 몸을 떡 주무르듯이 주무르고 있는 건 다른 그 누구도 아닌 놈이었다.

긴 키스가 끝이 나자 놈은 나의 얼굴을 양손으로 잡고 말했다.

"뭐든지 너의 처음은 나와 함께여야 해."

"……."

나의 눈이 이해하기 힘들다는 듯이 흔들리자 놈이 갑자기 날 안았다.

"널 어떻게 하면 좋지?"

"……."

"내가 나올 때까지 매주 면회 와."

그 소리에 정신이 번쩍 들었다.

"싫어."

"반항하는 거야?"

놈이 다시 무서운 표정을 짓자 나는 또다시 꼬리를 내렸다.

"2주에 한 번은 안 될까?"

"미쳤어?"

"알았어."

또다시 놈의 마수에 걸려들고 말았다. 그래도 일주일에 5일은 자유니까 그나마 다행이었다.

"딴생각하지 마."

"내가 무슨 생각을 한다고 그래?"

"2년 후에 무사히 살고 싶으면 잘해."

놈은 자신이 뱉은 말에 책임을 지는 놈이었다. 꼼짝없이 공부나 하면서 지내야 할 판이었다. 곳곳에 놈의 첩자들이 있었다. 길 가다가 방귀만 뀌어도 놈의 귀에 들어갈 정도였다.

남들은 놈의 이런 모습을 상상도 못할 것이다. 다들 속고 있는 것이었다.

"대답 안 하지?"

"알았어."

"일어나자."

"어디 가게?"

놀란 눈으로 내가 놈을 쳐다보자 놈이 내가 제일 좋아하는 표정으로 웃었다. 이럴 땐 놈이 조금 잘생겨 보였다.

"집에."

놈이 나의 손을 잡고 주점을 나섰다. 사람들이 많은 종로의 밤길을 놈과 나는 걸었다. 종로3가, 종로4가. 종로5가를 거쳐 대학로를 지나 성북동의 집까지 놈은 말없이 나의 손을 잡고 걷기만 했다.

"재희야, 다리 아파. 우리 버스 타자."

새로 산 구두 때문에 뒤꿈치가 다 벗겨졌다. 반창고를 붙였는데 자꾸 떨어져서 소용이 없었다.

"……."

놈은 대답도 하지 않았고 늦은 시간이라 버스도 없었다.

"야! 뒤꿈치 다 까졌다고."

난 너무 아파서 그 자리에 서서 소리를 질렀다. 그러자 갑자기 놈이 나의 앞에 무릎을 꿇고 앉았다. 그러고는 내 신발을 벗기더니 뒤꿈치를 확인했다.

"다시는 이런 구두 신지 마."

"그게 말이……. 어머!"

놈이 갑자기 날 업었다.

"야, 미쳤어? 사람들이 본다고."

"아무도 안 봐."

나의 구두를 손으로 들고는 반바지 차림의 나를 들쳐 업은 놈이 걷기 시작했다. 다행히 늦은 시간이라서 사람들이 많지는 않았다.

“이렇게 짧은 옷 2년 동안 금지야.”

“뭐?”

“나도 못 보는데 다른 놈들이 보는 건 진짜 싫어.”

“…….”

알다가도 모를 소리만 하는데 이상하게 심장이 간지러웠다.

“얌전히 있어.”

“얌전히 있거든.”

“지금 말고 내가 군대에 있을 동안 말이야. 넌 언제나 사람을 불안하게 해.”

“내가 뭘? 너보다는 못 하지만 그래도 이만하면 모범생이거든.”

“그건 내가 곁에 있으니까 그런 거고.”

놈은 항상 나를 무시했다. 그게 난 정말 싫었지만 이상하게 말을 할 수가 없었다. 한참을 그렇게 걷다 보니 집 근처였다.

“내려줘.”

“안 돼.”

“오빠들이라도 보면 어떻게 하려고.”

“…….”

역시 내 말을 씹었다. 하긴 오빠들이 본다고 해도 놈만 칭찬받을 게 뻔했다. 오랜만에 술을 마셔서 그런지 자꾸 졸렸다. 나는 놈의 넓은 등짝에 얼굴을 댔다. 놈의 심장 소리가 귓가에 울리고 있었다.

갑자기 따뜻하다는 생각이 들었다. 이 삼복더위에 따뜻하단다. 나도 제정신이 아닌 게 분명했다.

놈은 어린 시절 함께 놀았던 집 앞 놀이터 그네에 나를 내려주었다.

"앉아."

"집에 들어가고 싶어."

"왜?"

왜냐니, 발도 아프고 술기운도 올라오고 자고 싶은 생각뿐이었다.

"할 말 있어?"

"응, 앉아봐."

나는 구두를 양손에 들고는 그네에 앉았다. 놈은 말없이 그네를 밀기 시작했다. 술기운에 흔들리기까지 하니 속이 뒤집어지기 시작했다.

"있잖아, 내가 제대하면 우리……."

"욱!"

급기야 일이 터지고 말았다. 난 오늘 먹은 걸 놀이터 모래 위에 다 쏟아내고 말았다.

"욱!"

난 진짜 울고 싶었다. 옷에 구토한 것들이 다 튀었다.

"미안, 뭐라고?"

"아니야, 들어가."

그러게 집에 들어가겠다는 사람은 왜 붙들어가지고 이 난리냔 말이다.

"그래, 군대 잘 다녀오고."

"넌 내일 안 올 거야?"

다시 놈의 얼굴이 굳어졌다.

"내일 안 오면 죽을 줄 알아. 요 며칠 잘해줬더니 아주 군기가 빠졌어."

놈이 드디어 본모습을 드러냈다. 그리고는 내 머리에 딱밤을 줬다.

"아야! 왜 때려!"

"맞을 짓을 했으니까. 칠칠치 못하게 막 토하고……."

"그건 술 마셨는데 네가 그네를 태워서 그런 거잖아."

"시끄러!"

"……."

"내일 새벽에 시간 맞춰서 집으로 와."

"알았어."

각자의 집으로 들어가는 길에 나는 놈의 뒤통수에다가 대고 혀를 내밀었다. 누가 뭐래도 내일부터 난 자유의 몸이었다. 집으로 들어가면서 나는 흘러나오는 미소를 멈출 수가 없었다.

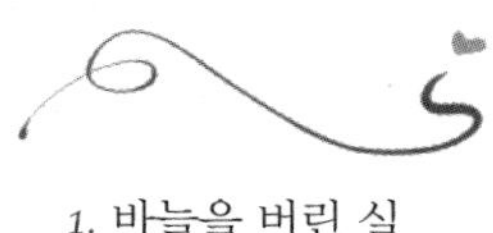

1. 바늘을 버린 실

서울에서 가장 부자들만 산다는 성북동의 주택단지 초입에 아주 오래된 빌라가 있었다. 오래된 빌라의 담에는 빌라만큼이나 오래된 담쟁이 넝쿨들이 빼곡하게 들어차 있었다. 밖에서 보면 무슨 고성 같은 느낌의 담은 성북동을 방문한 사람들이 사진 찍기 좋은 명소였다.

두 개 동으로 이루어진 빌라는 겉모습은 아주 노후되어 보였지만 평수는 100평이 넘는 고급 빌라였다. 빌라 두 동에 사는 집은 모두 열 집뿐이었고 한 층에 한 집이 전부였다. 넓은 평수를 자랑하는 만큼 이곳에 사는 사람들은 다 부자들이었다.

이 빌라가 지어질 때부터 이곳에서 살아온 나는 빌라 앞에 심어진 커다란 소나무가 나의 키만 할 때 같이 찍은 사진도 있었다. 23년 세월을 이곳에서 살아온 터라 모든 것이 익숙했고 좋았다.

아침에 일어나서 창가에 앉아 작은 뒷산을 보는 것도 좋았고 서울에서는 좀처럼 듣기 힘든 새소리도 들리는 게 좋았다. 다른 곳은 많이 개발이 되었지만 성북동 한라빌라는 예전 그대로였다.

이곳에도 변화의 바람이 있기는 했다. 부자 동네답게 커다란 대저택들이 언덕을 타고 많이 지어졌다. 하지만 대체로 어릴 때 기억 그대로인 곳이었다.

"아아아!"

기지개를 켜며 나는 오늘도 산허리의 수많은 나무들을 보며 인사를 했다. 이제 가을이라서 푸른 나뭇잎들이 색색으로 물들어가고 있는 중이었다.

"하루가 시작이네."

샤워를 하고 머리에 수건을 감싼 채 반바지에 티셔츠 차림 그대로 아침 식탁으로 향했다.

"안녕히 주무셨어요?"

"그래."

엄마를 도와 반찬을 열심히 나르시던 아빠가 나를 보자마자 윙크를 하시며 인사를 했다. 아빠의 윙크엔 뜻이 있다. 엄마가 아주 많이 안 좋다는 뜻이었다.

"넌 머리는 말리고 나와야지. 그게 뭐야?"

"죄송합니다."

이럴 땐 꼬리를 내리는 것이 상책이었다. 나는 얼른 수저를 들고는 놓기 시작했다.

"안녕히 주무셨어요?"

"……."

둘째 오빠가 눈곱도 안 떼고 나와서 식탁에 앉았다. 눈치 없음은 세상에 둘째가라면 서러운 인간이었다.

"아버지, 뭐 하세요?"

눈치가 없으면 조용하기라도 해야 하는데 연신 눈을 깜박이는 아빠의 애처로운 눈빛을 둘째 오빠는 못 알아먹고 있었다.

"너도 앉아."

"오빠!"

"왜?"

그때였다. 엄마의 기분을 좌우하는 폭탄이 아침부터 말쑥한 차림으로 식탁에 와서 앉았다. 큰오빠였다.

탁!

엄마가 두부를 썰다 말고는 도마에 칼을 찍었다.

"안녕히 주무셨어요?"

첫째 오빠는 이렇게 말을 하고는 무표정으로 자리에 앉았다.

"후~"

엄마의 한숨이 시작되자 아빠가 나에게 눈을 깜빡이며 엄마를 자리에 앉히라는 신호를 보냈다.

"엄마, 내가 두부 넣을 테니까 밥 먹게 앉아."

"……."

나는 아빠의 지시대로 엄마를 자리에 앉히고는 두부를 된장찌개에 넣었다. 뒤를 돌아보니 엄마의 눈은 큰오빠의 얼굴에 꽂혀 있었다.

"내 말이 우스워?"

"……."

"네가 뭐가 그렇게 잘났는데 엄마를 그렇게 개망신을 줘?"

"여보."

시한폭탄이 터지고 말았다. 어제 큰오빠가 선을 본 모양이었고, 아니, 선을 본 게 아니라 또 안 나간 모양이었다.

몇 년 전까지 우리 엄마는 남부러울 게 없는 사람이었다. 모세병원 병원장인 아버지와 내과 의사인 큰오빠, 이비인후과 의사인 작은오빠 그리고 S대를 다니는 나까지 엄마는 모든 엄마들의 부러움의 대상이었다.

하지만 엄마와 똑같이 부러움의 대상이 우리 아랫집에 살았다. 법무법인 강&강의 대표인 변호사 신랑과 변호사인 두 딸, 그리고

S대 법대 수석인 아들을 둔 아랫집 이모였다. 문제는 이모와 엄마가 대학 동기이고 아빠와 아저씨가 동창이라는 데 있었다.

두 분은 서로 친했지만 경쟁의 대상이었다. 그래서 대부분 모든 게 비슷하게 나갔는데 몇 년 전에 큰언니가 재벌가에 시집을 갔고, 지난달에 둘째 언니가 아버지와 라이벌인 수병원의 병원장 아들과 결혼을 했다.

그러고 나서 엄마는 세상에서 가장 불행한 사람이 된 것 같았다.

"내가 이번에 대한병원 딸내미와 선을 보게 하기 위해서 얼마나 노력했는지 당신도 알잖아요."

"알지."

"그런데 안 나가? 내가 얼마나 대한병원 사모에게 미안했는 줄 알아?"

"어머니, 제가 알아서 할게요."

차갑기로 말하면 시베리아 벌판보다 더 차가운 큰오빠가 엄마의 말을 끊었다.

"알아서 해? 알아서 하는 놈이 31살이나 되도록 여자 하나 안 데려와?"

남자 나이 서른한 살은 노총각 소리를 들을 나이는 아니었지만 우리 집 상황은 달랐다.

"여보, 알아서 한다잖아."

"당신은 좀 가만히 있어요."

애처가인 아빠는 언제나 엄마에게 꼼짝을 못 했다. 큰오빠가 밥을 먹다가 말고는 자리에서 일어났다. 나는 얼른 된장찌개를 식탁에 올려놓고는 큰오빠를 붙잡았다.

"오빠, 밥 먹고 가."

"……."

오빠는 내 머리를 쓰다듬고는 그냥 출근을 해버렸다.

"엄마, 오빠 저러고 가면 언제 밥 먹을지도 모르는데 진짜 이럴 거야?"

집에서 유일하게 엄마에게 할 말을 하는 건 나뿐이었다.

"밥이나 먹어."

"엄마, 오빠가 결혼하고 싶으면 하겠지. 그리고 여태 엄마가 원하는 의사가 되느라고 공부하느라 그런 거 아냐? 그리고 남자랑 여자랑 같아? 남자는 군대도 다녀와야 하고 또 의사는 더 오래 군 복무해야 하는데 그것도 이해 못 해줘?"

"우리 희동이 잘한다."

성격 좋은 둘째 오빠가 밥을 먹으며 응원해 주었다.

"이동이 너도 다음 주 주말에 선보는 거 잊지 마."

"넵."

둘째 오빠는 엄마의 말에 넉살 좋게 말을 하고는 밥까지 다 먹고 자리에서 일어났다.

"우리 희동이는 재희 면회 가나?"

"응."

"재희가 그렇게 좋아?"

작은오빠가 눈치 없음을 또 한 번 느낀 나는 작은오빠를 흘겨보았다. 좋아서 가는 게 아니라 폭력 앞에 굴복한 거라고 말을 할 수가 없었다. 말해봐야 내 입만 아프니까 말이다. 모두가 재희를 모범생에 착한 아이라 색안경을 끼고 보니까 나의 말은 들으려고도 하지 않았다.

"엄마 좀 위로해 줘라."

"오늘은 나도 좀 바빠."

"다녀와서 엄마랑 영화라도 보고 와."

작은오빠가 10만 원을 손에 쥐어주었다.

"그러지 뭐."

오빠들은 나의 돈줄이었다. 하지만 오늘은 애석하게도 놈의 면회도 엄마와 영화도 보러 가지 않을 것이다. 오늘은 일생일대의 약속이 있기 때문이었다.

오늘은 민성이 오빠와 데이트가 있었다. 저녁도 먹고 영화도 보러 가기로 했다. 민성이 오빠는 같은 교회에 다니는 오빠였다. 교회에 나가기 싫은 날 교회로 이끈 사람이 민성 오빠였다. 일주일에 한 번 오빠의 얼굴을 보는 게 놈에게 시달리는 나에겐 유일한 낙이었다.

그런 민성 오빠가 며칠 전에 뜬금없이 전화를 해서 토요일에 시간 괜찮으면 영화나 보자고 했다. 남자들의 뻔한 거짓말인 공짜표가 생겼다고 말이다.

"하하하."

이건 정말 행운 중의 행운이었다. 놈이 내 곁에 없으니 안 되던 연애 사업도 잘 풀리는 것 같았다. 내가 못나서 남자들이 없었던 게 아니라 다 놈이 무서워서 나에게 접근을 못 한 것이었다.

"백희동 밥 먹어."

"넵."

아빠의 목소리에 난 얼른 식탁으로 향했다. 내가 의자에 앉자마자 엄마가 손바닥을 내 앞에 펼쳤다.

"봤어?"

"응."

"7대 3."

엄마와 딜을 하기 시작했다.

"5대 5."

"10."

"알았어."

나는 오빠에게 받은 돈 10만 원 중에 5만 원을 엄마의 손바닥 위에 올려놓았다.

"여보, 그냥 희동이 줘."

"싫어요. 분명히 이동이가 나랑 영화 보러 가라고 준 돈인데 희동이는 안 갈 게 뻔하고 그럼 반이라도 받아야지. 날 위해 쓰라고 준 돈인데."

"엄마 맞아? 난 학생이고 수입도 없다고."

엄마가 검지를 옆으로 저었다.

"아니지, 넌 우리 집 모든 사람들의 돈을 무노동으로 착취하잖아."

"그건 용돈이라고."

"그게 수금이지 용돈이냐?"

"내가 사채업자야?"

"사채업자보다 더하지. 그 사람들은 돈이라도 빌려줬지. 넌 투자도 안 했잖아."

엄마와 이렇게 말을 할 때면 아빠는 누구의 편도 들지 않고 중립을 유지했다.

"나도 출근해."

"알았어요. 다녀오세요."

아빠가 출근을 위해 나가시고 나자 엄마와 나는 설거지를 시작했다.

"나도 나가."

"어딜?"

"미용실."

"미용실은 왜?"

"파마하려고."

"재희 면회 안 가고?"

모두가 다 내가 주말에는 재희 면회를 가는 게 당연하다고 생각하는 것 같았다.

"응, 비밀이야."

"어딜 가는데?"

"내가 말하면 재희한테 다 말할 거면서."

"그건 당연하지. 재희가 널 이만큼 만들어준 거 아냐? 희동이 너도 양심 좀 있어봐."

"양심은 무슨."

나는 설거지를 다 하고는 나갈 차비를 했다. 가을이라 오늘의 콘셉트는 베이지와 흰색이었다. 베이지색 에이라인 스커트에 흰색 폴로 티를 입은 나는 단정함의 정석을 보여주었다. 민성 오빠의 나이가 큰오빠와 동갑이다 보니 너무 어리게 나가는 것보다는 약간 어른스러운 분위기가 좋을 것 같았기 때문이었다.

머리는 오늘 굵은 웨이브 파마를 할 예정이었다. 재희는 여자는 긴 생머리여야 한다며 나의 머리까지 간섭했다. 그래서 나는 어릴 때를 제외하고는 한 번도 파마를 해본 적이 없었다.

오늘은 내 인생 최대의 반항을 하는 날이었다.

"엄마, 진짜 재희나 이모한테 말하면 안 돼. 오늘 일은 비밀이야."

"알았어."

나는 엄마에게 다짐을 받고서 집을 나와 성신여대에서 이름 있는 미용실을 찾아 꿈에 그리던 파마를 했다. 민성 오빠와는 저녁 약속이었지만 아침부터 집에서 나와 모처럼의 자유를 만끽할 생각이었다.

4시간에 걸쳐 머리를 한 나는 미용실 샘의 연예인보다 더 예쁘다는 칭찬에 힘입어 부푼 자신감을 가지고 친구인 미영과 나희를 불러냈다. 우리 삼인방은 초등학교 때부터 단짝이었다.

커피숍에서 미영이와 나희를 기다리는데 진짜로 다른 테이블의 남학생이 전화번호를 묻는 아주 놀라운 일도 일어났다.

"희동이."

미영이가 그녀의 별명이자 이름을 부르며 들어왔다. 들어오는 내내 미영이의 눈이 왕방울만 했다. 나의 머리를 보고 놀란 모양이었다. 미영이는 천재적인 화가로 어릴 때부터 개인전을 열 정도로 탁월한 재능을 가진 아이였다. 그래서인지 표현력도 표정도 남달랐다.

미영이 장난스럽게 손가락을 동그란 모양으로 만들어 망원경을 쓴 포즈를 취하며 나에게 왔다.

"놀랍군."

지금은 H대 미대에 다니고 있는 미영이는 작고 귀여운 외모에 말괄량이 친구였다.

"머리에다 무슨 짓을 한 거야?"

"이상해?"

"아니, 예뻐."

미영이가 호들갑을 떨며 예쁘다고 야단이었다.

"재희가 괜찮데?"

"아니, 몰라."

"그럼 재희 몰래 이 짓을 한 거야?"

"응."

"네가 별주부전에 나오는 토끼냐? 간을 빼놓고 다니게?"

재희의 취향을 온 천하가 다 알고 있었다. 하지만 내가 재희의 애인도 아니고 굳이 무서움 때문에 군대 간 녀석의 취향까지 챙길 필요는 없었다. 이제 나도 슬슬 제정신으로 돌아오고 있었다.

"어차피 군대 간 녀석인데 뭐. 2년은 나에게 자유다."

"아닐걸."

"왜?"

"애들이 그러는데 면회 가면 네 얘기만 묻는다고 하더라. 학교 다니는 내내 얼마나 널 싸고돌았는지 알지? 너 S대 간 것도 다 재희 덕분이잖아. 너도 은혜를 알아야지."

"고마운 건 고마운 거고 내 취향은 내 취향이지. 대학까지 다니는데 내 머리 하나 맘대로 못 하냐? 막말로 재희가 내 애인도 아니고."

"그래, 나도 그게 조금은 아이러니해. 재희가 뭐가 아쉬워서 널 만나겠냐?"

"야!"

"농담이야. 둘이 참 잘 어울리는데 안 사귀는 거 보면 이상해."

"내가 싫다."

미영이 아이스커피를 마시며 나를 바라보았다.

"왜? 그것도 이해가 안 가. 재희가 어디가 어때서. 잘생겼지, 능력 있지, 거기다가 나이에 안 맞게 섹시하지."

"너 가져."

섹시하다는 말에 나는 얼굴이 화끈거렸다. 놈과의 키스가 생각이 났기 때문이었다.

"섹시한 건 아니야."

나는 은근히 부정을 했다.

"네가 너무 친해서 못 느끼는 거지. 재희 보겠다고 옆의 중고등학교 여자애들 난리도 아니었다."

그건 나도 아는 일이었다. 하굣길에 재희와 집에 갈 때면 골목에서 여자들이 내가 있든 없든 재희에게 편지와 선물을 주었었다.

"희동아."

이때 삼인방의 마지막 주자인 나희가 커피숍 안으로 들어왔다. 나희는 내가 봐도 정말 인형 같은 외모의 친구였다. 여성스러운 성격하며 뭐 하나 예쁘지 않은 구석이 없었다. 거기에 의대에 다니기까지 하니 재색을 겸비한 아이였다.

다만 집안 환경이 넉넉지 않아서 아빠의 병원에서 나희를 후원해 주고 있었다. 후원이라기보다 나중에 병원으로 불러들이기 위한 밑밥인 셈이었다. 하여튼 우리의 공부벌레가 이렇게 행차해 주시니 감동스러울 뿐이었다.

"재희 면회 안 갔어?"

"응, 오늘 희동이가 제대로 일냈다."

미영이가 내 머리를 손가락으로 가리켰다.

"머리는 또 어떻게 된 거야?"

"이상해?"

"그게 아니고 재희가 가만있을까?"

"야! 내가 재희 노예야?"

"응."

친구들의 말에 나는 할 말이 없었다.

"어차피 군대 간 녀석이고 난 이제 자유를 즐기련다."

"우린 너의 그 자유에서 빼주라."

미영과 나희가 진심을 그대로 담아 말했다.

"무슨 일인지 불어."

"나 오늘 민성 오빠 만나."

나는 얼굴에 있는 모든 근육들을 이용해서 민성 오빠를 만나는 기쁨을 표현하고 있었다. 숨길 수가 없는 일이었다.

"누구? 그 교회 오빠?"

"응."

"미친년, 그 오빠보다는 재희가 백배는 낫다. 그리고 그러다가 들키면 어쩌려고?"

미영이 거의 소리를 지르다시피 말했다.

"니들만 조용하면 돼."

"그럼 우리한테도 말하지 말지 그랬어."

"김미영, 홍나희! 니들 말하기만 해."

"무서우면서 왜 해? 하지 마."

"내가 뭐. 오빠랑 사귄데? 그냥 밥이나 먹고 영화나 보는 거지."

"그런 시나리오가 아닌 것 같은데?"

"맞아."

나는 뿌루퉁한 표정으로 커피를 마셨다.

"우리는 너 걱정돼서 그러는 거지. 진짜 재희 편들어서 그러는 거 아니잖아."

"나도 이번 기회에 재희에게 벗어나고 싶어."

"알았다. 네 의지가 확고하니 우리는 널 지지하며 입을 닫고 있으마."

"고맙다."

하지만 아이들의 표정이 그리 좋지는 않았다. 민성이 오빠가 멋있다는 한마디를 했다가 재희가 엄청 화를 냈던 일들을 다들 기억하는 모양이었다.

"괜찮을 거야. 재희도 제대하고 나오면 뭔가 달라져 있겠지. 그때까지 날 괴롭히기야 하려고."

"그래, 네 말이 맞다."

친구들은 그다음부턴 재희에 대해 말하지 않았고 우리들은 모처럼 즐거운 수다를 떨 수 있었다.

친구들과 헤어진 나는 민성 오빠와 만날 장소로 향했다. 점심부터 물만 마셨더니 제법 배가 고파왔다.

"희동아."

오빠가 음식점에 들어가 있지 않고 밖에서 날 기다리고 있었다.

"더운데 오느라고 고생했다."

"아니에요."

"어서 들어가자."

오빠가 갑자기 내 손을 잡았다. 심장이 거칠게 뛰었다. 오빠에겐 아주 자연스러운 행동이었겠지만 나에겐 놀랄 일이었다. 재희가 아닌 남자의 손을 처음 잡아본 나였다.

"앉아, 우리 뭐 먹을까?"

오빠가 마주 앉지 않고 내 옆에 앉았다. 오빠의 상쾌한 향수 냄새가 날 유혹하고 있었다.

"아무거나요."

오빠와 내가 동시에 똑같이 말했다.

"그럴 줄 알고 내가 생각한 메뉴가 있어. 이곳에 오면 꼭 먹어보고 싶은 거였는데 그거 먹을까?"

"네."

재희는 나에게 한 번도 묻지 않았고 자기가 먹고 싶은 것만 먹었었다. 그런데 똑같이 자기가 먹고 싶은 걸 먹어도 민성 오빠는 달랐다.

고등학교 교사인 그는 음악적인 재능이 뛰어나서 교회에서 성가대 지휘까지 했다. 바르고 좋은 품성을 가진 사람이었다. 누구와는 다르게 굉장히 다정다감한 남자였다.

"배고프지?"

"아뇨."

"난 배고프다. 하루 종일 우리 희동이랑 만날 생각을 했더니 밥이 넘어가야 말이지."

머리를 긁적이며 얼굴을 붉히는 민성 오빠를 보니 웃음이 났다. 보통 체격에 순하게 생긴 얼굴은 부담스럽게 잘생긴 재희와는 비교가 되지 않았지만 난 얼굴보다는 그의 순수함이 좋았다. 얼굴 뜯어먹고 사는 건 아니니까 말이다.

거기다가 무슨 말을 하면 얼굴이 붉어지는 모습도 좋았고 하나하나 날 배려하는 점도 마음에 들었다. 정말 하나서부터 열까지 재희와는 달랐다.

잠시 후에 오빠가 시킨 정식이 나왔고 난 일본식 돈가스를 아주 맛있게 먹었다.

"이거 완전 맛있어요."

"그래? 얼른 먹고 일어나야 영화 시간에 안 늦어."

"네."

서둘러 식사를 마치고 근처 대형 영화관에 간 나는 오랜만에 슬픈 영화를 보았다. 이건 솔직하게 내 취향은 아니었다. 난 액션영화를 좋아하는데 그동안은 솔직히 재희랑만 영화를 봤었다. 재희도 액션을 좋아해서 영화를 볼 땐 재미있었는데 오늘은 진짜 허벅지를 꼬집으며 겨우 졸음을 참았다.

뭐든 재희와 비교가 되었다. 길들여진다는 게 이런 건가라는 생각이 들었지만 난 애써서 이 사실을 부인했다.

"재미없어?"

민성 오빠가 영화 중간에 나의 귀에 대고 조용히 물었다.

"아뇨, 재밌어요."

"다행이다."

팝콘을 집어 먹다가 오빠의 손이 살짝 스쳤다. 두근거림은 어쩔 수가 없었다. 이런 게 데이튼가라는 생각이 들 정도였다. 생애 처음으로 두근거리는 데이트를 했다. 물론 민성 오빠의 생각은 알 수가 없었지만 말이다. 하지만 나의 조급한 마음도 잠시 후 민성 오빠의 행동으로 같은 마음이라는 생각이 들었다.

영화가 끝나갈 무렵 오빠가 슬며시 나의 손을 잡았다. 심장이 터져 버리는 줄 알았다. 하지만 난 애써 아무렇지 않은 척했다. 민성 오빠는 나를 집에 데려다줄 때까지 손을 놓지 않았다. 진짜 너무 좋았다. 오늘따라 세상이 밝아 보이는 느낌이었다.

"오늘 즐거웠어."

"저도요."

"나 내일 예배 끝나고 봉사 가는데, 같이 갈래?"

"네."

"그래, 그럼 내일 보자."

"안녕히 가세요."

난 오빠가 사라질 때까지 빌라 앞에 서 있었다. 오빠도 다시 한 번 돌아보고는 손을 흔들어주었다.

"완전 최고다."

나는 설레는 마음으로 뒤를 돌아보고는 그 자리에 얼어붙었다. 처음에는 귀신을 본 줄 알았다. 빌라의 놀이터 그네에 놈이 앉아 있었다.

군대에 있어야 할 놈이 왜 그 자리에 있는지, 아니면 죄책감에 내가 헛것을 본 건지 몰라서 나는 나도 모르게 고개를 흔들었다. 그리고 눈을 크게 뜨고는 다시 한 번 그 자리를 보았다.

하지만 나의 바람과는 다르게 놈은 그 자리에 그대로 있었다. 그리고 검지를 까딱이며 나를 불렀다.

"재희야."

"……."

놈은 대답 없이 나의 웨이브 진 머리를 뚫어지게 쳐다보고 있었다.

"뭐냐?"

"어?"

이미 엎질러진 물이었다.

"파마했어."

"그걸 묻는 게 아니잖아."

"민성 오빠 알잖아. 우리 교회 같이 다니잖아. 그래서 오늘 영화도 보고 밥도 먹었어."

"둘이?"

"어? 어."

재희가 그네에서 일어나 나에게로 걸어왔다. 평소에도 큰 키의 재희였지만 오늘은 유난히 더 커 보였다.

"너 저 자식 좋아하냐?"

"……."

"마지막으로 물을게. 너 저 자식 좋아해?"

"응."

대답을 흐려서는 안 될 것 같았다. 진짜 놈을 떼어낼 마지막 기회였고 여기는 우리 집 앞이었다.

퍽!

놈은 내가 아닌 집 앞의 소나무에 주먹을 날렸다. 소나무에 놈의 손이 그대로 박힌 것 같았다.

"강재희!"

소나무의 틈으로 재희의 피가 흐르고 있었다. 내가 재희 옆으로 가자 재희가 날 밀치더니 집으로 향했다.

"알았어."

재희는 이 한마디를 남긴 채 집으로 들어가 버렸다. 난 한동안 멍하니 그 자리에 서 있었다. 이게 뭐지라는 생각이 들었다. 그리고 생각보다 쿨한 재희의 반응에 이상하게 서운함이 밀려왔다.

"뭘 바란 거야?"

난 이렇게 멍하게 혼잣말을 했다.

"희동아!"

큰오빠가 퇴근을 하고 온 모양이었다.

"여기서 뭐 해?"

"오빠 왔어?"

"들어가자. 맞다. 아까 재희한테 전화 왔었어. 백일 휴가 나왔다고. 시간이 참 빨라. 벌써 백일이나 됐네."

맞다. 오늘이 백일 휴가였다. 첫 휴가 나오면 할 말이 있다고 했었다. 지금은 필요 없게 되었지만 말이다.

윙!

민성 오빠의 전화였다.

"여보세요?"

[응, 집에 잘 들어갔나 해서.]

"네."

[오늘 즐거웠고 내일도 즐거울 거라 생각해.]

"아, 네."

[옆에 누구 있어?]

"큰오빠요."

[그래, 알았어. 잘 자.]

"네."

전화를 끊자 큰오빠가 날 바라보았다.

"민성이? 내 동창? 그 양아치가 왜 너한테 전화를 해?"

"민성 오빠는 그런 사람 아니야."

"남자는 남자가 더 잘 보는 거야."

"오빠가 얼마나 봉사도 잘하고……."

"시끄러워. 넌 재희하고나 잘 다녀. 세상이 그렇게 호락호락한 줄 알아?"

큰오빠는 이렇게 말을 하고 나의 어깨를 잡고는 집 안으로 이끌었다.

"다녀왔습니다."

"희동이 너 일찍 안 다녀? 재희가 오늘 얼마나 하루 종일……."

"그놈의 재희 얘기 좀 그만하면 안 돼요?"

"……."

모두가 나의 한마디에 조용해졌다. 난 너무 속상해서 내 방으로 들어가 버렸다. 큰오빠의 말 따위는 신경 쓰지 않았다. 민성오빠는 좋은 사람이었다. 그리고 재희로부터는 이제 해방되고 싶었다.

난 침대에 그대로 누웠다. 23년 동안 못 했던 일을 오늘 했는데 이상하게 기분이 좋지 않았다. 재희의 성격상 이제 다시는 날 보지 않을 게 뻔했다. 노예로서의 삶을 마감하는데 좋은 마음보다는 서운함이 앞섰다.

"한 번만 더 물어보지."

한 번 더 강하게 물어봤으면 무서워서 꼬리를 내렸을 수도 있었다.

"아니다. 잘 끝냈어."

나는 미친 사람처럼 중얼거렸다.

"밥 먹어."

엄마가 소리를 질렀다.

"싫어!"

괜히 엄마에게 소리를 질렀다. 생각보다 허전함이 클 것 같았다.

"나쁜 놈."

나는 이불을 뒤집어쓰고는 한동안 울었다. 그러다가 잠이 들었다. 꿈속에서도 민성 오빠가 아닌 재희가 나타났다. 어쩌면 생각보다 재희와 미운정이 많이 든 것 같았다. 이렇게 꿈속까지 찾아온 걸 보면 말이다.

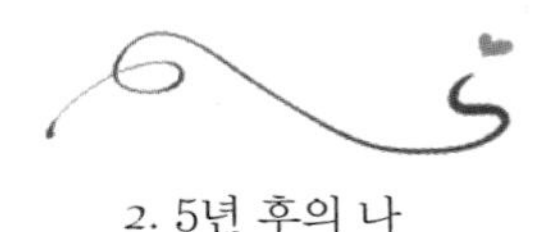

2. 5년 후의 나

초록 물결이 가득한 화원에 앉아 있자니 기분이 좋았다. 풀 냄새와 꽃 냄새가 어우러진 이곳은 내가 주로 꽃들을 사는 곳이었다.

"오늘은 장미만 가져갈게요. 다른 건 아직 있어서요."

"알았어요. 지난번에 부탁한 한지로 된 리본 왔는데 줄까요?"

"네."

이곳의 사장님은 오십대 중반으로 좋은 물건을 싼값에 공급해 주셔서 꽃가게 사장님들이 많이 애용하는 곳이었다.

"장사는 어때?"

"아직 몇 달 안 됐지만 생각보다는 괜찮은 것 같아요."

"다행이네."

"미니 꽃다발이 아주 반응이 좋아요."

물건을 구매한 나는 애마인 모닝에 가득 싣고는 커피숍으로 출발했다. 난 커피숍을 오픈한 지 6개월이 된 새내기 사장이다.

대학을 졸업하고 잠시 중학교에서 아이들에게 국어를 가르쳤지만 적성에 맞지 않았다. 내 유일한 자격증인 교원 자격증은 민성 오빠의 권유로 딴 것이었다.

사실 어릴 땐 초등학교 교사가 되고 싶었는데 현직 선생님인 민성 오빠의 의견을 받아들여 중학교로 갔지만 요즘 아이들의 중2병은 날 미치게 만들었다.

잠시 생각을 하다가 친구인 미영이 같이 해보지 않겠냐는 제안을 해서 우리는 대학로에 카페를 오픈했다. 우리는 서로 반반씩 투자해서 카페를 오픈했다. 미영이의 그림이 전시가 되어 있는 갤러리가 있었고 최고의 바리스타인 내가 있었다.

커피를 원래 좋아하던 나는 카페에서 보내는 매일이 행복했다. 학교를 다니면서 취미로 배운 건데 이렇게 쓰일 줄은 꿈에도 생각하지 못했다. 거기에 엄마를 쫓아다니며 배운 플로리스트 수업 덕택에 우리는 연인들에게 작은 꽃다발도 팔았다.

"왔어?"

미영이 카페 앞으로 나와서 짐을 받아주었다.

"남자가 있어야 돼."

"미영아, 제발 네가 만나."

"진짜 민성 오빠하고는 끝인 거야?"

"얘기하지 마."

"……."

내가 단칼에 말을 자르자 미영이도 더 이상은 묻지 않았다. 민성 오빠와 나는 5년을 사귀었는데 최근에 헤어졌다.

내가 생각해도 가늘고 길게 간 연애였다. 민성 오빠와 사귀던 5년 동안 불같이 열정적인 건 아니었지만 다툼 한 번 없이 무난하게 연애를 했었다. 오빠도 나도 특별하게 서로에게 터치를 하지 않았다.

서로의 안부는 매일 전화통화로 대신했고 일주일에 한 번 교회에서 얼굴을 보는 정도였다. 이렇게 편하게 만나다가 오빠와 자연스럽게 결혼을 할 줄 알았다. 내가 너무 안일한 생각을 했던 것 같았다. 막무가내로 오빠를 신뢰했다.

내가 느끼기에 민성 오빠는 돈은 많이 없었지만 바른 사람이었다. 하지만 그건 어디까지나 내 착각이었고 신뢰 관계가 금이 가자 난 그와 헤어졌다. 한마디로 내가 뻥 찼다.

오빠는 나 모르게 만나는 여자가 있었다. 그것도 한둘이 아니었다. 이 사실은 친구인 나희를 통해 들었다.

나희는 산부인과 레지던트인데 거기에 하필 민성 오빠의 여자가 임신 중절 수술을 받기 위해 오빠와 함께 온 것이었다. 나희는 너무 놀랐고 오빠도 놀라서 나희에게 비밀로 해달라고 손이 발이 되게 빈 모양이었다.

"꽃뱀 좋아하네."

꽃뱀에게 걸렸다고 핑계를 댔지만 그걸 믿을 사람은 아무도 없었다. 그녀에게 빨리 결혼을 하자고 작년서부터 졸랐는데 이상하게 집안 식구 전체가 반대를 해서 결국 때를 기다리기로 했는데 그전에 이 사단이 난 것이었다.

사실 그동안 민성에게 돈을 5천만 원 정도 빌려주었었다. 아무도 모르는 일이지만 말이다. 민성 오빠가 하도 급하다고 하기에 처음에 천만 원을 빌려주었고 다음에도 여러 번 빌려주었었다. 그런데 이 일이 터지고는 아직 돌려달라는 말을 하지 못했다.

나에겐 할아버지가 주신 유산이 있었다. 20살 이후엔 내가 마음대로 쓸 수가 있었다. 부모님도 그건 내 몫이기 때문에 간섭하지 않으셨다. 물론 이 카페도 내 돈으로 오픈을 한 것이었다.

재벌은 아니어도 여유가 있는 집이어서 난 한 번도 돈 때문에 불편한 적은 없었다. 하지만 지금 이 상황에서 민성 오빠에게 돈까지 못 받는다면 신경질이 날 것 같았다. 돈이 필요해서가 아니라 한때는 진지하게 생각했던 사람한테 배신을 당했기 때문에 난 어떻게 해서든지 그에게 내가 받은 고통의 일부라도 느끼게 해주고 싶었다.

"무슨 생각을 그렇게 해?"

"아무것도 아니야."

"대충 정리하고 꽃다발부터 만들어야겠어. 진열장이 거의 비었거든."

"알았어."

"커피보다 꽃다발이 더 잘나가는 것 같아. 우리 희동이가 이런 재주가 있는 줄 진작 알았어야 했는데 말이야."

"고맙다. 그런데 넌 그림 안 그려?"

요즘 미영이 작업은 하지 않고 거의 카페에만 있었다.

"그래서 말인데 작업을 카페에서 할까 해."

"여기서?"

"응."

"흡연실을 없애고 거기에 작업공간을 만들면 손님들도 볼 수 있고 좋을 것 같아."

"불편하지 않겠어?"

미영이 고개를 저었다.

"알았어. 하고 싶은 대로 해봐."

"너는 괜찮은 거야?"

"아니, 하나도 안 괜찮아. 자꾸 물어보지 마."

난 자꾸 나의 눈치를 보는 미영에게 화가 났다.

"미안해."

"아니야, 화내서 미안해. 진짜 요즘 괜찮은 척을 하려고 해도 잘 안 돼. 그런데다가 너희들이 자꾸 물어보니까 싫어."

"알았어. 안 그럴게. 걱정이 돼서."

"조금 있으면 괜찮아질 거야."

용서할 생각이 추호도 없었다. 그럴 거면 잘해주지나 말지. 민성 오빠는 진짜 너무나 자상한 사람이었다. 그리고 교회에서도 열심히 봉사를 하는 모범적인 사람이었는데 정말 도무지 이해가 가질 않았다.

난 아직 오픈 전인 카페에 앉아서 작은 꽃다발을 열심히 만들기 시작했다. 기존의 꽃다발들은 부피가 너무 커서 가지고 다니기에 불편했는데 작은 꽃다발은 기존의 꽃다발 크기에 반도 되지 않아서인지 사는 사람도 받는 사람도 부담스럽지 않아 했다.

커피를 마시러 왔다가 여자친구에게 사서 주는 남자들이 굉장히 많았다. 그러고 보니 나는 민성 오빠에게 받은 것이 아무것도 없었다. 그 흔한 커플링조차 그들은 하지 않았다. 연애를 하는 내내 그들이 만나는 곳은 교회가 유일했다.

그런 걸 한 번도 서운하게 생각한 적이 없는데 이상하게 헤어진 지금 서운한 기억들이 하나둘씩 떠오르고 있었다.

"희동아."

"왜?"

미영이의 부름에 고개를 돌린 나는 온몸이 굳어버리는 것 같았다. 출입구에 민성 오빠가 서 있었다.

"아직 오픈 전입니다. 손님."

나는 차갑게 말을 하고는 다시 꽃다발을 만들기 시작했다. 당연히 잘될 리가 없었다. 나는 꽃 시들지 말라고 끼우는 오아시스를 옆으로 던지고는 자리에서 일어났다.

"미영아, 잠깐 자리 좀 비울게."

"응."

그리고는 초췌한 모습으로 서 있는 민성 오빠에게 다가갔다.

"무슨 일로 오셨어요?"

"잠깐 얘기 좀 할까?"

"우리가 할 얘기가 있나요?"

"희동아."

나는 그 자리에 서서 팔짱을 끼고는 그를 매섭게 쳐다보았다.

"말해요."

"미안해. 입이 열 개라도 할 말이 없어."

"당연한 말을 참 어렵게 하시네요."

"난 진짜 꽃뱀에게 걸린 거야."

아직도 반성의 기미가 없었다. 나희 말로는 민성 오빠와 여자가 진료실에 들어오는 모습이 그렇게 다정했다고 한다.

"아니, 왜 나희가 있는 병원에 간 거예요?"

"담당의가 달랐어."

"뭐라고요?"

"아이가 거꾸로 있는 상태라서 S대 산부인과에 갈 수밖에 없었어."

이 남자는 아이를 걱정했던 것이다.

"꽃뱀이라면서요."

"그래도 아이를 가졌으니까."

"오빠 아이를 말이죠?"

"꼭 내 아이라고는 말할 수 없어. 하지만 아이가 불쌍하잖아."

"그럼 나는요?"

나의 말에 민성 오빠의 얼굴에 당황스러움이 가득했다.

"나는 지금 상황에선 내가 제일 불쌍한 것 같은데요?"

"희동아."

"이만 돌아가 주세요. 그리고 오천만 원은 이번 달 안으로 갚아 주세요. 안 그러면 저도 가만히 안 있어요."

나의 말에도 민성은 그 자리에 서 있었다.

"안 가고 뭐 하세요?"

"나 학교 그만뒀어."

고등학교 교사인 오빠가 학교를 그만둔 모양이었다. 그 사실은 알지 못했었다. 학생들을 끔찍하게 아꼈던 오빠였다. 언제나 만나면 학교 학생들 이야기뿐이었는데 얘기를 들으니 마음이 좋지는 않았다.

"네?"

"그렇게 됐다. 돈은 어떻게 해서든지 마련할 테니까. 희동아, 한 번만 날 믿어줘."

"돌아가세요."

"다음에 또 올게."

어이가 없었다. 다음에 또 온다니 더 정이 떨어졌다.

"갔어?"

잠깐 자리를 비켜준 미영이 들어오면서 말했다.

"응."

"사람이 오늘은 왜 저렇게 못나 보이니?"

"그러네."

난 다시 자리에 앉아서 꽃다발을 만들기 시작했다.

"너 근데……."

"민성 오빠 얘기면 하지 말아주라."

"그게 아니라 재희가 검사 된 거 알아?"

뜬금없이 재희 얘기를 하는 미영을 한번 쳐다보고는 나는 다시 일에 몰입했다. 재희 얘기는 하루에도 수십 번 귀에 못이 박히도록 듣고 있었다. 얼굴을 마주하지 않아도 어제 본 느낌이었다.

엄마가 이모에게 들은 이야기를 집에 오면 리와인드했고 오빠들도 재희와 밖에서 만나 술을 마시는 모양이었다. 하지만 나에게 재희는 그림자 인간이었다. 그건 재희도 마찬가지였다. 집 앞에서 우연히 마주치더라도 서로 못 본 척하고 산 지가 5년이 되었다.

"꽁한 놈."

"아직도 말 안 하냐?"

"할 이유도 없어."

"진짜 니들 둘 다 독하다 그렇게 붙어 다닐 때는 언제고."

"끌려다닌 거지. 말은 바로 하자."

"알았다."

더 이상 말이 없자 재희에 관해 궁금해진 난 다시 미영에게 물었다.

"검사 된 건 예전에 알았어. 왜 그러는데?"

"너도 알 거야. 우리 동창 중에 다혜 알지?"

"다혜? 대영그룹 손녀이라고 소문났던 애?"

"요즘 다혜랑 사귄다고 하더라. 다혜가 학교 다닐 때부터 재희

무지 좋아했거든."

그건 나도 알았다. 그래서 몇 번 옥상으로 끌려갔었다. 물론 그때마다 재희가 막아주긴 했지만 말이다. 어떻게 알았는지 여고 옥상까지 쫓아온 재희였다. 그 생각을 하자 웃음이 절로 났다. 재희를 보고는 모두들 얼마나 놀랐던지. 나중에 알게 되었는데, 그 무리에는 없었지만 그걸 시킨 게 다혜라고 했다.

"그리고 다혜 대영그룹 손녀 맞아."

"그래? 능력 좋네. 재벌가의 사위가 되고 말이야. 넌 아무렇지 않아?"

"내가 뭐? 축하라도 해줘야 하나? 우리 엄마 며칠은 배 아파하겠네."

"왜?"

"장가도 못 가는 오빠들과는 비교되게 그 집 언니들이 짱짱하게 시집을 갔거든. 거기에 재희까지 재벌가의 사위가 되면 우리 엄마 배 아파 죽지. 이모하고는 친구지만 그런 거에선 지고 싶어 하지 않거든. 우리 엄마가."

"그럴 수 있지. 동창끼리의 묘한 라이벌 관계."

"너도 그래?"

"내가 뭐?"

"너도 나나 나희에게 그런 거 느껴?"

"아니, 하지만 결혼해서 아래위 집 살면 느낄 수도 있지."

그럴 수도 있을 것 같았다. 하지만 그 생각을 하자 괜히 기분이 나빠지는 것 같았다.

"우린 그렇게 지내지 말자."

"당근이지."

"살아온 길이 있지."

"뭐라고? 하하하."

모처럼 미영과 한바탕 웃을 수 있었다. 9시가 되어 오픈을 한 카페 갤러리는 하루 종일 손님으로 가득했다. 독특한 문화 공간이자 맛있는 커피가 있는 카페 갤러리는 벌써부터 많은 단골들을 보유하고 있었다.

거기다가 미영이의 이름값도 톡톡히 한몫을 했고 호떡 장사도 S대 출신이 하면 잘된다는 말이 딱 들어맞게 나의 이력이 잡지에 나간 이후로는 손님들이 더 많아졌다. 난 S대 출신 바리스타로 유명세를 치르고 있었다.

저녁 퇴근시간 무렵에 큰오빠가 카페에 들렀다. 일주일에 두 번은 꼭 들르는 것 같았다.

"오빠."

오빠가 웃으며 들어왔고 그 뒤로 나희가 들어왔다.

"둘이 짰어?"

"아니."

이상하게 둘의 말이 딱 맞아떨어졌다.

"의심스러워."

"뭐가?"

오빠가 당황하며 물었다.

"왜 놀라고 그래? 같이 들어오니까 농담한 걸 가지고."

"아니, 그냥 우연히 들어온 건데 네가 그러니까."

나희가 상황을 수습하려 들었다.

"너까지 이상해."

"잔소리 그만하고 아메리카노 하나, 카푸치노 하나, 라떼 하나 줘."

"통일해."

오빠의 주문에 난 퉁명스럽게 말했다.

"그건 집안 식구들에게 말하고."

아메리카노는 큰오빠, 카푸치노는 아빠, 그리고 라떼는 엄마였다.

"작은오빠는?"

"오늘 당직."

"그래?"

나는 이렇게 말을 하며 오빠의 카드를 받아서 결제를 했다.

"결제 잘해."

"왜, 앞에 숫자 하나 더 집어넣었을까 봐?"

"충분히 그러고도 남지."

"자꾸 이러면 다음엔 진짜 두 자리 더 긁어버린다."

"워워, 그만하고 주문 받아."

옆에 있던 나희가 둘 사이에 끼어들었다. 친구지만 다시 봐도 예쁜 녀석이었다.

"우리 예쁜 나희는 뭐가 드시고 싶으신가?"

"나는 아이스 아메리카노."

"이 추운 날?"

벌써 12월에 접어들고 있었다. 밖에는 눈이 내리지는 않았지만 상당한 바람이 불었다.

"추울 텐데 따뜻한 거 먹어."

"아니, 시원한 거 먹고 싶어."

"무슨 열 받는 일 있어?"

"……."

큰오빠가 나희를 빤히 보고 있었다.

"아니, 무슨 일이야?"

그러더니 참견을 하는 큰오빠였다. 큰오빠는 일절 남의 일에는 간섭하지 않고 오로지 자기 갈 길만 가는 스타일인데 의외였다.

"아니에요. 오빠."

"말해."

"아무것도 아니니까 신경 쓰지 마세요."

큰오빠의 오버에 나의 눈이 가늘어졌다.

"뭘 그렇게 봐?"

나희가 나의 얼굴을 보고는 말했다.

"둘이 좀……."

"쓸데없는 소리. 커피나 빨리 줘."

"응."

나는 커피를 만들기 시작했고 둘은 테이블에 마주 앉았다. 나는 커피를 만들다가 눈을 가늘게 뜨고는 의심 어린 시선으로 힐끗힐끗 그들을 쳐다보았다.

"냄새가 풍겨."

"뭐가?"

어느새 미영이가 내 옆으로 와서 물었다.

"우리 큰오빠랑 나희 말이야."

"어?"

미영의 눈이 놀란 토끼 눈이 되었다.

"넌 또 왜 그래?"

"뭐가? 커피 다 됐어? 내가 포장할게."

모두가 의심스러운 상황이었다. 그때 문이 열리고 손님이 들어왔다.

"영업 끝났습니다. 하지만 손님까지 받을게요."

"전 손님이 아니라 아르바이트는데요. 구인 광고 보고 왔습니다."

잘생긴 청년이 그녀에게 꾸뻑 인사를 하며 말했다. 덕분에 오빠와 나희를 보내고 나는 밤늦게 아르바이트 면접을 보았다.

"인상이 좋네요."

미영이가 옆에 앉아서 청년의 얼굴을 보며 말했다.

"25살?"

"네, 군대에 다녀와서 복학 준비 중입니다."

"그래요?"

미영이가 하여튼 지대한 관심을 보여 알바생은 내일부터 당장 출근하게 되었다. 눈치가 백단인 녀석은 우리를 도와 폐점 준비를 했다. 사람을 부리는 데 익숙하지 않은 나였지만 알바생의 빠릿한 행동이 마음에 들었다.

"이름이……."

"김우주입니다."

이력서를 건성으로 봤는지 요즘 생각할 게 많아서인지 쉬운 이름인데 기억하지 못했다.

"알았어요. 우주 씨, 내일 봐요."

"네."

"미영아, 잘 가."

"응, 너도."

나는 근처 주차장에 세워둔 차를 타기 위해 열심히 앞만 보고 걸었다. 그런데 그때 누군가 나의 어깨를 잡았다.

"어머!"

나는 너무 놀라서 그 자리에 주저앉았다.

"희동아, 놀랐어?"

민성 오빠였다.

"오빠, 여기서 뭐 해요?"

"얘기 좀 해."

"얘긴 아까 했잖아요."

"우린 5년이나 만났어. 이대로 헤어질 순 없어."

"아이는요?"

"애는 지우라고 말했어."

거의 만삭에 가깝다고 나희에게 들었었다.

"오빠, 오빠가 좋아하는 사람은 제가 아니라 그 임신한 여자 아니에요?"

"아니, 그렇지 않아. 그 여자는 꽃뱀이야."

"어떻게 자기 아이를 가진 여자를 그렇게 함부로 말해요?"

"희동아."

"됐고요. 빨리 가세요."

나는 몸을 돌려 빠르게 걷기 시작했다. 하지만 몇 걸음 못 가서 민성 오빠에게 잡히고 말았다.

"뭐 하는 짓이냐고요?"

민성 오빠가 나를 거칠게 돌려세웠다. 순간 민성 오빠의 눈을 보고 나는 소름이 끼쳤다. 눈이 완전히 다른 사람이 되어 있었다.

"이거 놔요!"

난 다시 한 번 오빠에게 소리를 쳤다.

찰싹!

순간적으로 눈에서 불이 번쩍 났다. 오빠의 손이 빠르게 내 뺨을 쳤고 나의 얼굴은 그 반동으로 옆으로 돌아갔다. 너무 놀라서 아프다는 생각도 들지 않았다.

"민성 오빠!"

찰싹!

오빠는 눈이 뒤집혀 초점이 흐려져 있었고 이곳 주차장은 지금 이 시간에는 인적이 드물었다. 무서웠다.

"오빠!"

나는 두려웠지만 지금 상황에선 오빠의 이성을 돌리는 수밖에 없었다.

찰싹!

살면서 처음으로 맞는 따귀였다. 그것도 연속해서 세 대나 맞다니, 정신이 없었지만 지금은 이 상황에서 벗어나는 게 급선무였다. 눈동자를 열심히 굴리며 주변을 살펴보았지만 주차장에는 아무도 보이지 않았다.

"이러지 마요."

난 민성 오빠에게 애원을 해보기로 했다. 그리고 가방에 있는 핸드폰을 손에 넣는 행운이 찾아온다면 경찰에 도움을 요청하고 싶었다. 하지만 지금 상황에선 그런 행운 따위는 없었다.

퍽!

민성 오빠가 발로 내 배를 찼다. 난 숨조차 쉴 수가 없었고 그 자리에 힘없이 주저앉고 말았다.

"네가 그렇게 잘났어?"

"……."

민성 오빠가 내 머리채를 잡아 흔들었다.

"내가 애를 지운다고 했잖아. 그런데도 용서를 안 해? 내가 5년 동안 너한테 얼마나 공을 들였는데. 손가락 하나 대지 않았다고. 그럼 남자도 어디다가 풀어야 하는 거 아냐?"

"오빠……."

"씨발, 오빠 소리 하지도 마."

난 내 귀를 의심했다. 민성 오빠의 입에서 처음으로 욕이 나왔다.

"네 오빠가 나한테 전화했더라? 다시 만나면 죽여 버린다고. 어휴 무서워서 살겠어?"

"……."

"그새 일러바치셨어? 이래서 부잣집 년들은 안 되는 거야."

그는 손아귀에 잡힌 나의 머리를 사방으로 흔들고 있었다.

"어떻게 할 거야? 다시 사귈래? 말래?"

"……."

"대답 안 해?"

"알았어요."

"그렇게 나왔어야지. 일단 지갑 줘봐."

오빠는 말이 끝이 나기가 무섭게 나의 지갑에서 카드와 현금을 모두 꺼내 자신의 지갑에 넣었다.

"비밀번호."

"네?"

"비번!"

"0000."

"잘 들어. 오늘 일은 비밀이야. 만약에 네가 허튼짓한다면 그땐 진짜 널 가만히 두지 않을 거야."

난 두려움에 떨며 고개를 끄덕였다. 그러자 그는 유유히 나의 곁을 떠났다. 더 이상의 일이 벌어지지 않아 다행이라는 생각이 들면서도 서러웠다. 나는 차에 올라 한참을 울었다.

그리고 룸미러로 나의 몰골을 확인했다. 이건 진짜 사람의 얼굴이 아니었다. 퉁퉁 부은 얼굴에 머리는 산발이었다. 손은 떨려서 자동차 키도 제대로 끼우지 못했다.

"집으로 가야 해."

하지만 손이 떨려서 도저히 운전을 할 수가 없었다. 난 핸드폰을 겨우 들고는 미영에게 전화를 했다.

"미영아."

[응, 왜에?]

미영은 뭐가 그리 즐거운지 밝은 목소리로 전화를 받았다.

"살려줘."

[…….]

"미영아, 살려줘."

[너, 어디야?]

"주차장."

[아직 출발 안 했어?]

"응."

[내가 거기 어둡다고 다른 데 세우라고 말했지? 지금 갈 테니까

거기 그대로 있어.]

미영이 어둡고 외지다고 돈을 주더라도 다른 곳에 세우라고 몇 번을 말했었다. 하지만 이런 일이 생길 줄 그 누가 알았겠는가? 난 핸들에 머리를 박고 하염없이 울었다.

똑똑똑!

밖에서 차 문을 두드리는 소리가 났다. 난 갑작스러운 소리에 몸을 움츠렸다. 민성 오빠가 돌아온 게 아닐까 두려웠다.

"희동아."

미영이의 목소리였다. 나는 차 문을 열어주고는 그대로 눈을 감아버렸다. 기절을 한 것이었다.

난 꿈을 꾸고 있었다. 불안할 때마다 꾸는 꿈이었다. 어린 시절 부모님이 모임에 가시고 오빠들은 친구들을 만나느라고 그녀를 집에 혼자 두고 갔었다. 갑자기 천둥번개가 치고 전기가 나가 버려 어두운 집 안에 나 혼자뿐이었다.

얼마나 무섭고 두렵던지 어두운 거실에 나 혼자 웅크리고 앉아 울고 있었다. 그때 누군가 나에게 다가와 머리를 부드럽게 쓰다듬어 주었다.

"괜찮아."

나의 머리를 쓰다듬어 주는 건 재희였다. 작은 손이 나의 머리를 쓰다듬으며 괜찮다고 말해주었다. 얼마나 안심이 되었는지 몰랐다.

그때부터 재희는 내가 힘이 들 때마다 언제나 옆에 있어주었다. 때로는 귀찮다고 투덜거리기는 했지만 언제나 옆에 있어주었다.

꿈이었지만 부드럽게 내 머리를 쓰다듬어 주는 재희의 손길이 너무나 좋았다.

"고마워."

"괜찮아?"

"응."

"그럼 됐어."

재희는 나의 머리를 쓰다듬으며 어른스럽게 말했다. 10살도 안 된 나이였지만 재희는 든든한 오빠 같았다. 그리고 어두운 방 안에서 재희는 나의 손을 꼭 잡아주었다. 따뜻했다. 나의 얼굴에 미소가 지어졌다.

"가지 마."

"……."

다른 때와는 다르게 재희는 말이 없었다.

"가지 말라고."

갑자기 옆에 있던 재희가 사라졌다.

"가지 마. 무서워."

나는 어두운 방 안에 혼자가 되었다. 무서웠다. 재희가 꿈속에서 사라진 건 오늘이 처음이었다. 재희랑 말 한마디 없이 지낸 지난 5년 동안에도 꿈속의 재희는 언제나 나를 지켜주었다. 하지만 오늘은 아니었다.

"희동아."

엄마의 목소리였다.

"희동아."

엄마의 울음 섞인 목소리가 다시 한 번 들려왔다.

"엄마."

난 잘 떠지지 않는 눈을 뜨고는 엄마를 확인했다.

"어떻게 된 일이야?"

눈앞에 미영과 나희도 있었고 아빠와 오빠들도 있었다.

"그게……."

난 또다시 눈물을 흘렸다.

"힘들면 말하지 않아도 돼. 재희가 근처의 CCTV 확인하러 갔으니까. 너무 걱정하지 말고."

미영이가 날 안쓰러운 눈으로 보며 말했다.

"돈이랑 카드까지 다 뺏기고 사람까지 이 지경으로 만들어놓다니 어떤 새낀지 잡히기만 해봐. 아주 죽여 버릴 거야."

미영이 분을 삭이지 못해서 어른들이 있는데도 하고 싶은 말을 했다.

"미영아."

나희가 미영의 옆구리를 찔렀다.

"어? 어."

그제야 어른들이 있음을 인지한 미영이 가만히 있었다.

"재희가 왔다 갔어."

나희가 나를 보며 조용히 말했다.

"한참 있다가 네가 안 깨어나니까 범인부터 찾는다고 갔어."

"지금 밤 아니야?"

눈을 감은 지 얼마 지나지 않은 것 같았는데 밖을 보니 환했다.

"지금 점심이야. 너 어젯밤부터 기절해서 잤어."

"여기 어디야?"

"모세병원. 어제 집에 전화하자마자 아버지께서 이쪽으로 데리고 오라 하셔서……."

"고마워."

미영이를 보며 말했다.

"나희 넌 병원에 안 가?"

"잠깐 다녀온다고 말하고 나왔어. 난 조금 있다가 들어가 봐야 해. 깨어난 걸 보니까 마음이 좀 놓인다. 뇌 쪽에 약간 출혈이 있어서 걱정했거든."

나희의 눈에 눈물이 그렁그렁했다.

"다음엔 카페 앞에 차 대놓고."

"카페는?"

"지금 카페가 문제야? 오늘 문 닫았어."

"내일부터 열어. 그러는 거 아니야."

"알았어."

"엄마, 아빠, 오빠들, 나 괜찮으니까 볼일들 보세요."

엄마는 계속해서 울고 있었고 아빠의 안색도 좋지 않았다. 모두 날 걱정하는 건 알았지만 어제의 일은 말하고 싶지 않았다. 두려웠기 때문이었다. 난 괜찮은데 눈이 뒤집힌 민성 오빠가 가족들에게까지 해를 끼치지 않을까 걱정이 되었다.

그리고 재희가 이곳에 와서 나의 흉한 몰골을 보고 갔다는 게 자꾸 마음에 걸렸다.

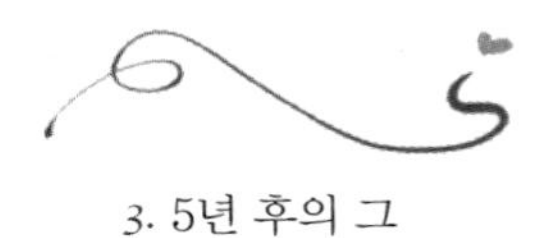

3. 5년 후의 그

24시 편의점 안에 긴장감이 감돌았다. 대학로이긴 하지만 이곳의 위치는 제법 안쪽에 있었다. 낮에는 유동인구가 많은 편이었지만 밤이면 길 건너의 유흥주점 라인 쪽으로 사람들이 빠져서 작은 옷가게들이 밀집한 이곳은 밤 9시가 넘으면 인적이 드물었다.

그런데 요 앞 주차장에서 어젯밤에 강도 사건이 벌어졌다면서 검은 양복을 입은 남자와 경찰들이 편의점 안을 점령하고 있었다. 경찰들은 두 손을 모으고 대기하고 있었고 검은 양복을 입은 남자만 편의점 CCTV를 보고 있었다. 어젯밤 9시부터 돌려 보기 시작하더니 뭔가를 찾아낸 모양이었다.

"어젯밤에 근무한 사람은 누굽니까?"

"밤에는 손님이 없는 편이라서 너무 없다 싶으면 제가 그냥 문을 닫고 들어갑니다."

"혼자 근무하세요?"

"네."

젊은 남자는 편의점 주인이 보기에도 굉장히 카리스마가 넘치는 잘생긴 남자였다. 검은 옷은 몸에 딱 맞아 떨어졌고 운동을 했는지 몸매도 다부졌다.

"이 CCTV 영상은 가져가도록 하겠습니다."

"네."

남자의 기에 눌려 편의점 주인은 아무 말도 하지 못하고 그가 원하는 대로 해주었다.

"담배 하나 주세요."

어리게 생긴 녀석이 눈치 없이 들어와 담배를 찾았다.

"신분증 보여줘요."

편의점 주인은 경찰들을 의식해서 신분증을 요구했다.

"안 가져왔는데요."

그제야 진열대 뒤에 있던 경찰들을 본 녀석이 슬슬 뒤꽁무니를 뺐다.

"학생 이리 와봐."

운도 지지리 없는 녀석이었다. 경찰에 그대로 걸리다니 말이다.

편의점 주인은 이래저래 시끄러운 날이라는 생각이 들어 편의점 안의 사람들이 나가면 소금이라도 뿌려야겠다는 생각을 하고 있었다.

잘생겼다는 말로는 부족한 재희의 얼굴이 일그러져 있었다. 5년 동안이나 자유를 주었는데 고작 사귀던 남자에게 두들겨 맞는 장면을 보이다니 정말 한심한 여자였다. 담배 한 대를 입에 문 그는 옆에 서서 자신의 눈치를 보고 있는 경찰들을 쳐다보았다.

"일단 영상 속의 조민성이라는 인물의 소재를 파악하고 피해자의 카드 사용 내역을 바로 체크해서 현장을 추적해 주세요."

"네."

재희는 영상을 경찰에게 넘겼다. 이 사건을 검찰로 바로 가져가서 수사를 하기엔 그의 짠밥이 너무 작았다. 연수원에서 나와 검찰에 들어온 지 얼마 되지 않은 뽀송뽀송한 검사이기 때문이었다.

"조민성."

희동이 조민성과 만난다고 했을 때 그에 관한 안 좋은 소문들을 들었기 때문에 금방 헤어질 줄 알았다. 당시에는 희동의 행동에 너무 화가 나서 어떻게 되든 상관하지 않겠다는 마음으로 군대 생활을 했고 졸업을 하고는 바로 사법고시에 붙어서 연수원 생활까지 하고 나니 5년이란 시간이 총알같이 흘러갔다.

하지만 그의 신경은 언제나 희동에게 가 있었고 그걸 부인할 수는 없었다. 민성과의 결혼 이야기가 있다는 말을 듣고는 희동이 오빠들에게 조민성에 관한 소문들을 은근히 얘기하며 결혼에 반대하게 만들기도 했다.

태어나면서부터 한 여자만을 바라보고 살았었다. 어찌나 귀엽고 예쁜지 그가 사물을 인지하면서부터 그의 기억엔 희동이뿐이었다. 한 사람에게 빠지면 이렇게 되는구나를 그는 몸소 경험했었다.

하지만 그런 그의 마음을 헌신짝처럼 버린 건 희동이었다. 용서가 되질 않았다. 그래서 잊으려고 여자를 만나기 시작하자마자 이렇게 사건을 터트려 그가 나서게 만들었다.

다른 여자를 만나서 희동을 잊게 되길 바라는 마음에 다혜를 만났지만 마음이 쉽게 열리지는 않았다. 그는 희동이 민성과 결혼을 강행할 거란 생각은 있었다. 희동은 하나만 보는 여자였다. 그를 버리고 민성을 택한 용기 있는 여자이기도 했다. 희동이 결혼을 하려 한다면 그는 어떤 수를 써서라도 막겠지만 만약 실패한다면 그도 바로 결혼하고 싶었다.

그런데 상황이 꼬여 버렸다.

"후."

한숨이 절로 나왔다.

윙—

다혜 전화였다. 요즘 몇 번 만나기는 했는데 아직 마음을 정하진 못한 상황이었다. 아무 여자나 만나서 백희동의 굴레에서 벗어나고 싶은 마음뿐이었다. 그리고 지금은 노력 중이었다. 그의 인생에서 노력해서 안 되었던 건 백희동뿐이었다.

윙—

다시 한 번 벨이 울리자 그는 핸드폰을 받았다.

"여보세요."

[재희 씨.]

다혜는 그를 어려워했다. 그리고 매사에 모든 게 조심스러웠고 완벽했다.

"왜?"

[제가 재희 씨 바쁜데 전화한 건가요?]

"아니, 말해."

[딱히 용건이 있다기보다는 오늘 저녁에 같이 식사나 할까 해서요. 친구에게 좋은 곳을 추천받았거든요.]

"미안해서 어쩌지. 오늘은 야근이라서 말이야."

[그래요?]

실망한 목소리였다.

"주말에 같이 가자."

[네, 좋아요.]

목소리가 달라졌다. 여자들이란 참으로 단순한 것 같았다.

[바쁜데 전화해서 미안해요.]

"아니야, 그리고 미안하다는 얘기는 너무 자주 하지 마. 싫어."

[네, 알았어요. 오늘 힘든데 수고하세요.]

"알았어."

핸드폰을 안주머니에 넣으며 그는 깊은 한숨을 쉬었다. 다혜는 다 좋은데 그의 심장을 뛰게 하지는 못했다. 인간관계에서 완벽을 추구할 수는 없지만 뭔가 앙꼬 없는 찐방 같은 허전함이 그들 사이에 존재했다.

"내가 너무 많은 걸 바라는 것 같아."

그는 이렇게 말을 하며 검찰청으로 들어갔다. 끝없이 많은 업무가 그를 기다리고 있었지만 지금 그에게 가장 급한 건 희동이를 저렇게 만든 조민성을 잡아넣는 것이었다.

3개월 차 검사의 책상 위에는 온갖 잡범들의 수사파일이 다 올라와 있었다. 기소처분을 내려야 하는 것도 많았고 불구속 수사처리 대상도 많았다. 우리나라에 이렇게 많은 잡범들이 있다는 사실에 경악을 금치 못할 노릇이었다.

"검사님."

이 수사관이 그를 불렀다. 그의 검사실에 있는 사람들은 모두가 초보들이었다. 그래서인지 무슨 사건이든 열정적으로 처리하고 있었다.

“네, 말씀하세요.”

“혜화서에서 연락이 왔습니다.”

“그래요?”

“네, 조민성이라는 작자가 카드를 쓴 흔적들이 나왔습니다. 어제 돈암동 현금인출기에서 600만 원을 인출하고, 오늘 오전 명륜동에서 600만 원을 인출했습니다.”

“행방은요?”

“지금 수소문 중인데 오늘 중에 잡힐 것 같다고 합니다.”

“잡히면 바로 말씀해 주세요.”

“네. 그리고 3시부터 피의자 조사가 있습니다.”

“알았습니다. 바쁜데 제 일까지 부탁드려서 죄송합니다.”

“아이고, 아닙니다. 저도 모르는 게 많아서 다른 분들께 물어보면서 하느라 늦어서 그렇지요. 그래도 검사님의 업무 처리가 워낙 빠르셔서 여기 수사관들 사이에서도 연수원 수석이라 다르다고 칭찬이 자자합니다.”

재희는 수사관의 칭찬에 미소로 답했다.

“자자, 이제 시작합시다. 오전 시간을 다 날렸으니 더 빠르게 처리해야 합니다.”

“네.”

귀여운 막내인 한혜민 수사관이 그의 말에 크게 대답하자 이 수사관과 그가 웃었다.

"역시 우리 검사실은 파이팅이 좋습니다."

이 수사관의 말을 끝으로 그들은 한동안 말없이 자신들의 일에만 집중했다. 사기 피의자의 대질 신문도 하고 폭력사범 신문도 하느라 이 수사관은 정신없이 바빴고 그도 사건들을 검토하느라 정신이 없었다.

퇴근 시간이 가까울 무렵에 혜화경찰서에서 연락이 왔다. 조민성이 잡혔다는 것이었다. 그는 자신의 일들을 바로 접고는 혜화경찰서로 향했다. 차를 모는 내내 그의 머릿속은 복잡했다. 핸들을 잡고 있는 그의 손에 힘이 들어갔다.

어두운 주차장에서 놈이 희동의 뺨을 세게 내려치던 모습이 생각났기 때문이었다. 아까워서 잘 만지지도 못했던 희동의 얼굴을 놈이 때린 것이다. 용서할 수가 없었다.

"제길!"

그는 희동이를 지키지 못한 자책감에 빠져 있었다.

학교에 입학을 했을 때 희동이와 같은 반이 되어서 그는 뛸 듯이 좋았다. 학교에 갈 때도 올 때도 그들은 항상 손을 붙잡고 다녔었다. 어릴 때부터 희동이는 그에 비해 작았다. 아니, 다른 아이들에 비해서도 작았다.

뒤에서 보면 가방에 발이 달려서 걸어다니는 것 같았다. 그 모습을 보면 항상 웃음이 났었다. 그러던 어느 날 동네 형들이 손을 잡고 다니는 그들을 놀리기 시작했다.

"니들 사귀는 거야?"

"아냐."

희동이가 갑자기 형들에게 말을 하자 그중에 한 명이 희동이의 머리를 쥐어박았다.

"아야, 왜 때려!"

"쪼끄만 게 까불어?"

그러더니 또 한 번 희동이의 머리를 쥐어박았다.

"아아아, 우리 엄마한테 이를 거야."

희동이가 울자 그는 희동이를 쥐어박은 형에게 그대로 돌진했다. 도저히 참을 수가 없었다. 작고 약한 희동이가 운다는 건 견딜 수가 없었다. 그날 그는 평생 맞을 매는 다 맞은 것 같았다.

코피를 쏟으며 앉아 있는 그에게 희동이 자신의 손수건을 주며 울었다.

"아아앙, 아프지?"

"아니."

그는 아파서 죽을 것 같았지만 참았다. 그 후로 그는 태권도 학원을 다니게 되었고 유도를 고등학교 졸업할 때까지 했다. 그건 다 희동이를 다시는 맞지 않게 하고 그 누구도 못 건드리게 하기 위해서였다.

하지만 결국 그는 자신과의 약속을 지키지 못했다. 결국 희동이가 머리를 맞는 정도가 아닌 구타를 당해서 병원에 입원하게 된 것이었다.

"조민성 이 새끼, 정말 가만두지 않겠어."

그는 이를 악물고 운전대를 잡았다. 그리고 혜화경찰서에 도착하자마자 그는 강력계로 달려갔다.

"누구……."

"강재희 검삽니다. 조민성이 좀 보러 왔습니다."

"지금 저기서 조서를 꾸미고 있습니다만……."

그는 조민성이 앉아 있는 자리로 가서 취조 중인 조민성의 멱살을 잡아 그대로 내다꽂았다.

"검사님!"

형사들이 그의 행동에 놀라 각자의 자리에서 달려 나와 그의 팔을 잡았다. 그가 형사들의 팔을 뿌리치고는 나자빠져 있는 조민성을 내려다보았다.

"왜 그러십니까?"

주변의 형사들이 그에게 물었다.

"……."

바닥에서 일어난 조민성의 눈빛이 흔들렸다. 그를 알아본 모양이었다.

"이게 누구신가? 강재희 아니야?"

약간은 비꼬는 듯한 어투로 비틀거리며 조민성이 말했다.

"아는 놈이십니까?"

"반장님, 제가 잠시 조민성과 이야기를 나눠도 되겠습니까?"

"하지만 지금처럼 이러시면 곤란합니다."

형사가 재희의 얼굴을 보더니 꼬리를 내렸다.

"알겠습니다."

조서를 꾸미던 형사가 그에게 자리를 양보했다. 그는 민성의 얼굴을 뚫어지게 보며 자리에 앉았다.

"그래도 학교 선밴데 얼굴을 쳐서야 쓰나."

멀쑥하게 생긴 얼굴에 왜소한 체격은 비열한 녀석의 본모습을 감추기에 충분했다.

"형사님, 어쩌다가 잡힌 거죠? 카드 사용 때문에 잡힌 건가요?"

"아뇨, 이웃 주민의 신고로 잡았습니다."

"신고라뇨?"

또 다른 사건에 연루가 된 모양이었다.

"그 집에 사는 여자와 싸우는 소리 때문에 신고가 들어와서 출동한 경찰에 연행되었고 신원조사 중에 조민성임을 알고 조사 중입니다.”

“네.”

“그런데 경찰이 도착했을 때 임산부인 여자가 많이 맞아서 병원으로 호송했습니다. 다행히 아이와 산모 다 무사합니다.”

그의 시선이 민성에게로 향했다.

“그 여자는 누구지?”

“꽃뱀.”

“뭐?”

“꽃뱀이 임신을 했다고 하도 달라붙어서 떼어내던 중이었어. 그 안의 씨도.”

“구제불능이군.”

재희의 눈에서 레이저가 발사되고 있었다.

“희동인 왜 그렇게 한 거지?”

“사랑하니까.”

그가 CCTV를 본 줄 모르는 것 같았다.

“한 번만 더 묻겠어. 왜 그런 거야?”

“…….”

그가 몸을 일으켜 그의 멱살을 다시 잡자 그가 비웃었다.

“날 때리려고? 그럼 널 폭행으로 고소할 거야.”

“마음대로. 누가 너 같은 전과자의 말을 믿겠어. 안 그래?”

경찰들이 고개를 돌리자 그때서야 상황 파악이 된 민성이 벌벌 떨며 그 비열한 정체를 드러내고 있었다. 강자에겐 약하고 약자에겐 강한 그의 성격 말이다.

"알았으니까 때리진 말아줘."

"본인이 아픈 건 아나 보지?"

그가 민성을 의자에 집어 던지듯이 내팽개쳤다. 유도를 오래한 탓인지 재희의 악력은 웬만한 남자들은 당해내질 못했다.

"검사님."

조사를 하던 형사가 그를 조용히 불렀다.

"나머지는 저희가 하겠습니다. 많이 흥분하신 것 같은데……."

"아닙니다. 흥분한 상태로 여기 들어왔다면 이 쓰레기는 벌써 죽었을 겁니다."

그의 말에 민성이 눈치를 보기 시작했다. 그는 더 이상은 말을 할 수가 없었다. 아직은 경찰 수사 중이었고 배정이 어떤 검사에게 갈지는 모르지만 그때에 그가 힘을 좀 쓸 수 있을 것 같았다. 그리고 이 일은 오늘 하루에 끝날 일이 아니었다.

경찰서에서 나오는데 그의 핸드폰이 요란하게 울렸다.

"여보세요?"

[재희야.]

희동의 오빠인 일동이 형이었다. 어릴 때 그의 누나들이 형들의 이름을 가지고 많이 놀렸었다. 아파트의 동수도 아니고 백일동, 백이동이 뭐냐고 말이다.

하지만 형들을 이렇게 놀릴 수 있었던 건 그의 누나들뿐이었다. 다른 그 누구도 모범생이었던 형들의 이름을 마음대로 놀릴 수가 없었다.

"네, 형."

[조민성 그 자식 잡혔다면서?]

"네, 지금 저도 보고 나왔는데 어떻게 저런 자식을 희동이가 사귀었는지 이해가 가지 않습니다."

[왜 그런 건지 이유는 들어봤어?]

"아직 조사 중인데, 임산부인 동거녀를 폭행해서 주민들의 신고로 잡혔다고 하네요."

[임산부? 동거녀?]

"형님, 그 자식은 인간쓰레기예요."

[동거녀가 있었어? 이 양아치 새끼를 내가 그냥!]

평소 화를 내는 사람이 아니었지만 동생의 일이니만큼 일동은 흥분 상태였다.

[내가 지금 경찰서로 가봐야겠어.]

"아직 조사가 덜 끝났으니까. 조사가 완전히 진행된 다음에 가시는 게 나을 것 같아요."

[넌 어디야?]

"병원에 한번 가보려고요."

[그래? 그러면 술이나 한잔하자.]

"형은 어디세요?"

[병원이야. 안 그래도 방금 희동이한테 다녀오는 길이야.]

"상태는 어때요?"

[타박상이 워낙 심하기도 하지만 정신적으로 쇼크 상태야.]

"형님, 잠시 후에 뵐게요."

[알았어.]

정신적으로 쇼크를 받은 건 그도 마찬가지였다. 일동과의 전화를 끊은 후에 그는 희동이 입원해 있는 병원을 찾았다. 희동의 입원 사실을 오전에 어머니로부터 듣고는 바로 병원을 찾은 그였다.

얼굴의 멍 자국을 보며 얼마나 가슴이 아팠는지 모른다. 하지만 희동에게는 애인이 있었고 그는 단지 멀리서 희동을 바라볼 수밖에 없었다. 이제는 정말로 다른 길을 걷게 될 것이란 생각이 들었기 때문일까?

다혜와 만나기 시작하자마자 희동에게 이런 일이 생겨서 솔직히 재희의 마음이 흔들리고 있었다. 어떻게 해야 할지 아직 마음이 잡히지 않았다. 다른 남자에게 갔던 희동을 쉽게 받아들이기엔 그의 상처가 너무나 컸다.

5년 만에 희동의 얼굴을 만지는 그의 손이 떨렸다. 하지만 마음과는 다르게 그의 손은 자꾸만 희동을 향하고 있었다. 부드러운 희동의 피부가 손끝에 느껴지자 재희는 예전의 느낌이 살아나는 기분이었다.

다시 한 번 그의 손길이 잠들어 있는 희동에게로 향했다. 그런데 그때 어머니와 아버지가 들어오셔서 더 이상 둘만의 시간을 가질 수가 없었다. 그렇게 오전에 잠시 동안 머물렀던 게 아쉬워 그는 다시 병원을 찾았다.

희동과 눈이 마주치면 무슨 말을 해야 할지 알 수가 없었다. 떨리는 마음으로 특실의 문을 열고 들어서자 희동의 어머니가 앉아 있었다.

“재희 왔구나.”

“네, 어머니.”

그는 어릴 때부터 희동이 엄마가 좋았다. 아들 둘을 키우셔서 그런지 시원시원한 성격의 아주머니는 그를 막내아들 대하듯이 귀여워해 주셨다.

“오늘 고생 많았지?”

“아뇨.”

말을 하면서도 그의 눈은 사과를 먹고 있는 희동에게 가 있었다. 얼굴에 선명한 멍 자국이 그대로인 희동은 그를 보자마자 마치 정지 화면처럼 사과를 입에 물고 그를 쳐다보고 있었다.

"괜찮아?"

희동이 고개를 끄덕였다.

"괜찮긴 뭐가 괜찮아? 내가 그딴 녀석 만나지 말라고 했어, 안 했어?"

화가 많이 나신 아주머니가 희동을 닦달하기 시작하셨다. 그는 아무 말 없이 가만히 서 있을 수밖에 없었다. 엄마와 딸의 다툼에 그가 낄 수는 없었기 때문이었다.

드르륵.

"희동아."

갑작스런 그의 어머니의 등장에 재희는 그대로 얼어붙었다. 그의 어머니는 생각 없이 하고 싶은 말은 다 하고 사시는 분이기 때문이었다.

"이모."

희동이는 엄마를 늘 이모라 불렀다.

"괜찮아?"

"응."

"얼굴은 왜 이런 거야? 많이 아팠겠어."

"괜찮아."

"괜찮기는. 내 이놈의 새끼를 가만히 안 두겠어."

그의 어머니 김숙희 여사님으로 말하자면 자식들 일에는 물불을 안 가리는 열혈 엄마였다. 그런데 자식 같은 희동이가 이런 꼴로 침대에 누워 있으니 김 여사도 속이 많이 상하는 것 같았다.

"어머니."

"넌 여기 어쩐 일이냐?"

"친구가 다쳤는데 와봐야죠."

"너네 절교한 거 아니었어?"

"어머니."

정말 마음에 담아두는 것 없이 비밀이 없는 분이었다.

"그러는 너는 어쩐 일이야? 내일 온다며?"

김 여사의 친구이자 희동의 엄마인 유연수 여사가 사과를 깎으며 물었다.

"어, 이거 너하고 우리 희동이 먹으라고."

저녁을 집에서 만들어 오신 모양이었다. 김 여사가 테이블 위에 도시락을 펼쳤다.

"이모, 군부대도 먹이겠어요."

"그렇지? 내가 좀 손이 크긴 하지."

밥에 갈비까지 상다리가 부러지게 생겼다.

"재희 넌 가서 형들 불러와."

"네."

어색할 줄 알았던 만남이 김 여사 덕분에 자연스러운 만남으로 바뀌었다. 다행히 희동의 아버지와 오빠들이 다 있어서 모두 같이 앉아 식사를 하게 되었다.

"진짜 맛있어요."

이동이 형이 엄마의 음식을 게 눈 감추듯이 먹어 치웠다.

"고맙다."

"숙희 씨 음식 솜씨야 다 알아주지. 우리 마누라 음식 솜씨하고 쌍벽을 이루잖아."

역시 백 원장님은 삶을 아시는 분이었다. 말을 해도 아주 현명하게 하셨다. 김 여사와 유 여사 두 분 다 기분이 나쁘지 않게 말이다.

"아저씨 식사는요?"

"이리로 오실 거야."

"이모, 창피하단 말이에요."

"어떻게 하냐, 막내딸이 다쳤다는데 그 사람이 안 오겠어?"

아버지는 유난히 희동이를 예뻐하셨다. 애교라고는 눈을 씻고 찾아봐도 없는 누나들하고는 다른 희동이가 예쁘셨던 모양이었다.

"다들 모였고만."

아버지가 들어오셨다. 육십이 넘으신 분이었지만 아직도 뭇 아주머니들의 시선을 사로잡는 분이었다.

"양반되기는 틀렸어."

백 원장이 아버지를 보고는 말했다.

"왜?"

"당신 곧 올 거라 말하고 있던 참이었거든요."

"희동이는 아파 죽겠다는데 다들 밥이 넘어가?"

"네."

"그래, 많이 먹어."

아버지는 이렇게 말하고는 희동이에게로 갔다.

"아팠지? 아저씨가 꼭 그 자식을 가만히 안 둘 거니까 희동이는 아저씨만 믿어."

아버지는 알아주는 변호사셨다. 진짜로 해결 못 하는 사건이 없었다. 그런 아버지가 한다면 그놈의 형량은 불 보듯이 뻔했다.

아버지가 희동이의 손을 잡고는 위로하는 모습이 보기에 좋았다.

"인마, 넌 꿔다 놓은 보릿자루 마냥 뭐 하고 있어?"

"밥 먹습니다."

갑자기 아버지가 그에게 말을 걸어와서 밥을 먹다 말고는 깜짝 놀랐다.

"니들은 화해했어?"

"잰들 아직 말도 안 하는 것 같던데……."

"징그러운 것들. 고집들은."

아버지는 이렇게 말을 하고는 자리에 앉으셨다. 그의 눈이 희동에게 향하자 희동이 얼른 그의 눈길을 피했다.

"우리 재희 결혼할 여자 생겼다며?"

유 여사가 어머니에게 말했다.

"요즘 다혜를 만나나 보더라고."

"그 다혜? 대영그룹 손녀?"

"응."

어머니의 어깨에 힘이 들어갔다.

"아이고 내 팔짜야. 어찌 세 녀석 다 결혼할 생각들이 없어. 아니, 결혼은 둘째 치고 만나는 사람들은 있어야 할 것 아냐."

유 여사가 푸념을 하고 있었다.

"아니다. 희동이가 만나던 녀석이 이 모양으로 만들어놨으니 누굴 만나라고 하기도 그렇네."

유 여사가 깊은 한숨을 쉬었다.

"숙희야, 진짜 네가 부럽다."

"다 때가 있는 거야. 우리 희동이랑, 일동이 이동이가 보통 애들이야? 다 좋은 짝이 기다리고 있을 거야."

병실 분위기가 침울할 줄 알았는데 그렇지 않아서 다행이었다.

아마 어머니끼리 친구이기 때문에 식구처럼 서로에게 의지가 되는 것 같았다. 그건 남자친구들끼리는 불가능한 일이었다.

그의 눈은 자꾸 희동에게 향했다. 작고 마른 녀석이 덩치 큰 남자에게 두들겨 맞아 얼굴까지 멍이 들어 있는 걸 보니 마음이 좋지 않았다.

"재희야, 우리는 2차 가자."

일동이 형이 일어나자 이동이 형도 따라 일어났다. 두 분이 같이 가실 모양이었다.

"저희들 먼저 일어나겠습니다."

"알았어."

어른들은 더 계실 모양이었다.

"희동아, 오빠들 먼저 간다."

희동이가 고개를 끄덕였다. 희동이의 얼굴에 그늘이 진 걸 처음 보았다. 희동이는 언제나 밝은 에너지를 가진 아이였다. 하지만 오늘은 달랐다. 괜찮은 척하고 있었지만 눈빛은 불안감으로 흔들리고 있었다. 그나마 가족들이 그녀를 지키고 있으니 안심이 되기는 했지만 진짜로 희동이가 심리적인 쇼크 상태인 것만은 틀림없었다.

그들은 모세병원 뒤쪽에 있는 포장마차로 향했다. 추운 날씨라서 그런지 마음이 허해서 그런지 따뜻한 국물이 생각났다.

"아줌마, 여기 어묵탕이랑 오돌뼈 주세요. 소주하고요."

"네."

자리에 앉기도 전에 그가 메뉴를 말했다. 이 집에서 가장 맛있는 메뉴이기도 했고 형들이 이곳에 오면 항상 사주던 메뉴였기 때문에 그가 이제는 아주 자연스럽게 주문했다.

"잘 지냈어?"

"뭐, 항상 그렇죠."

"병원에 오면 다 환자 같고 경찰서에 가면 다 범인 같은데 이건 검찰청에 있으니 더할 것 아니야."

이동이 형이 말했다.

"징글징글합니다."

"벌써부터?"

"네, 책상 위에 매일 처리할 사건이 산더밉니다."

"하긴 우리도 생각지도 못한 사건에 휘말렸으니 인구가 이렇게 많은데 사건들이 많겠지."

그때 술이 먼저 왔고 그가 형들에게 한잔씩 따라주었다.

"진짜 여자 없으십니까?"

"여자 만날 시간이 없다."

이동이 형은 지금 박사 과정 준비 중이라서 진짜 시간이 없어 보였다.

"이동이 형보다는 일동 형이 더 급한 거 아니에요?"

"나 여자 있어."

"네?"

그와 이동 형이 동시에 일동 형을 보았다. 뭐가 안 풀리는지 형은 잔에 술을 부었다.

"누군데요?"

"알 거 없고. 너도 어머니에게 말하지 마."

"누구야? 아는 사람이야?"

"그만해."

"말을 꺼낸 건 형이야."

"나중에 말해줄게. 지금은 나도 내가 사귀는 건지 뭔지 알 수가 없다."

"왜?"

"다음에."

형은 연속해서 입에 술을 털어 넣었다.

"요즘엔 왜 이렇게 감정적으로 힘든 일만 생기는지 모르겠다. 우리 희동이 일도 그렇고. 난 평생 살면서 이렇게 화가 나보긴 처음이야. 민성이 새끼 학교 다닐 때도 양아치였는데, 교회에서 봉사한다기에 좀 나아진 줄 알았더니 더 양아치가 돼 있었어. 진작에 뜯어 말렸어야 했어."

"누가 이렇게 될 줄 알았나?"

형들은 깊은 한숨을 내쉬었다.

"그놈은 뭐래?"

"아직 조사가 안 끝나기는 했는데 일단은 아니라고 부인하고 있어요."

"CCTV에 다 찍혔다면서?"

"네, 그런데 제가 갔을 때는 그 사실을 모르고 있어서인지 끝까지 부인을 하고 있었어요."

"진짜로 사람을 죽이고 싶다는 생각을 처음 해본 놈이다."

일동이 술을 먹으며 속상한 마음을 털어놓았다.

"희동이는 우리 집 식구들에겐 소중한 아이야. 늦둥이에 그것도 딸인데 얼마나 귀하게 컸겠어. 나도 한 번을 안 때린 아이를 그 지경으로 만들어놓다니 내가 진짜……."

"형, 술 그만 마셔요. 너무 급하게 마셔."

이동 형이 술병을 잡으며 말했다.

"내일 오프라서 괜찮아."

"몇 주 만에 오픈데 하루 종일 방바닥 지키게?"

"괜찮아."

속상한 형이 계속해서 술을 마셨다. 그 와중에 이동이 형까지 술에 취하기 시작했다.

"재희야, 난 네가 우리 희동이랑 결혼할 줄 알았다."

"나도나도."

두 형들이 혀가 꼬인 소리를 내며 말했다.

"그런데 다른 여자와 결혼을 한다니 서운하다. 재희야."

"나도나도."

아주 쿵짝이 잘 맞는 형제였다. 어릴 때부터 재희는 이 형들 사이에 끼고 싶었다. 너무나 좋은 사람들이었기 때문이었다. 공부도 운동도 잘하는 형들이었다. 지금도 그 마음은 변함이 없었다.

"우리 희동이가 그렇게 매력이 없나?"

"그건 아니지?"

"우리 희동이는 매력이 있지."

"맞아, 재희 넌 어떻게 생각하냐?"

희동이의 매력에 대해 한 번도 생각해 본 적이 없었다. 그냥 모든 게 좋았다.

"희동이의 모든 게 좋았습니다. 웃는 것도 우는 것도 때로는 뭐라고 말하면 입술을 쭉 내밀며 불만 어린 표정을 지을 때도 다 좋았어요. 차라리 싫은 걸 말하라고 하는 게 빠를 겁니다."

하지만 생각해 보니 싫은 것도 없었다.

"그런데……."

그가 눈을 들어보니 두 형들은 벌써 테이블 위에 엎드려 자고 있었다. 난감한 상황이었다. 하나도 아니고 둘씩이나 뻗어버렸으니 말이다.

그때였다.

윙—

일동 형의 핸드폰이 울리고 있었다.

"여보세요?"

[백일동 씨 핸드폰 아닌가요?]

"맞습니다."

[좀 바꿔주시겠어요?]

"지금 만취 상태시라……."

[지금 어딘가요?]

"여기 모세병원 뒤에 있는 포장마찬데요. 오실 건가요? 이동 형까지 꽐라가 된 상황이라서……."

[갈게요. 20분만 기다려 주세요.]

"혹시 차로 오시나요?"

[차 가지고 갈게요.]

"넵, 감사합니다."

듣던 중 반가운 소리였다. 하지만 그보다는 일동 형이 말한 애인을 보게 된다는 기대감이 더했다. 여자에게 인기가 많은 형이었지만 공부를 하느라 특별히 진지한 만남을 가진 여자는 여태 없는 걸로 알고 있었다.

20분이 지나자 진짜로 포장마차 안으로 여자가 들어왔다.

"홍나희!"

"어, 재희야."

"여긴 어쩐 일이야?"

"오빠 데리러……."

"오빠? 누구?"

난 나희가 누군가를 만나러 온 줄 알았다. 하지만 나희의 시선은 일동 형에게 가 있었다.

"너였어?"

"……."

이건 놀랄 일이었다. 천하의 독종 홍나희가 형의 애인이라니 말이다. 나희는 얼굴도 예쁘고 공부도 잘해서 남자들에게 꽤 인기가 있었다. 하지만 어려운 집안 환경 탓에 다른 데 눈을 돌리는 걸 보지 못했었다. 그런데 자기보다 8살이나 많은 일동이 형과 사귀다니 믿어지지가 않았다.

"둘이 사귀는 거야?"

"아니."

의외로 나희는 똑 부러지게 아니라고 했다.

"아닌데 이러면 남자들은 헷갈려 해. 그것도 너 같은 애가 그러면 흔들리게 되지.”

“그냥 친구 오빠라서 걱정돼서 온 거야.”

“행동 잘해. 형 헷갈리지 않게.”

“날 헷갈리게 하는 건 일동 오빠야.”

서로 뭔가가 잘 안 맞는 모양이었다. 아니면 아직 서로의 마음을 정확하게 모르던지 말이다.

“차 빌려왔어. 그래도 한 빌라라서 다행이다.”

“차 가져와. 일단 내가 옮길 테니까. 얘기는 가면서 하고.”

“알았어.”

나희가 차를 포장마차 앞에 댔고 그는 형들을 업어서 차에 실었다.

“출발하자.”

“응.”

차가 출발을 했다. 집에서 병원까지는 20분이 채 걸리지 않는 거리였다. 이럴 때는 빠르게 질문을 하는 게 상책이었다.

“형이랑은 언제부터 만난 거야?”

“중학교 때부터.”

중학교 때부터라면 상당한 시간 동안 나희가 형을 좋아한 게 틀림이 없었다.

“네가 짝사랑한 거 말고 둘이 사귄 거 말이야.”

"사귀는 건 아니야."

"아니야?"

"응, 그냥 내가 좋아하는 거야."

"아니라고 한 건 너 아니야?"

"맞아, 너도 알다시피 난 너무 가난해서 오빠네 집안에 어울리는 사람이 아니야. 거기다가 어머니께서 날 며느리로 받아주실 리가 없어."

"왜?"

"그건 너희 집 언니들이 시집을 잘 간 영향도 있지. 항상 부러워하셨거든."

"우리 엄마를?"

"응, 두 분은 약간 라이벌 관계시거든."

"그건 아니다."

말은 이렇게 했지만 두 분이 서로를 좋아하시는 만큼 지기 싫어하시는 것도 잘 알고 있었다.

"그래서 시도도 해보지 않고 포기하는 거야?"

"그냥 짝사랑이 편하다. 혼자서만 맘고생하면 되니까."

"네가 어때서 그래? 그냥 미친 척하고 형하고 화끈하게 사귀어봐."

"됐다."

고집이 황소고집인 나희였다. 그래서 여태까지 불우한 환경에서도 바르게 자랄 수 있었을 것이다.

"오늘은 일동 형이 희동이 때문에 많이 속상한 것 같아."

"넌 괜찮아?"

"어?"

"희동이 그렇게 되고 넌 괜찮냐고?"

"아니, 안 괜찮아."

"난 말이지. 내가 솔직해지는 것보다는 재희 네가 솔직해지는 게 먼저 라고 생각한다."

운전을 하며 나희가 그에게 폭탄 같은 말을 던졌다.

"내가 뭘?"

"넌 말이야, 예전부터 희동이를 좋아하면서도 말하지 않고 장난꾸러기 남자아이가 여자아이 괴롭히듯이 건드리기만 했잖아? 그러면 여자는 몰라."

"……."

"남자들은 치마나 들추고 고무줄이나 끊고 다니면서 자신의 마음을 표현한다고 생각하지만 여자들은 그렇지 않거든. 그게 좋게 다가오는 게 아니라 진짜 괴롭히는 것 같거든."

"……."

"내가 곁에서 너희들을 본 지도 20년이 가까워 오는데 왜 모르겠니. 이번이 기회라고 생각하고 희동이한테 잘해줘."

"아니, 난 이미 다혜하고 만나고 있어."

"미친놈, 또 한 명의 마음을 다치게 하고 있구나? 마음에도 없으면서."

"아는 척하지 마."

"아는 척할 마음도 없고 앞으로도 할 생각 없어. 오늘이 처음이자 마지막 말이야. 널 위해서가 아니라 한심하고 착하기만 한 내 친구 희동이를 위해서. 아무리 생각해도 세상 물정 모르는 희동이한테는 너 같은 놈이 최고란 생각이 들기 때문이야."

"……."

나희의 말에 그는 한마디 말도 할 수가 없었다.

"그런데 정말 웃긴 건 민성이라는 그놈을 사귀는 동안에도 너의 그늘에서 빠져나오지 못하더라. 너희가 5년 동안이나 만나지 않고 있었다는 게 좀 웃겨."

"넌 그래서 형이랑 안 사귈 거야?"

"못 올라갈 나무거든."

"형은 그렇게 생각 안 하던 것 같은데?"

"결혼은 혼자 하는 게 아니야."

"넌 아줌마와 아저씨를 너무 잘못 판단하고 있는 것 같아."

이야기를 하는 동안 어느새 집에 도착했다. 백 원장과 강 변호사가 밖에서 팔짱을 끼고 기다리고 있었다.

"전화했어?"

"응, 원장님한테만."

차를 세우자 두 분이 얼굴에 내천 자를 그리고 서 계셨다.

"나희야, 진짜 수고했다. 이 녀석들을 그냥."

백 원장이 뒷좌석에 대자로 뻗어 있는 두 아들들의 어깨를 손으로 세게 쳤다.

탁! 탁!

"안 일어나? 재희는 멀쩡하고만, 둘이 다 꽐라가 되어가지고 이게 뭔 망신이야."

"제가 일동이 형을 업겠습니다."

그는 일동과 이동을 차례로 업어 날랐다. 덩치가 큰 사람들이고 축 처진 몸이라서 여간 무거운 게 아니었다.

"재희야, 고생 많았다."

"아닙니다. 제가 못 마시게 했어야 하는데 죄송합니다. 아주머니는요?"

"오늘은 병원에서 잘 거야."

"네."

백 원장과 아버지가 집으로 들어가시고 나서 그는 나희가 가는 것까지 챙겼다.

"오늘 고생했다. 잘 가."

"알았어. 너도 고생했어."

나희가 돌아간 후에도 그는 한참 동안이나 놀이터 그네에 앉아 있었다. 핸드폰에는 다혜가 보내온 문자들이 가득했다. 그는 간단하게 답을 하고는 전화기를 주머니에 넣고 집 안으로 들어갔다.

감정적으로 복잡하게 얽히는 건 싫었다. 나희의 말이 어찌 되었건 지금 그가 만나고 있는 건 다혜였다.

하지만 여전히 그의 마음은 희동에게 향해 있었다. 다만 그가 자존심 때문에 인정하지 않고 있을 뿐이었다.

4. 묵은지 같은 마음

사건이 터지고 일주일이란 시간이 쏜살같이 지나갔다. 내 인생에 가장 처참한 일주일이 그렇게 흘러가고 있었다. 오늘은 모처럼 커피숍에 나왔다. 일주일 동안 미영과 알바가 잘 버텨주었다.

"희동아!"

미영이 나를 보자마자 버선발로 카운터에서 뛰어나왔다.

"이제 다 나은 거야?"

"응."

"사장님, 오셨습니까?"

"나 없는 동안 고생 많았죠?"

"전 괜찮은데 제가 모르니까 누나가 고생이 많았죠."

"누나?"

미영이 아르바이트생에게 누나라고 부르라고 협박을 한 게 분명했다.

"별짓을 다 하고 사는구나. 궁하냐?"

"나이 드는 것도 서러운데 사장님 소리는 아직 싫다."

"알았다. 어련하시겠어요."

"넌 일은 잘 처리된 거야?"

"아직 잘 몰라. 재희가 알아봐 주고 있는 것 같은데 나한테는 말 안 해줘."

"걱정할까 봐 그러는 거지. 그나저나 그래서 5년 만에 극적인 화해를 한 거야?"

화해를 한 건지 어떤 건지는 모르지만 재희는 문병을 매일 와주었고 엄마와 이야기를 하다가 가곤 했다. 둘은 그저 인사 정도 하는 게 다였다.

"그래도 검사 친구 하나 있으니 이럴 땐 좋네. 그리고 우린 의사 친구도 있잖아."

윙—

이때 모르는 전화가 걸려왔다.

"여보세요?"

[안녕하십니까? 혜화경찰서 강력계입니다. 퇴원하셨다고요?]

"네."

[내일 오전에 피해자 조사가 있습니다. 진작에 했어야 하는데 병원에 계셔서 늦어졌습니다.]

"네, 내일 오전에 갈게요."

나는 이렇게 말을 하고는 전화를 끊었다. 앞에 앉아 있던 미영이 나의 눈치를 살피며 물었다.

"무슨 일이야?"

"내일 조사 받으러 오래."

"왜? 넌 피해잔데?"

"피해자 조사래."

다시는 떠올리기 싫은 일인데 내일은 그 일에 관해 이야기를 해야 했다.

"너도 변호사를 사야 하는 것 아니야?"

"우리 집 변호사 있어."

"오올~ 하긴 모세병원의 딸인데……."

미영이 엄지를 척하고 들어 올렸다.

"그놈이 확실하게 사람을 잘못 봤네."

"별일은 없었어?"

"응, 그런데 별일이 생길 것 같다."

미영이 출구를 쳐다보며 말했다.

"뭔데?"

나는 고개를 돌려 출구 쪽을 쳐다보고는 그대로 얼어붙었다. 아침 햇살을 등지고 재희가 문 앞에 서 있었다. 항상 크다고는 생각했지만 이렇게 앉아서 재희를 보니 고개가 아플 지경이었다.

"재희야."

미영이 자리에서 일어나 재희를 맞았다.

"어쩐 일이야?"

"카페에 커피 마시러 왔지 왜 왔겠어."

"하긴. 뭐 마실래?"

"아메리카노 한잔하고 베이글 하나만 줘."

"알았어. 저기 희동이 옆에 앉아. 희동아, 너도 아메리카노 한 잔 줄까?"

"응."

나는 마지못해 그렇게 말을 하고는 땅을 보고 한숨을 쉬었다.

"땅 꺼지겠어."

재희의 목소리가 가까이 들리자 온몸에 소름이 돋았다. 죄지은 것도 없는데 이상하게 재희만 보면 주눅이 들었다. 어릴 적에 그녀가 잘못하면 항상 재희에게 야단을 맞았기 때문에 움츠리는 버릇이 생긴 것 같았다.

"난 네가 카페 사장님이 되리라고는 상상도 하지 못했어."

"그래?"

"응, 초등학교에서 아이들을 가르치면 좋을 거라 생각했어."

항상 재희는 그녀가 학교 선생님이 되는 게 맞다고 했었다. 수준이 초딩 같다고 말이다.

"미안하게 됐어."

그때 그의 말이 떠오르자 난 화가 나서 놈의 성질을 잠깐 잊는 실수를 저질렀다.

"여전해."

"뭐가?"

"그렇게 나만 보면 대드는 거."

"내가 언제?"

"넌 항상 할 말 다 했어."

놈이 이렇게 말하는 걸 인정하기는 싫었지만 생각해 보니 그런 것 같기도 했다. 커피가 나왔음에도 그는 커피를 마시지 않고 있었다. 병원에서는 눈조차 마주치기가 힘들어서 그가 5년 동안 얼마나 변했는지 생각도 하지 못했다.

그동안 나도 자존심 때문에 스쳐 지나갈 일이 있어도 얼굴 한번 제대로 쳐다보지 않았었다. 그래서 재희는 언제나 23살 그날의 기억이 마지막이었다. 하지만 지금 내 앞에 앉아 있는 남자는 23살의 재희가 아니었다.

키가 큰 재희로만 기억했는데 지금은 키가 큰 근육질의 남자가 내 앞에 앉아 있었다. 왜 여자들이 그토록 재희를 탐했는지 알 수 있었다. 이제 그의 원수 같은 단짝친구 재희가 아니라 한 남자로서의 재희를 볼 수 있었다.

아주 값이 비싼 검은색의 종마 같은 느낌이 들었다. 남자를 상대로 이런 느낌을 받아본 적이 없는 나는 당혹스러움을 느꼈다. 너무 빤히 쳐다보고 있었는지 재희가 날 보며 입술 모양으로 왜라고 물었다.

"커피 안 마셔?"

난 당황스러움을 감추기 위해서 태연한 척하며 말했다.

"일행이 있어."

"그래?"

그 말이 떨어지기가 무섭게 낯이 익은 얼굴 하나가 가게 안으로 들어왔다.

"재희 씨!"

간드러진 목소리로 재희를 부르며 다혜가 들어왔다. 오랜만에 봐서 그런지 많이 달라진 모습이었다.

"어머, 이게 누구야? 껌딱지, 아니, 희동이네."

"그러게 오랜만이다. 아직도 남들 시켜서 사람 괴롭히고 다니니?"

나의 그 말에 다혜는 얼굴이 굳어졌고 재희는 웃었다. 재희의 갑작스런 웃음에 모두가 당황했다. 그렇게 웃는 녀석이 아니었기 때문이었다.

"여기는 왜 오자고 한 거예요?"

"동창 가게니까."

재희의 입에서 나온 동창이라는 말에 나는 KO패 당했음을 인정하지 않을 수 없었다. 재희는 그녀를 이제 동창이라고만 생각하는 모양이었다. 그의 말에 다혜의 표정이 밝아졌다.

"어머님이 주말에 집에 놀러 오라고 하셨어요."

"어머니가?"

"네."

더 이상 그 테이블에 같이 있을 수가 없어서 나는 커피잔을 들고 일어났다.

"아메리카노."

다혜가 그녀에게 말했다.

"카운터에서 시키시는 겁니다. 손님. 여기는 다방이 아니거든요."

나는 이렇게 말을 하고는 카운터 옆에 마련된 테이블로 가서 꽃다발을 미영과 만들기 시작했다.

"S대 출신도 별 볼일 없네."

커피를 주문하면서 다혜가 한마디 했다.

"그래, 별 볼일 없어서 미안하다. 우리는 재벌집 딸이 아니어서. 그래서 성형도 못 한 건가?"

"저렇게 고칠 거면 안 하는 게 낫지."

미영과 나는 주거니 받거니 하며 얄미운 다혜에게 한 방을 날렸다. 다혜가 씩씩거리며 자리에 돌아가자 알바생이 물었다.

"안 친하신가 봐요?"

"응."

미영이와 나는 동시에 답을 하고는 꽃다발을 계속 만들기 시작했다.

"저년은 왜 온 거야?"

미영이 재희와 다혜가 있는 쪽을 힐끔 보며 물었다.

"둘이 사귄다며? 데이트하는 거겠지."

"평일 오전에?"

"아닌 것 같은데요. 서류를 남자분에게 주는 것 같아요."

알바생이 우리의 눈 역할을 해주고 있었다.

"난 진짜 재 싫어."

미영이가 얄미운 다혜를 째려보며 말했다.

"나도."

그 말에 절대 공감이었다. 잠시 후에 다혜와 재희는 카페를 빠져나갔다.

"난 둘이 안 어울린다고 본다."

"그런데 왜 온 걸까?"

난 진짜 재희가 이곳에 온 이유가 궁금했다.

"동창 가게라잖아."

"……."

그 때문에 올 거였다면 진작 왔어야 했다. 둘의 뒷모습을 보면서 나는 마치 내 것을 남에게 빼앗긴 기분이 들었다.

"놈도 이런 기분이었을까?"

"뭐?"

"아니야."

왠지 재희도 내가 민성 오빠와 사귈 때 이런 마음이지 않았을까 하는 생각이 들었다.

다음 날 아침에 나는 눈을 뜨자마자 부리나케 준비를 하고 혜화서로 향했다. 우리 집안일은 강&강 변호사 사무실에서 맡아주었기 때문에 그쪽에서 선임한 변호사와 서에서 만나기로 했다.

혜화경찰서 안으로 들어가자 로비에 소라 언니가 앉아 있었다. 재희의 둘째 누나이자 나와는 둘도 없이 친한 언니였다.

"언니."

"희동아."

"언니가 내 변호사야?"

"응, 보기만 해도 든든하지?"

나는 고개를 격하게 끄덕이며 동의했다.

"몸은 괜찮아?"

"응."

"저쪽에서 묻는 것 중에 대답하기 곤란한 건 안 해도 돼. 알았지?"

"응."

"내가 옆에 있으니까 마음 편하게 갖고. 아빠가 온다는 걸 내가 온다고 했어. 우리 아빠 흥분하면 알잖아. 이성이고 뭐고 없다는 거. 범인을 위해 내가 왔다. 죽이면 우리 손해잖아. 서서히 피를 말려야지."

언니는 내가 주눅이 들까 봐 다소 거친 말을 써가면서 용기를 북돋아주었다.

"가자."

나는 언니가 있어서 진짜로 든든한 마음이었다.

강력계의 조사는 생각보다 쉽게 끝이 났다. 형사가 묻는 말에 대답만 하면 되었다. 하지만 조사가 끝이 나고 형사가 한 말이 나의 말문을 닫게 만들었다. 민성 오빠가 나와 같은 시기에 만나던 여자가 모두 5명이었다.

학교를 그만둔 것도 학생 성추행 때문이라고도 말해주었다. 학생들도 신고된 건만 해도 한두 건이 아니었는데 학교 선에서 마무리를 하는 바람에 형사 처분은 면했다고 했다. 그리고 그가 만난 5명의 여자 가운데는 고등학생도 있다고 했다.

쓰레기 중에 쓰레기를 내가 만난 것이었다. 나머지 여자들은 조민성이 학교 선생님이었기 때문에 믿고 만났다고 했다. 모두 조민성이 결혼을 전제로 만나자고 했기에 대부분 그대로 믿고 잠자리를 했고 아이가 생기면 다 유산시킨 모양이었다. 이번의 여자에게도 아이를 지우라고 했지만 여자가 끝까지 지우지 않고 고집을 부렸다고 했다.

충격이 다 가시기도 전에 형사가 쐐기를 박아주었다. 그중에서 나를 가장 오래 만났는데, 그 이유가 돈이 가장 많기 때문이었고 결혼까지 생각했는데 가족들의 반대가 심해서 시간이 길어졌다고 했다. 더구나 이번에 사건을 저지른 건 더 이상 거짓말을 할 수가 없었기 때문에 돈이라도 뜯기 위해서라고 했다.

처음엔 부인을 했는데 강 검사가 온 후부터 심경에 변화가 있었다고 했다. 재희가 이곳까지 와서 그녀를 도운 것이었다. 하지만 고마움보다는 사람 보는 눈이 없는 나를 재희에게 보였다는 게 자존심이 상했다. 더 이상 재희에게 못난 나의 모습을 들키고 싶지 않았다.

이런 남자를 만나려고 재희를 포기했다는 생각이 들자 접시 물에 코를 박고 죽고 싶은 심정이었다.

"뭘 그렇게 생각해?"

경찰서를 나오는 길에 소라 언니가 물었다.

"아니, 그냥 나한테 왜 이런 일이 생겼을까 해서. 사람 보는 눈이 정말 없나 봐."

"어릴 땐 누구나 그래. 네가 다른 사람보다 조금 더 운이 없었을 뿐이야."

"그런데 언니, 내가 빼앗긴 돈을 받거나 언니처럼 유능한 변호사를 써서 민성 오빠의 형량을 늘린다면 나중에 출소해서 복수하지 않을까?"

"아니라곤 말 못 하지만 네가 불안하다면 보호받을 수는 있어."

"그래도 불안해."

나의 말에 소라 언니가 어깨를 보듬어주었다.

"우리 점심이나 같이 먹을까?"

"불안한데도 배는 고프네."

"대학로에 잘 아는 한식집 있어."

"2차는 우리 카페로 하고."

"좋지."

언니와 함께 한식집에 간 나는 밥을 먹다가 체하는 줄 알았다.

재희가 갑자기 식당에 온 것이었다.

“내가 오라고 했어. 이쪽에 볼일이 있다고 해서.”

“누나, 오랜만이야. 잘 지내지?”

“그럼, 그런데 너희들 아직도 말 안 해?”

“아니, 해.”

재희가 그렇게 말했다. 추웠는지 코가 빨갛게 얼어 있었다. 예전엔 자기 코가 빨개지면 사람들이 있거나 없거나 그녀의 손을 그의 코에 가져다 대곤 했었다. 손을 빼려고 들면 가만히 있으라고 힘을 주는 통에 손을 뺄 수조차 없었다.

언제나 녀석은 자기 마음대로였다.

“너는 날씨가 조금만 추워도 코가 그렇게 빨개지니? 이리 와 봐.”

소라 언니가 그의 코에 손을 대려 하자 질색팔색을 하며 뒤로 물러났다.

“유부녀가 어딜 만지려고?”

“재희는 어려서부터 누가 코만 만지면 저런다. 코를 베어갈 줄 아나…….”

언니의 말에 나는 솔직히 좀 놀랐다. 겨울만 되면 내 손은 언제나 재희의 코 위에 올라가 있었기 때문이었다.

“언니가 잘못 아셨을 거예요.”

"희동아, 네가 어떻게 알아? 같이 살았던 내가 더 잘 알지."

재희는 아무 말 없이 메뉴판만 보고 있었다.

"하긴 그러네요."

나는 그냥 얼버무리고 말았다. 밥을 먹는 내내 소라 언니만 말을 하고 나와 재희는 언니의 말에 추임새만 넣어주는 정도였다. 언니도 결혼을 하더니 말이 많아지기는 한 것 같았다.

"나는 희동이 너는 의사하고 결혼하지 말았으면 좋겠어."

"왜요?"

"너무 시간이 없어. 결혼해서부터 지금까지 주말은 거의 나 혼자야."

"주말에 병원 쉬잖아요."

"부원장이라서 사람들 접대를 시아버지 대신 나가거든."

"언니는 그럼 뭐 해요?"

"난 사건파일 검토하거나 쇼핑하지. 쇼핑 없이 어떻게 사는지 모르겠다. 맞다. 우리 희동이랑 쇼핑하면 재미있는데 우리 언제 같이 가자."

"네, 그런데 언니는 아이 안 가져요?"

"이번에 산부인과 검사를 받았는데 체중 미달이 나왔어. 몸무게가 너무 안 나와도 아이가 생기기 어렵다고 하더라고. 그래서 요즘은 살찌기 위해서 저녁에도 라면 먹고 자."

소라 언니는 세련된 도시 여자 스타일인데 내가 보기에도 너무 말라 보였다.

"희동의 너도 너무 말랐어."

"언니, 저 그렇게 마르지 않았어요. 보이는 데만 얇아서 그렇지."

"오올, 그럼 글래머라는 얘기?"

언니는 재희가 있든 없든 편하게 말을 하고 있었다. 재희는 말없이 밥만 먹었다. 아니, 가끔 나와 눈이 마주치긴 했다. 그때마다 알 수 없는 표정을 짓는 녀석 때문에 자꾸만 헷갈리는 나였다.

"우리 희동이는 결혼 안 해?"

"아직 28살이에요."

"그래, 결혼은 천천히 상대가 어떤 사람인지 충분히 안 다음에 해. 차라리 중매결혼도 좋아. 내가 아는 아주 괜찮은 변호사가 있는데 소개시켜 줄까?"

탁!

소라 언니의 말이 끝나기가 무섭게 밥만 열심히 먹고 있던 재희가 수저를 탁 하고 놓았다.

"누나, 지금 애가 그거 신경 쓰게 생겼어? 내일모레 대질이라며?"

"응, 돈은 죽어도 안 빌렸다고 해서."

"얼만데?"

"오천."

"뭐?"

재희의 눈에서 불꽃이 일었다.

"이번에 카드로 빼 쓴 거 말고?"

"그런 것 같은데……."

소라 언니도 괜히 말했다 싶은지 말끝을 흐렸다.

"희동이, 너 돈 많다?"

"재희야."

언니가 재희의 말을 가로막았다.

"희동이한테 여러 번 자기 사정이 안 좋다고 말하고 빌린 거야."

"사귀는 여자한테 남자가 돈을 빌리는 게 말이 돼?"

재희가 밥풀까지 튀기며 흥분을 하고 있었다.

"그만해. 나도 그땐 어쩔 수가 없어서 빌려준 거니까."

"너 그놈 사랑했어?"

"……."

재희의 말에 나는 대답을 할 수가 없었다. 민성 오빠를 사랑한다고 한 번도 생각해 본 적이 없었기 때문이었다. 좋은 감정이었지만 그게 사랑이다라고 말할 수는 없었다. 그냥 만나면 좋았고 다른 사람들을 위해 봉사하는 모습도 감동적이었다.

민성 오빠를 좋아한 이유는 재희의 영향이 가장 컸다. 재희는 나를 강하게 다루었는데 민성 오빠는 반대로 부드럽게 대해줬다. 그게 오빠를 좋아하게 된 이유였다. 하지만 사랑하냐고 묻는다면 그건 아니었다.

"내가 묻잖아, 그놈 사랑했냐고."

"……."

나는 답을 할 수가 없었다.

"재희야, 그만해. 그게 무슨 상관이야? 그놈한테 다시 돈을 받아내는 게 중요하지."

소라 언니의 중재로 재희가 더 이상의 말은 하지 않았다.

"자자, 그만하고 밥 다 먹었으면 희동이네 카페에 가자."

"난 이제 들어가 봐야 해."

"알았다. 바쁜 검사양반."

재희가 가고 나자 소라 언니가 미안하다는 말을 몇 번이나 했는지 모른다.

"희동아, 미안하다. 내가 괜히 불렀어."

"아니에요. 재희 성격 아는데요 뭐."

"그래, 너밖에 없다. 난 사실 다혜라는 애 마음에 안 들어. 눈빛이 맑지가 않아서 말이야."

"다혜 착해요. 너무 부자라서 남들이 이해 못 하는 구석이 있긴 하지만요."

"그래, 재벌은 뭔가 다르긴 하겠지."

언니와 이야기를 나누며 카페에 도착한 나는 인상이 있는 대로 구겨졌다. 다혜가 중앙에 앉아서 나를 기다리고 있었다. 나에게 한마디 하러 온 모양인데 언니를 보더니 화사한 미소를 지으며 달려 나왔다.

"언니, 여기는 어쩐 일이세요."

"커피 마시러. 다혜 씨는 웬일이야?"

"희동이 만나려고요. 희동이랑 재희 씨랑 여기 미영이랑 다 같은 중학교를 나왔어요. 놀랄 일 아니에요?"

"아니, 별로."

소라 언니가 차갑게 응수를 하자 다혜도 더 이상의 말을 하지 않았다.

"언니, 뭐로 드실래요?"

"오랜만에 달달한 카라멜 마키아또 줄래? 스트레스 받을 땐 단 게 최고야."

언니는 다혜가 마음에 들지 않는다고 온몸으로 말하고 있었다. 난 그저 다혜를 마음에 들어하지 않는 언니가 고마울 뿐이었다. 하지만 포기를 모르는 다혜는 우리와 합석을 했다.

"어디 다녀오는 길이야?"

"볼일이 있어서."

"근데 왜 언니랑 같이 오는데?"

궁금해서 미치겠는지 자꾸만 캐물었다.

"너 여기 있는 거 재희가 알아?"

"아니, 오늘은 너 만나러 온 거야."

다혜의 말이 끝나기가 무섭게 언니가 자리에서 일어났다.

"오늘 피곤할 텐데 가게는 미영이한테 맡기고 빨리 들어가서 쉬어. 그리고 다혜 씨도 오늘은 우리 희동이 피곤하니까 빨리 가고요."

"네, 언니."

언니가 자릴 뜨자 나도 더 이상 다혜와 마주 앉아 있기가 거북해서 자리에서 일어나려 했다.

"앉아."

재벌가의 손녀로 자라서인지 학교 다닐 때부터 다른 사람들을 꼭 자기네 집의 하인 대하듯이 하는 다혜였다. 어릴 때 몇 번 다혜가 애들을 시켜서 나를 괴롭혔고 그 과정에서 다혜라는 아이가 얼마나 잘못된 가치관을 가진 아인지 알게 되었었다.

"여기는 대영그룹이 아니야. 난 네 부하직원도 아니고."

따끔하게 한마디 하고 자리에서 일어났다. 지금은 아무것도 모르던 어린 시절이 아니었다.

"방해하지 말아줘."

약간은 누그러진 목소리로 다혜가 말했다.

"뭘?"

다혜가 뭘 원하는지 알면서도 난 다시 한 번 물었다.

"나랑 재희 씨 사이."

"방해할 마음이 추호도 없었는데 네가 이렇게 막장드라마 주인공처럼 갑자기 나타나서 이러니까 방해하고 싶어진다."

요 며칠 사이에 나에겐 큰일이 있었다. 그리고 난 재희에 대해 다시 생각을 하게 되었다. 그런데 다혜라는 복병이 나의 이런 변화를 저돌적으로 막아서고 있었다. 겉으론 아무렇지 않은 척하고 있지만 머릿속은 복잡했다.

"백희동."

"네가 백희동이라고 안 그래도 난 백희동이고, 스트레스가 만땅이니 그만 가주라."

나는 뒤도 돌아보지 않고 자리에서 일어났다.

"재가 뭐라고 했는데 얼굴이 이렇게 빨개. 내가 가서 뭐라고 한마디 할까?"

"아니. 나 사무실 안에서 잠깐 눈 좀 붙일게."

"그래."

나는 카운터 옆에 겨우 책상 하나 들어간 공간인 사무실로 들어가서 의자에 몸을 기대고 앉았다.

"진짜 짜증나는 하루야."

사고를 겪고 나서부터 어릴 때부터 있던 지병이 다시 나타나기 시작했다. 강재희 증후군. 재희만 보면 의지해야 할 것 같고 무슨 일이든 그와 함께하면 다 될 것 같은 쓸데없이 의지하는 병 말이다.

거기에 나이가 들어 재발하다 보니 재희의 모습을 볼 때마다 마음이 이상했다. 한 번도 이런 적이 없었는데 자꾸만 두근거리는 심장을 진정시킬 수가 없었다. 심장이 이런 건 합병증인 것 같았다.

"지병이야."

마치 고칠 수 없는 병에 걸린 것처럼 나는 자꾸 재희를 떠올리게 되었다. 민성 오빠에 대한 마음이 강할 때도 이렇게까지 심장이 미친 듯이 뛰지는 않았다. 오빠는 편하고 좋은 사람이라면 재희는 나에게 불량식품 같은 사람이었다. 먹으면 안 된다고 생각은 되지만 자꾸만 손이 가는 불량식품 말이다.

이런 마음을 항상 부인했었다. 느끼고는 있었지만 인정하지 않았다. 왜냐면 나에겐 다른 남자가 있었고 그에게 성실해야 한다고 생각했다. 그것도 다 재희가 그렇게 길들여 놓은 것이었다. 순종

적인 여자로 말이다.

"당이 떨어졌나?"

나는 어처구니없는 나의 생각에 웃음이 났다.

"어차피 재희는 다혜와 사귀는데……."

씁쓸한 생각이 들었다. 한 번도 재희가 누군가와 사귈 거라는 생각을 해본 적이 없었다. 그렇다고 나와 사귈 거라는 생각도 단 한 번도 해보지 않았다. 다만 오랜 세월을 거치면서 그에게 정이 들어버린 것 같았다.

그렇지 않고서는 이런 감정이 생길 리가 없었다. 다혜와 나란히 있는 모습을 봤을 땐 태어나서 처음으로 질투란 걸 느꼈다. 다시는 둘이 같이 있는 모습을 보고 싶지 않았다.

"유치해."

이런 내 자신이 유치하기는 했지만 마음이 그런 걸 부정하고 싶지는 않았다. 너무 오랜 세월을 같이 한 게 화근이었다. 5년 동안 이렇게 떨어져 있고도 그 감정의 불씨는 꺼지지 않았다.

애써 부정했지만 나의 머릿속에는 재희가 들어 있었던 것이다. 화가 났다. 내 것이 아닌 것을 원하진 않았다. 평생 살아오면서 난 부족하게 자라지 않았기 때문이었다. 하지만 마치 영화 속의 마법의 반지처럼 난 지금 재희를 원했다.

그 사실이 나 자신도 놀라웠다. 마치 묵은지처럼 오래 곰삭은 마음을 이제야 깨달은 것이었다.

"사랑인 거야?"

아직은 뭐라고 답할 수는 없었지만 민성 오빠를 사랑하냐는 질문에 속으로 아니라고 했던 것처럼 지금은 재희에 대한 감정이 사랑이 아니라고 말할 수가 없었다.

나는 한동안 그렇게 나 자신에게 말을 걸고 있었다. 그렇게 하다 보면 재희는 아니라는 답이 나올 것 같아서였다. 하지만 스스로 내린 결론은 재희를 내가 사랑하고 있다는 것이었다.

5. 남의 떡이 커 보인다

혜화경찰서로 향하는 나의 발길이 무거웠다. 12월의 강한 바람이 나의 얼굴을 스치듯이 지나쳐도 나는 춥다는 생각을 하지 못했다. 지금 내가 가장 시리게 느끼는 건 찬바람에 얼어버린 얼굴이 아니라 마음일 것이다.

5년간 사귀던 남자와 오늘은 대면조사를 받는 날이었다. 변호사인 소라 언니와는 어제 오랜 시간 동안 통화를 했다. 놈의 기에 눌리지 말라는 말보다는 자신을 만나면서도 수많은 여자들과 만난 사실, 그리고 내 돈으로 그녀들의 환심을 사기 위해 선물과 유흥비로 모두 다 탕진했다는 소리를 듣고는 기가 막혔다.

난 5년 동안 놈에게 철저하게 이용당했다. 그 오랜 시간 동안 왜 알지 못했을까? 나의 어리석음에 기가 찼다. 날 향해 웃던 그의 모습은 선함 그 자체였는데 주차장에서의 모습은 짐승이었다.

"희동아."

경찰서 앞에 소라 언니가 서 있었다. 오늘은 걱정이 되었는지 로비가 아니라 정문 앞에 서 있었다. 짙은 네이비 캐시미어 코트를 걸친 언니는 겉으로 보기엔 변호사라기보다는 걱정 하나 없는 청담동 며느리 같아 보였다.

"추운데 들어가 있지."

코가 빨개져 있는 언니를 보고 말했다.

"마음 단단히 먹고."

언니는 나의 어깨를 감싸며 말했다.

"알았어."

"그래, 웃어야 희동이답지."

언니와 나는 경찰서 입구에 주민등록증과 방문록을 적고는 안으로 들어갔다. 경찰서라는 데는 오늘까지 두 번째 오는 건데 진행 절차가 몸에 익었다.

"언니, 경찰서에 평생 두 번째 온 건데 아주 자연스러워진 것 같아."

"그래?"

"응, 이러다가 자주 오게 되는 거 아닌지 모르겠어."

"애는, 농담할 마음이 있어서 다행이다."

언니와 농담을 주고받으며 경찰서 안으로 아무렇지 않은 척하며 들어갔지만 마음은 무거웠고 민성 오빠를 마주하는 게 두려웠다.

경찰서 안의 취조실 같은 데서 이야기를 할 줄 알았는데 담당경찰 책상 앞에서 나란히 앉아 이야기를 하게 되었다. 형사가 날 보며 인사를 하자 민성 오빠가 날 쳐다봤다.

일주일 사이에 민성 오빠의 관상이 싹 바뀌었다. 그렇게 선하던 인상은 어디로 가고 완벽하게 독기가 가득한 얼굴이었다.

"앉으세요."

"네."

나와 민성 오빠 중간에는 소라 언니가 앉았다.

"오늘 두 분 사이에 엇갈리는 부분이 있으니까 그 점만 추가할 겁니다. 변호사님도 동석하셨으니까 최대한 빨리 끝내도록 하죠."

"네."

나와 민성 오빠가 동시에 대답을 했다. 조사를 받는 내내 나는 민성 오빠와 시선을 마주치지 않기 위해 노력했다. 눈이 마주치면 그날의 악몽이 떠오를 것 같아서였다.

"피의자 조민성에게 12월 4일 저녁에 전치 3주의 폭행을 당하고 금품을 갈취당한 게 맞으시죠?"

"네."

"그런데 피의자 조민성과 예전에 금전거래가 있으셨다고요?"

"네."

"아니오, 전 빌린 적이 없습니다."

"넌 닥치고."

형사가 조용히 하라고 조민성에게 경고를 했다.

"왜 빌려줬죠?"

"그 당시에 결혼을 전제로 사귀는 사이였고 너무 급하다고 해서 천만 원을 빌려준 적도 있고 이천만 원을 준 적도 있고. 6개월에 걸쳐 나눠서 빌려줬습니다."

"차용증은요?"

"결혼할 사이라서 믿었기 때문에 그런 건 쓰지 않았습니다."

"그럼, 증거가 없나요?"

"전 빌린 적이 없다니까요."

조민성의 부인하는 말에 울화가 치밀었다. 저런 인간의 본모습을 왜 그동안은 못 봤을까라는 생각이 들었다. 나는 나도 모르게 조민성의 얼굴을 쳐다봤다. 며칠 사이에 상당히 살이 빠진 그의 얼굴은 날카로우면서도 비열해 보였다.

평소에 샤프하다고 생각했던 안경이 사라진 얼굴은 그녀가 알던 따뜻한 민성 오빠가 아니었다.

"혼인빙자 간음죄로 기소당한 적이 있던데 그 시기와 피해자에게 돈을 빌린 시기가 일치합니다. 그리고 혼인빙자 간음죄의 피해 여성의 통장으로 백희동 씨가 돈을 송금한 증거입니다."

그동안 가만히 있던 소라 언니가 증거를 내놓자 형사가 받아 들었다. 난 조민성을 힐끗 쳐다봤다. 내가 보기에도 아차 하는 표정이었다. 하도 급하다고 해서 천만 원을 모르는 여자 이름의 통장으로 송금한 적이 있었다. 나에겐 사촌 여동생이라고 말했었다. 그때는 다 믿었는데 조민성은 아주 상습적으로 나에게 사기를 친 것이었다.

"조민성, 왜 거짓말을 했지?"

"전 거짓말한 적 없습니다. 전 백희동을 사랑한 죄밖에 없습니다."

형사가 조서를 꾸미다가 말고 손을 놓고 조민성을 보았다.

"소설 쓰냐?"

"형사님, 너무 편파적인 거 아닙니까?"

조민성은 끝까지 역겨운 말들을 쏟아냈지만 소용이 없었다.

"미안하다는 말도 안 해?"

"미안한 게 있어야 할 것 아닙니다. 전 사랑한 죄밖에…… 악!"

"어머, 미안해요."

소라 언니가 조민성의 발을 밟았다.

"아!"

"발을 통로에 두면 어떻게 해요!"

오히려 큰소리를 치고는 자리에서 일어났다. 형사는 웃음이 터졌고 조민성은 자신의 발을 잡고는 고통을 호소하고 있었다. 형사가 우리에게 가도 좋다는 말이 끝나기가 무섭게 소라 언니는 나의 팔짱을 끼고는 뒤도 돌아보지 않고 강력계를 나왔다.

"언니, 잘했어."

"내가 그런 건 좀 잘하지."

"언니 이러는 거 형부도 알아?"

"알았다가는 날 집에 가둬둘걸? 우리 신랑이 날 너무 아껴서 말이야."

큰언니나 작은언니 모두 시집가기 전부터 남자들에게 인기 최고였다. 그래서인지 형부들의 사랑도 아주 지극정성이었다. 가끔씩 볼 때마다 언니들을 향한 형부들의 눈은 거의 하트였다.

그러니 사랑하는 아내가 밖에서 이렇게 범인들을 상대로 기 싸움까지 한다면 집안으로 불러들일 게 불 보듯 뻔했다.

강씨 집안사람들은 하나같이 다 선남선녀인 것 같았다. 인정하기는 싫었지만 강재희도 인물로는 세계 최강이었다. 그래서 그들은 이성들에게 인기가 많았다.

하지만 이상하게 백씨 집안사람들도 인물이 좋았지만 이성에게 인기라고는 없었다. 참 이상한 일이었다.

"오늘 저녁에 다혜 집으로 온다고 하더라."

다혜라는 말에 나의 얼굴이 굳어버렸다.

"니들 고등학교 동창이라며?"

"같은 학교는 나왔지."

"다혜는 어때? 잘 알 거 아니야?"

철부지에 할아버지가 재벌인 것만 믿고 날뛰는 아이라는 말이 입까지 나왔다가 다시 들어갔다.

"몰라?"

"그렇게 친하진 않았어. 같은 반인 적도 없고. 그냥 대영그룹 손녀라는 정도밖에 몰라."

"하긴 학생들이 한둘이 아니니까. 거기다가 넌 재희랑만 다녔으니까."

"정식 인사드리러 오는 거야?"

"아니, 오늘은 엄마가 궁금하다고 오라고 했나 봐. 우리는 다혜 부담스럽다고 오지도 말라신다. 완전히 웃기지?"

"……."

"며느리가 재벌집이니 입이 완전히 귀에 걸려 다니신다."

"그러네."

"추우니까 내 차 타. 카페까지 데려다줄게."

카페로 가는 내내 소라 언니는 다혜 얘기만 했다. 그동안 여자라고는 없던 재희에게 처음으로 여자가 생긴 게 신기해서라고 말하기도 했다.

난 두려웠다. 왜 이런 마음이 생기는지 알 수가 없었지만 재희를 다혜에게 빼앗기는 기분이었다. 나도 5년 동안이나 다른 남자를 사귀어놓고서 말이다.

"양심도 없지."

"뭐?"

"아니, 여기 내려달라고."

"이번 사건에 특별한 사항이 있으면 연락해 줄게."

차에서 내린 순간 나의 어깨가 땅에 닿을 정도로 축 처져 있었다. 지금은 민성 오빠 사건으로 머리가 터져야 할 때였지만 솔직하게 나의 마음은 그렇지 않았다. 나의 온 신경은 다혜 이야기가 나온 이후부터는 오늘 다혜가 재희와 함께 저녁을 먹으러 재희의 집으로 온다는 것에 쏠려 버렸다.

카페에서도 멍하게 있기는 마찬가지였다. 왜 그렇게 재희와 다혜의 일에 신경을 쓰는지 나 자신도 알 수가 없었다. 지난 5년 동안 재희는 나의 인생에 기피대상 1호였다. 우연히 마주치는 날에는 본체만체했다. 그건 재희를 피하기 위한 수단이었다.

민성 오빠와 사귀게 된 이후에 재희는 정말 거짓말처럼 나에게

서 떨어져 나갔다. 마치 사귀던 여자가 바람이라도 피운 것처럼 말이다. 우리는 사귄 게 아니라 친구였다. 여태껏 그렇게 생각했다. 하지만 아니었나 보다.

재희의 옆에 다른 누군가가 있다는 게 싫었다. 카페에서 조금 일찍 퇴근을 한 나는 오랜만에 백화점에 들러 쇼핑을 했다. 소라 언니에게 고마움의 표시도 하고 싶었고 놀랐을 엄마를 위해 작은 선물을 하고 싶었기 때문이었다. 얼굴의 멍 자국도 화장으로 잘 가려졌기 때문에 모처럼 외출을 하기로 마음먹었다.

명동의 대형 백화점을 찾은 나는 화장품 코너를 돌기 시작했다. 소라 언니는 다른 변호사들과는 다르게 굉장히 멋쟁이였다. 웬만한 건 눈에 차지도 않을 것 같아서 요즘 제일 잘나가는 명품숍에서 화장품을 사기로 마음먹고 매장을 찾았다.

트레이드마크인 검은색으로 부스를 꾸민 매장은 다른 화장품숍의 배는 되어 보였다. 그때였다. 반갑지 않은 얼굴과 눈이 마주쳤다. 다혜였다.

“어머, 이게 누구야?”

“안녕.”

“나는 안녕한데 넌 안녕 못 하다며?”

소문을 들은 모양이었다.

“괜찮은 거야?”

"응."

내가 옆으로 피해가려고 하자 다혜가 팔을 잡았다.

"사귀던 남자한테 맞았다며? 요즘 데이트 폭력을 말로만 들었는데 이렇게 가까운 데서 일어나다니 놀랍다야."

다혜의 목소리가 커서 주위의 사람들이 다 나를 쳐다봤다.

"가라."

"걱정이 돼서 그러는데 왜 그래?"

"……."

"네가 그렇게 성격이 모가 났으니 남자가 그럴 수밖에. 그건 다 여자가 잘못해서 그런 거라고."

"그냥 가라."

"오늘 재희 씨 집에 인사드리러 가는데, 아니?"

"응."

"네가 어떻게 알아?"

약간 약이 오른 목소리였다.

"그 집 식구들하고 친하거든."

"집안 식구들하고 친하면 뭘 해? 재희 씨는 내 건데. 안 그래?"

그건 다혜의 말이 맞았다. 나는 다혜가 미치도록 얄미웠지만 이번엔 할 말이 없었다. 다혜의 완벽한 승리였다.

"다혜야."

그들 사이에 아름다운 귀부인이 끼어들었다.

"엄마."

"누구?"

"어, 고등학교 동창. 재희 씨네 빌라 같은 동에 살아."

"그래요?"

"안녕하세요? 백희동입니다."

"희동이?"

그녀의 이름을 듣자 귀부인의 얼굴에 미소가 지어졌다.

"다음에 봐요."

그들은 그렇게 떠났고 난 멍하게 자리를 지켰다.

"찾으시는 게 있으세요?"

예쁘게 생긴 직원이 나에게 말을 걸었을 때 겨우 정신을 차렸다.

"선물 좀 하려고요."

"연령층이 어떻게 되십니까?"

"한 분은 삼십대 후반, 한 분은 육십대 초반이시고요."

난 정신없이 선물을 사고는 백화점을 빠져나와 집으로 향했다. 집에 가면 마음이 편할 줄 알았는데 주차를 하고 빌라 앞에 서자 마음이 답답했다. 나는 놀이터에 서서 집을 올려다보았다.

오늘따라 집에 들어가기 싫었다.

거실에 불이 켜져 있었고 그 안에는 엄마가 식구들을 위해 따뜻한 저녁식사를 준비하고 계실 것이다. 그리고 나의 눈은 자연스럽게 아랫집을 향했다. 오늘따라 그녀의 아랫집의 불이 환하게 밝혀져 있었다.

"뭐 해?"

뒤에서 들리는 소리에 마치 도둑질을 하다가 들킨 것처럼 화들짝 놀란 나는 그 자리에 주저앉았다.

"야, 놀랐잖아."

"이게 놀랄 일인가?"

나는 바닥에 앉아서 멍하니 재희를 바라보았다. 오늘 이상하게 재희의 움직임이 슬로우 모션처럼 느리게 보였다. 몸에 딱 맞는 정장 차림에 손에는 서류가방을 든 재희는 검사라기보다는 잡지에서 튀어나온 모델 같았다.

거기에 살짝 지은 미소가 나의 눈을 사로잡았다. 정말 멋진 명품 미소였다. 저런 미소를 매일같이 볼 수 있는 다혜가 부러웠다. 다시 돌릴 수만 있다면 5년 전으로 돌리고 싶은 심정이었다.

그는 멍하게 있는 날 대수롭지 않게 일으켜 주었다.

"춥다. 들어가."

마치 5년의 공백기가 사라지진 듯 그는 예전처럼 날 스스럼없이 대하고 있었다.

"검찰청에서 오는 거야?"

"응."

"다혜 온다고 하던데?"

"먼저 가 있으라고 했어. 시간 맞추기가 애매해서."

여전히 그의 손이 나의 팔을 잡고 있어서인지 어색한 마음이 들었다.

"이젠 괜찮아."

그가 나의 팔에서 손을 놓았다. 나는 고개를 들어 여전히 나보다는 한참이나 큰 재희를 올려다보았다. 세월이 흘러 남자다움까지 장착한 녀석은 확실히 위험해 보였다.

"안 들어갈 거야?"

그의 말에 나는 얼른 안으로 들어갔다. 엘리베이터를 기다리며 난 고민했다. 다혜에 관해 물어보고 싶은 입이 간질거렸기 때문이었다.

엘리베이터가 도착하고 오랜만에 재희와 둘이 엘리베이터에 올랐다. 오늘따라 오래된 엘리베이터가 좁게 느껴졌다.

"저기……."

"어."

그의 눈이 나를 향해 있었다. 갑자기 심장이 두근거리기 시작했다.

"말해."

"오늘 다혜 네가 부른 거야?"

드디어 말했다.

"어, 우리 집에서 저녁 먹고 싶다고 해서……."

저녁을 먹고 싶다고 말하면 이제 가볍게 오가는 사이가 된 것이었다. 예전에 그가 그녀의 집에 심심하면 올라와서 엄마에게 밥을 달라고 했던 일이 떠올랐다.

"왜?"

"아니, 그게……."

그때 엘리베이터의 문이 열리고 그 앞에 다혜가 서 있었다.

"재희 씨."

"어, 다혜야."

"두 사람 같이 왔어요?"

다혜는 애써 마음을 억누르는 표정이었다.

"아래층에서 만났어. 들어가자."

재희는 그녀에게 인사도 없이 다혜의 손을 잡고는 안으로 들어갔다. 오늘은 이래저래 기분이 엉망이었다. 두 사람의 모습이 그리 나쁘지 않았다는 게 더 기분이 상했다. 엘리베이터의 문이 닫히고 나도 모르는 사이에 5층에 도착했다. 나는 집으로 들어가 엄마에게 쇼핑백을 주고는 방 안의 침대 위로 그대로 다이빙을 했다.

“하나는 누구 거야?”

“포스트잇에 이름 붙였잖아.”

“소라 주려고?”

“응.”

“소라 변호사였지.”

“엄마, 이번 일로 맘고생 시켜서 미안해.”

나는 침대에 그대로 누워서 말했다.

짝!

“아파.”

엄마가 나의 엉덩이를 세게 쳤다.

“그래서 그냥 학교 선생이나 하라고 했지. 누가 너한테 돈 벌어 오래?”

엄마는 내가 장사를 하는 게 아직도 마음에 들지 않으신 모양이었다. 장사를 시작할 때 엄마는 반대했다. 오빠들과 아빠가 엄마를 겨우 설득해 줘서 할 수 있었다. 요즘 아무 말도 없어서 이젠 포기했나 싶었는데 이번 일로 더 싫어진 모양이었다.

“여자가 밤늦게 다녀서 좋을 게 하나도 없어.”

“일찍 다닐게. 오늘도 일찍 나왔어.”

“진짜야?”

"응, 조금 사정이 좋아지면 직원을 뽑을 생각이야."

"미영이는 뭐래?"

"걔도 작품전이 얼마 남지 않아서 바빠."

"조신하게 있다가 시집들이나 잘 갈 것이지."

"요즘은 여자가 일 안 하면 남자들이 싫어해."

Rrrrrrr—

"전화 왔다. 씻고 나와. 밥 먹게."

엄마는 이렇게 말을 하고는 서둘러 전화를 받으러 거실로 갔다. 나는 침대에서 겨우 몸을 일으켜 욕실로 들어가서 샤워를 하고 목이 다 늘어진 맨투맨 티에 트레이닝 바지를 입고 수건을 머리에 두른 채 거실로 향했다.

"엄마 밥."

"오늘은 아래층에서 먹을 거야."

"왜?"

"재희네에서 밥 먹자고 전화가 왔어. 아빠랑 오빠들 다 내려갔고 너랑 나랑만 가면 돼. 사실 엄마가 다혜 궁금하다고 했거든."

엄마는 뭐가 그리도 궁금한지 별걸 다 부탁했다.

"그래야 너희들도 자극을 받아서 결혼을 할 거 아니야."

"이 꼴로 가라고?"

"안 씻고도 가면서 뭘 그래?"

엄마가 나의 마음을 알지도 못하면서 나의 손을 잡아끌었다.

"지금 다혜도 와 있다고."

"알아. 동창이라며."

오늘따라 엄마의 힘이 아주 셌다.

"알았어. 갈 테니까 이 손 좀 놔줘."

나는 엄마가 손을 놓자마자 방으로 뛰었지만 곧 다시 잡혔다.

"엄마가 매일 러닝머신을 괜히 뛰는 줄 알아?"

"알았어."

나는 마치 병원에 끌려가는 아이처럼 엄마 손에 아래층으로 끌려갔다.

"희동이 왔구나."

나의 모습을 보고는 강 변호사가 반갑게 맞아주었다.

"네, 안녕하셨어요?"

"몸은 괜찮은 거야?"

"네, 걱정해 주셔서 감사해요."

"희동아."

엄마처럼 나를 아껴주시는 숙희 이모가 따뜻하게 맞아주었다. 그 집에서 나를 차갑게 보는 사람은 오직 다혜뿐이었다. 재희는 반갑게 맞이하지는 않았지만 다혜처럼 째려보고 있지는 않았다.

당연히 화가 났을 것이다. 오늘의 주인공은 자기여야 하는데 내가 관심을 받고 있으니 기분이 나쁠 수밖에 없었다.

"오늘은 가족끼리 드시지 그러셨어요."

"우리가 가족이지 남이야?"

강 변호사가 서운한 듯 말했다.

"아뇨, 언니들도 없는데 저희 가족이 이렇게 다 와서 폐를 끼치니까 죄송해서 그렇죠."

"우리 집 식구들도 매일 가서 밥 얻어먹는데 뭐."

"네, 그럼 괜찮고요."

"오늘따라 우리 희동이가 너무 프리한 모습이라 그럴 거예요. 아저씨."

밥을 먹고 있던 둘째 오빠가 가만히 밥이나 먹지 아는 체를 했다.

"밥이나 먹어."

나는 오빠가 얄미워 한마디를 하고는 아줌마가 퍼주시는 밥과 국을 받아 들었다.

"우리 희동이 멍 자국이 아직 남아 있네."

우리 희동이라니, 다혜가 얄밉게 그녀의 멍 자국을 콕 찍어 말했다.

"그러네, 당신이 소라한테 얘기해서 그놈을 감옥에서 평생 썩게 만들라고 해요."

"내가 벌써 말했어. 우리 예쁜 희동이 얼굴을 감히……."

아저씨는 아빠보다 더 흥분을 했고 그런 모습을 다혜가 불편한 얼굴로 보고 있었다.

"잘하셨어요, 아버님."

아버님이라는 말에 나는 속으로 한숨을 쉬었다. 그리고 말없이 밥만 먹고 있는 재희를 힐끔 보았다. 흰색 니트를 입고 있는 그의 모습은 편안해 보였다. 정장 차림의 카리스마 넘치는 검사의 모습이 아니라 이제는 잡지에서 튀어나온 잘생긴 모델 같은 느낌이었다.

저런 녀석을 왜 어릴 때는 그렇게 무서워했을까? 키스를 하고 가슴을 만지던 그가 떠오르자 나는 얼굴이 화끈거림을 느꼈다. 분명 그때는 재희도 장난으로 그렇게 하지는 않았다. 그것만은 확실했다.

그때 재희를 잡았더라면 어땠을까? 그러면 지금 다혜의 자리에 내가 앉아 있었을 수 있었을까? 라는 생각이 들자 약이 올랐다. 왜 그때 그렇게 민성 오빠가 좋았을까? 아마도 남자 보는 눈이 나에게 있었다면 재희 같은 보석을 놓치지 않았겠지?

마치 당첨된 로또를 쓰레기통에 버린 기분이 들었다. 이렇게 좋은 분들을 시어머니, 시아버지로 둘 수 있었다면 얼마나 좋았을까? 다혜가 한없이 부러웠다.

"다혜 양은 뭘 하지?"

아빠가 뻘쭘하게 있는 다혜를 보며 물었다.

"저는 신부수업 중입니다."

"그런가? 그것도 좋지. 우리 숙희 씨 같은 현모양처가 또 이 집 안에 들어오겠구먼. 허허허."

아빠는 뭐가 그렇게 좋은지 남의 집 며느릿감을 칭찬하느라 정신이 없었다. 나는 그런 아빠가 미웠지만 오늘 분위기상 어쩔 수가 없을 것 같기는 했다.

"어머니, 제가 할게요."

다혜가 과일을 깎으시는 숙희 이모 옆으로 가서 갖은 애교를 부리고 있었다. 원래는 내가 식사 후에 과일을 깎았었다. 언니들이 시집을 간 후에는 내가 그 일을 했는데 오늘은 그 자리를 다혜가 대신하고 있었다.

"그럴래?"

"네, 어머니."

어머니, 아버지 소리가 어쩜 저렇게 자연스럽게 나오는지 참 신기했다. 하긴 저렇게 살갑게 구는 며느릿감을 싫어할 시부모는 없을 것이다. 오늘따라 나는 점점 작아지는 기분이었다. 다혜가 부러운 건 다른 사람들의 관심이 다혜에게 쏠린 것 때문만은 아니었다.

오늘 다혜는 재희의 시선을 한 몸에 받고 있었다. 그의 피앙세로서 말이다. 귀찮게 굴던 5년 전의 녀석은 지금은 존재하지 않았다. 당당한 검사로서의 강재희만 있을 뿐이었다. 아까웠다. 왜 이렇게 남의 떡이 커 보이는지 알 것 같았다.

남의 떡이 커 보이는 것이 아니라 지금은 남의 떡이 컸다. 크기 때문에 당연히 커 보이는 것이었다.

"희동아."

"어?"

작은오빠가 나를 불렀다.

"왜?"

"뭘 그렇게 봐?"

"내가 뭘 봤는데?"

"재희 얼굴 구멍나게 생겼어."

내가 재희를 뚫어지게 본 모양이었다. 작은오빠의 입을 막을 수만 있다면 내 전 재산을 다 주고 싶은 심정이었다.

"잘못 본 거야."

"아닌데……."

"작은오빠 밥 다 안 먹었어?"

"아직."

오늘따라 작은오빠가 얄미운 짓만 골라서 하고 있었다.

"숙희 이모, 먼저 올라가 볼게요."

"왜? 과일 먹고 가."

"아니요, 약 먹고 자야 해요."

"그래, 올라가서 쉬어."

"희동아, 가려고?"

그제야 다혜의 얼굴에 웃음꽃이 피었다.

"응."

"쉬어, 몸도 안 좋을 텐데."

위로를 해주는데 위로 같지가 않게 들렸다. 나는 서둘러 재희네 집을 빠져나왔다. 속이 상한 나머지 나는 집으로 들어가자마자 그대로 침대에 누웠다.

"진짜 사람 보는 눈이 없다. 백희동."

잡을 수 있었던 사람을 놓치고 나면 이렇게 속이 상하는구나를 몸소 체험하고 있는 중인 나는 가슴이 시린 아픔을 느끼고 있었다.

"아니야, 이제 곧 다른 사람의 남편이 될 사람인데 잊자."

나는 이렇게 말을 하고는 억지로 잠을 청했다. 지금 내가 할 수 있는 유일한 일은 잊는 것뿐이었다.

골목길의 가로등 아래에 오래된 중고 소나타가 서 있었다. 성북동의 궁전과도 같은 거대한 집들과는 아주 대조가 되는 차였다. 거기에 눈까지 살짝 내리고 있어서 그런지 더 초라한 느낌이 들었다.

차는 시동이 걸린 채로 그렇게 한참을 서 있었다. 벌써 두 시간을 한라빌라의 주변을 차로 맴돌고 있었다. 그냥 전화 한 번이면 되는 일인데 이게 쉬운 게 아니었다. 박사님이 전해주라는 서류만 아니었어도 이렇게 오지는 않았을 텐데 나희는 지금 어찌해야 할지 몰랐다.

그러다가 도저히 안 될 것 같아서 나희는 희동이에게 전화를 걸었다.

"여보세요?"

[어, 나희야.]

희동이의 목소리가 심상치 않았다.

"울어?"

[아니.]

"아니긴, 목소리에 물기가 충만하구만."

요즘 희동이에게 큰일이 많아서 나희도 걱정이었다. 재희가 희동이를 잘 잡아주면 좋겠구만, 둘 사이엔 미묘한 기류만 흐를 뿐 진전이 없었고 다혜가 갑자기 끼어들어 이제 희동이와 재희의 일은 쉽게 단정할 수가 없었다.

보는 사람도 이렇게 답답한데 희동이의 마음은 짐작이 가고도 남았다.

[아니야.]

"그럼 잠깐 나와."

[왜?]

"일동이 오빠한테 주라고 박사님이 서류를 주셨는데 전해줘야 해서."

[그럼 오빠한테 전화해.]

"지금 너무 늦은 시간이라서 만나기가 좀 그래서 그래."

나희는 스스로 생각을 해도 너무 이상한 핑계라는 생각이 들었지만 지금은 이런 핑계를 대고서라도 오빠를 만나고 싶지 않았다.

[알았어. 기다려 봐.]

5분쯤 지나자 빌라 앞으로 희동이 나왔다. 맨발에 점퍼 하나만 걸치고 나온 희동이는 누가 봐도 고등학생으로밖에 안 보였다. 희동이 차 안으로 들어왔다.

"안 추워?"

"추워."

"그런데 이러고 다녀?"

점퍼에 붙은 모자를 눌러쓰고 눈만 껌뻑이고 있는 희동이 오늘은 너무 이상해 보였다.

"왜 그렇게 기가 죽으셨나?"

"기 안 죽었어."

"귀신을 속여라."

"아무것도 아니야."

"이거."

희동에게 서류를 건넨 나희의 눈에 희동이가 왜 그러는지 알 것 같은 이유가 보였다.

"저것 때문이구나?"

"뭐?"

다혜가 재희의 팔짱을 끼고는 빌라 앞에 대기해 있는 자신의 차에 오르는 장면이 보였다.

"다혜가 아주 좋아 죽네."

"……."

"넌 괜찮아?"

"뭐가?"

"재희가 다른 여자하고 결혼해도?"

"난 다른 남자하고 결혼할 뻔했어."

"아니, 내 생각엔 재희가 그렇게 놔두지 않았을 거야."

"아니, 재희는 그렇게 하지 않았을 거야. 그리고 지금 내 마음이 어떻든지 재희에겐 여자가 있어."

희동의 눈동자가 흔들리고 있었다.

"분명히 그랬을 거야."

"너까지 왜 그래? 이미 다른 여자의 남자야."

"아니, 아직 결혼한 유부남은 아니지."

"나희야."

"선택은 네가 하는 거야. 민성 오빠를 선택한 것도 너였고 재희를 차버린 것도 너야."

"우리는 사귄 적도 없어."

"그게 사귄 게 아니라면 좀 이상하다."

"……."

희동의 눈이 다혜를 보내고 빌라 안으로 들어가는 재희에게 향해 있었다.

"늦기 전에 잘 선택해."

그런데 그녀의 눈에 빌라에서 나오는 일동이 보였다.

"너도 이 서류 우리 오빠에게 직접 전해."

"희동아."

희동이 단단히 화가 난 모양이었다. 괜히 참견했다가 불똥이 나희에게 그대로 튀었다. 희동이 차에서 내리더니 일동에게 그대로 향했다.

일동이 그녀의 차로 향하고 있었다.

똑똑.

잠시 후 일동이 조수석에 몸을 실었다.

"전화하지 그랬어."

추웠는지 몸을 웅크린 일동이었다.

"희동이도 좀 볼 겸해서요."

"그래?"

"네."

"너도 참 거짓말에 서툴러."

"잘하는 편은 아니죠."

마음과는 다르게 자꾸만 말이 뾰족하게 나가고 있었다.

"이건 뭐지?"

나희가 건넨 서류를 받아 들면서 그가 물었다.

"유 박사님이 전해주라고 부탁하셔서요."

"그래? 그래서 출발한 지 3시간이나 지나서 왔나? 병원이 코앞인데?"

"2시간입니다."

"그래, 2시간이든 3시간이든."

"어떻게 아셨죠?"

"이거 내가 유 박사에게 부탁한 서류거든. 그리고 꼭 나희 편에 보내라고 했지."

나희는 도저히 이 사람을 이해할 수가 없었다.

"왜 자꾸 이러십니까?"

"왜? 내가 이 나이에 장난을 한다고 생각하나?"

"아닙니다. 진심일까 봐 겁이 납니다."

"운전해."

"네?"

"아님 내가 할까?"

그의 말에 나희는 자신도 모르게 시동을 걸고 있었다.

"어디 가실 곳이라도?"

"사실은 담배를 사러 편의점에 가는 길이었는데 내 입술이 다른 걸 물고 싶어 하는 것 같아서 말이야."

이 남자가 왜 이렇게 저돌적으로 다가오는지 알 수가 없었다.

"여기 세워."

성북동의 주택가 끝에 있는 외진 곳에서 일동이 차를 멈추게 했다.

"오빠, 자꾸 이러시면……."

그의 입술이 나희의 입술을 강하게 빨아들이고 있었다. 정신이 몽롱해지고 심장이 거칠게 뛰었다. 저항을 해야 하는데 몸에 힘이 없었다.

"자꾸 빠져나가지 마."

"난 오빠와 어울리는 사람이……."

그의 입술이 다시 나희의 입술을 막아버렸다. 그녀의 말이 듣기 싫은 모양이었다. 고등학교 때 희동이의 집에 놀러 갔다가 의대생인 오빠를 보고 의사가 되기로 마음먹었었다. 어린 마음을 모조리 빼앗아간 첫사랑이자 지독한 짝사랑의 대상이 지금 그녀에게 키스를 하고 있었다.

도저히 이 달콤함을 뿌리칠 수가 없었다. 그의 입안에서 알코올 맛이 느껴졌다. 그녀도 이미 그에게 취한 상태였다.

"난 오빠와 어울리는 사람이 아니에요."

"왜 그렇게 생각해?"

"결혼은 둘만 하는 게 아니에요. 부모도 없는 고아인 나와 오빠는 다른 세계의 사람이에요. 아버님이나 어머님이 허락하실 리가 없어요."

"나랑 결혼까지 생각했나?"

"……."

순간 나희는 할 말을 잃었다. 그는 그런 말을 한 적이 한 번도 없었다.

"제가 너무 나갔네요."

부끄러움에 얼굴이 화끈거렸다. 몇 번의 키스가 결혼을 의미하는 건 아닌데 너무 오버했다는 생각이 들었다.

"하하하, 나희의 이런 면이 아주 마음에 들어."

"전 그런 뜻이 아니라……."

그가 나희의 얼굴을 자신의 손으로 감쌌다.

"내 나이 서른여섯이야. 적은 나이가 아니라고. 널 여자로 느끼기 시작한 후부터 나에게 다른 여자는 없었어."

"오빠."

"알아, 네가 많이 부담스럽다는 걸. 우리 부모님이 그렇게 두 손을 번쩍 들어 반기실지 아닐지는 나도 모르지만 확실하게 말할 수 있는 건 네가 도망가지 않는다면 난 널 놓지 않아."

"난……."

그가 나희를 품에 안았다.

"우리 나희가 날 믿어줬으면 좋겠다."

"난 오빠가 부모님을 실망시키는 일을 하지 않았으면 좋겠어요."

그건 나희의 진심이었다.

"이제껏 한 번도 실망시킨 적이 없으니 한 번은 용서해 주시지 않을까?"

"오빠."

나희의 눈에서 눈물이 흐르고 있었다. 나희는 일동의 얼굴을 빤히 바라보았다. 잘생긴 얼굴에 모든 걸 다 가진 남자였다. 그에 반해 나희는 아무것도 가진 게 없었다. 결혼만 욕심내지 않는다면 이 남자와 멋진 연애 정도는 해도 되지 않을까라는 생각이 들었다.

그리고 그의 미소를 본 순간 나희는 태어나서 처음으로 욕심을 부려볼 생각을 했다.

"쪼그마하던 게 많이 컸어. 오빠를 자꾸만 야한 상상을 하게 만드니까."

"상상했어요?"

나희가 애써 웃으며 농담을 던졌다.

"이제는 상상만 하지 않으려고."

그는 이렇게 말을 하며 나희의 입술을 삼켜 버렸다. 한적한 주택가의 차량에서 젊은 청춘들의 욕정이 한겨울의 추위를 녹이고 있었다.

6. 욕심이 생기다

"춥다."

맨발에 점퍼 차림으로 한겨울 추위와 맞서고 있으니 당연히 추울 수밖에 없었다. 코끝이 시리고 양 볼에 얼음이 박힌 듯이 추웠다.

"오빠를 부르지, 왜 나를 나오라고 해서 이 난리야."

나는 구시렁거리며 잰걸음으로 집을 향해 가고 있었다. 빌라 안으로 들어서자마자 난 그 자리에 얼어붙었다. 재희가 놀이터에 서서 담배를 피우고 있었다. 세상에서 담배가 사라지길 바란 첫날이었다.

제발 뒤를 돌아보지 않길 바라며 나는 뒷걸음질을 하고 있었다.

하지만 오늘 행운의 여신은 철저하게 나를 배신하고 있었다.

"어딜 가?"

재희의 말에 난 뒷걸음질 하던 자세로 그 자리에서 멈춰 섰다.

"어?"

"추운데 어딜 가냐고?"

"뭐 놓고 온 게 있어서."

"이리 와."

나는 엉거주춤하게 그 자리에 서 있었다. 내가 움직일 생각을 안 하자 재희가 나에게로 걸어왔다. 예전보다 훨씬 더 거대해진 모습으로 말이다.

"넌 참 손이 많이 가."

그가 나의 손을 잡고는 엘리베이터로 향했다.

"이러지 마."

"어?"

난 그의 손을 빼며 말했다.

"남들이 보면 어쩌려고 그래?"

순간 목이 메어왔다.

"우린 친구잖아."

"여자와 남자가 친구가 어딨어?"

"너 날 남자로 생각했냐?"

"아니."

나는 매몰차게 이야기를 한 다음에 엘리베이터 앞에 서서 버튼을 눌렀다.

"잘못 눌렀어."

내려가는 버튼을 누른 나는 다시 올라가는 버튼을 눌렀다. 다행히 엘리베이터가 도착해서 나는 빠르게 그 안에 올랐다. 오래된 빌라라서 엘리베이터의 공간이 작았다. 나는 5층을 눌렀지만 재희는 4층을 누르지 않았다.

"왜 안 눌러?"

"너희 집에 가려고."

"왜?"

"볼일이 있어서."

"그, 그래?"

나는 오늘따라 느리게 올라가는 엘리베이터를 원망하고 있었다. 재희가 나의 등 뒤에 서 있었다. 예전 같으면 이렇게 추운 날엔 그가 자신의 코트 안에 그녀를 넣어주곤 했었다. 그땐 재희와의 그런 일들이 너무나 자연스러워서 당연하게 느꼈었는데 지금은 그때가 그리웠다.

"춥지?"

"아니."

그는 이렇게 묻기만 할 뿐 더 이상의 행동은 하지 않았다. 긴장을 하고 있는 건 나뿐이었다. 심장이 터질 것 같은 것도 입술이 바짝 마른 것도 오직 나뿐이었다. 재희는 나를 여자로 생각하지 않을 것이다.

엘리베이터가 집 앞에 도착을 했고 나와 재희는 자연스럽게 집 안으로 들어갔다.

"저 왔어요."

"……."

집 안에는 아무도 없었다. 어른들이 아직 재희네에 있는 것 같았다.

"다들 안 계시는데 집에 가."

"난 일동이 형에게 받을 서류가 있어서 온 거야."

"뭐?"

"의료사고 사건이 있어서 자문을 좀 받은 게 있거든."

나희가 가져온 서류의 주인이 일동 오빠가 아니라 재희였던 것이다.

"기다리지 뭐. 아까 담배 사러 간다고 했거든."

나희에게 서류를 받으면 오빠는 금방 돌아올 것이다.

"그럼 거실에서 기다려."

나는 이렇게 말을 하고는 방으로 들어가서 점퍼를 벗었다. 거울을 보니 얼굴이 홍당무처럼 얼어 있었고 머리도 덜 마른 상태라서 엉망이었다.

"이런데 어떻게 여자로 보겠어."

나는 머리를 드라이어로 말리기 시작했다. 다시 나가더라도 이상한 꼴은 보이기 싫었다. 그때였다. 방문이 열리더니 재희가 방 안으로 불쑥 들어왔다.

"야, 뭐 하는 거야?"

"그냥, 오랜만에 네 방 구경이나 하려고."

"넌 여자 방에 이렇게 불쑥 들어오냐?"

"여자 아니라며."

"그래도……."

여자가 아니란 소리에 속이 상했는지 갑자기 눈에서 눈물이 흘러내렸다. 진짜 의도하지 않은 상황이라서 나 또한 당황스러웠다.

"울어?"

"눈에 뭐가 들어갔어."

당황한 난 뒤로 돌아서서는 얼른 눈물을 닦았다.

"방 구경 다 했으면 나가."

"……."

나의 말에 반응이 없었다. 그리고 순간 나는 바로 뒤에 재희가 서 있음을 느끼고 있었다. 온몸이 그를 의식하고 있었다. 이제 남의 남자가 될 사람이었다. 이렇게 내가 그를 의식하는 것도 불편했고 방 안에 둘만 있는 것도 상당히 불편했다.

"나가……."

그가 뒤에서 나를 안았다. 숨이 탁 막혀왔다. 그가 강하게 안아서가 아니라 그의 체온이 느껴지는 이 순간이 너무나 좋았기 때문이었다.

"강재희."

"그대로 있어."

"……."

"이것도 옛 추억의 하나라고 생각해."

그의 말이 맞았다. 이것도 그에겐 옛 추억이었다. 하지만 아쉽게도 지금 난 옛 추억이 아니라 지금을 더 강하게 인식하고 있었다.

"재희야, 난 추억이 아니야."

"그럼?"

"난……."

재희가 날 돌려세웠다. 순간적인 강한 힘에 난 인형처럼 움직이고 있었다. 그리고 재희가 나의 얼굴을 두 손으로 감쌌다. 재희의 눈동자 안에 내가 가득했다. 재희의 눈동자가 흔들리고 있었다.

"오해할 짓은 말……."

재희의 입술이 순간 나의 입술을 덮어버렸다. 너무 놀란 난 순간적으로 숨 쉬는 것조차 잊어버렸다. 그의 혀가 거칠게 나의 입안을 파고들었다. 저항할 수가 없었다. 여기가 내 방이고 언제든지 가족들이 들이닥칠 수 있다는 사실조차 잊어버렸다.

재희의 강한 팔이 나의 허리를 감싸더니 자신에게로 강하게 이끌었다. 둘의 몸이 마치 N극과 S극이 만난 것처럼 강하게 붙었다. 이렇게 큰 사람이었구나를 처음으로 강하게 느끼고 있었다.

그의 키스는 마치 나의 영혼을 빨아들이는 것 같았다. 나의 팔이 어느 순간 재희의 목을 감쌌고 둘의 키 차이 때문에 불편했는지 재희가 나를 가볍게 안아서 책상 위에 올려놓았다. 그때까지도 나는 그의 입술에 빠져서 내가 책상 위에 있는지 어디에 있는지 느끼지 못하고 있었다.

재희가 강하게 키스를 해오자 나의 목이 거의 기역자로 꺾이고 있었지만 그의 키스에 정신이 팔려 목이 아픈지도 모르고 있었다. 재희는 나의 혀를 강하게 빨아들였다. 마치 마지막 키스인 것처럼 그는 아주 다급한 키스를 하고 있었다.

나는 더 이상 나의 마음을 속일 수가 없었다. 이게 마지막 키스가 될 수 있었다. 나는 그의 목을 더 강하게 끌어당겨 그보다 더 열렬하게 키스를 되돌리고 있었다. 재희의 손이 나의 맨투맨 티

안으로 들어와서는 강하게 나의 가슴을 잡았다.

"으읍."

나는 나도 모르게 신음 소리를 냈다. 나의 가슴을 만진 건 재희가 유일했다. 민성 오빠와는 가벼운 키스가 전부였다. 나를 이토록 여자로 대한 건 재희뿐이었다. 이런 키스를 이제 다혜가 받겠구나라는 생각이 들자 가슴이 무너질 듯이 아팠다.

잠시 이런 생각을 하는 동안 동작 빠른 재희가 나의 티와 브라를 동시에 위로 올리고는 맨가슴을 입술로 빨아들이기 시작했다.

"이러지 마."

"……."

나는 항의 아닌 항의를 해보았지만 재희의 귀에는 들리지 않는 모양이었다. 재희가 나의 유두를 빨기 시작하자 아랫배에서부터 여성까지 찌릿한 전기 자극이 흐르기 시작했다. 온몸에 소름이 돋기 시작했지만 거부감이라기보다는 야릇한 감각이었다.

양손으로 나의 가슴을 모아 쥔 재희는 열심히 혀로 입술로 유두를 자극하기 시작했다. 나는 그의 정수리만을 내려다보고 있을 뿐이었다. 그의 강한 체취가 나의 코를 자극하자 또 한 번의 야릇함이 밀려들었다.

"재희야."

"싫어?"

"……."

싫지 않았기 때문에 나는 다른 말을 할 수가 없었다. 그의 손이 가슴에서 점점 더 아래로 향했다. 이러다가는 일을 낼 것만 같았다.

"재희야……."

나의 말은 또다시 재희의 입술에 의해 차단되었다. 그의 혀가 나를 공황상태에 빠트리고 있었다. 아무런 생각도 할 수가 없었다. 내가 이렇게 의지가 약한 사람이었다는 걸 오늘에서야 절실하게 느끼고 있었다.

재희의 단단한 손이 나의 트레이닝 복 안으로 들어왔다. 팬티라인을 더듬고 있는 그의 손끝에 나의 온 신경이 집중되고 있었다. 이렇게 선을 넘는 행동은 한 번도 해본 적이 없는 나는 오로지 재희의 손에 의지하고 있었다.

이성은 잠시 접어두기로 했다. 그의 혀가 나의 입안 구석구석을 돌고 있었고 그의 손은 어느새 나의 팬티 안에 들어와 있었다. 샤워를 한 상태라서 다행이긴 했지만 나도 손을 대보지 않은 은밀한 구석에 그의 손가락이 들어왔을 땐 나도 모르게 재희의 어깨를 손톱자국이 날 정도로 강하게 잡았다.

"으으읍."

하지만 나의 신음 소리는 그의 입안에서 여지없이 차단이 되었다. 그의 손가락이 나의 질벽을 긁기 시작하자 난 더욱더 재희에게 매달렸다. 정신이 아찔한 경험이었다. 그의 것이 내 안에 들어오길 바라며 나의 여성은 점점 더 질척하게 젖어들고 있었다.

그때였다.

"딸, 엄마 왔다."

엄마가 집으로 온 것이었다. 뭐가 그렇게 좋은지 목소리에 웃음기가 가득했다.

"희동아."

아빠의 목소리도 들렸다. 나와 재희는 빛의 속도로 떨어졌고 둘 다 아무 일이 없었던 것처럼 방 안의 대각선 끝에 자리를 잡았다.

철컥!

"재희 왔구나. 이렇게 둘이 편해지니까 좋네."

엄마가 방 안에 노크도 없이 들어와서 한다는 말이 둘이 있으니 보기가 좋다는 말이었다.

"네, 어머니."

"그런데 무슨 일이야?"

"일동 형에게 받을 서류가 있어서요."

"그래? 일동이 아직 안 들어왔는데. 잠깐 있어. 과일 가져다줄게."

"아니오, 이제 집에 가봐야지요. 일동이 형한테는 제가 전화할게요."

"알았어."

엄마는 아무 일도 없었다는 듯이 방을 나갔다.

"휴~"

나는 자신도 모르게 한숨을 내쉬며 가슴을 쓸어 내렸다. 진짜로 나쁜 짓을 하다가 걸린 느낌이었다.

"얼른 가."

"……."

나는 엄마가 과일을 들고 다시 들어오기 전에 재희에게 가라고 했지만 녀석은 꿈쩍도 하지 않았다.

"빨리 안 일어나고 뭐 해."

재희는 나의 얼굴을 한번 보더니 자리에서 일어나 어른들에게 인사를 하고는 아래층으로 내려갔다.

"미쳤어. 진짜 미친 거야."

나는 침대에 얼굴을 묻고는 바로 전에 있었던 엄청난 일을 떠올렸다.

"진짜 미친 거야, 백희동. 아아아악!"

베개에다 대고 얼마나 소리를 질렀는지 목구멍이 칼칼했다.

"오 마이 갓!"

내가 저지른 일이었지만 얼굴이 점점 더 붉게 달아올랐다. 나는 오늘 잠을 이룰 수가 없을 것 같아 침대에서 뒤척이기 시작했다. 진짜 생각하면 할수록 미치지 않고서는 할 수가 없는 일이었다.

"방에서 무슨 짓을 한 거야."

이렇게 말을 하면서도 난 혀로 나의 부풀어 오른 입술을 슬쩍 쓸어보았다. 아직 재희의 맛이 느껴지고 있었다.

난 벌러덩 누워 천장을 바라보았다. 평생 무엇을 이렇게 강하게 원해본 적은 없었던 것 같았다.

"눈이 퀭해. 니들 둘 다."

아침에 카페에 모인 삼총사였다. 오전 진료가 없는 나희까지 아침 일찍 카페에 들렀다.

"니들 뭐냐?"

미영이 둘의 얼굴을 번갈아 보며 이야기했다. 그러는 사이에 새로 온 알바생이 그들에게 커피를 타서 가지고 왔다.

"고마워요."

"해장국이 필요하실 것 같은데요."

알바생이 그들을 보며 이렇게 말했다.

"빙고, 니들 들었지? 빨리 불어."

"아무 일도 없어. 잠을 좀 못 잤을 뿐이야."

"나도."

"잠을 못 잔 것들이 하나같이 입술이 퉁퉁 부어가지고 오고 목에 키스마크까지 찍어서 오냐?"

셋 중에 연애 경험이 제일 많은 미영이었다. 나희와 나는 둘 다 서로의 목을 만지느라 정신이 없었다.

"일동 동작 그만! 둘 다 무슨 일이 있었어."

미영이 나희에게 거울을 주며 목을 보게 했다. 오늘따라 V넥을 입고 온 게 화근이었다.

이제야 내 눈에도 나희의 목에 있는 보라색의 멍 자국이 보이기 시작했다.

"너는 어떻게 그렇게 잘 알아?"

"연애 한두 번 해보냐? 그런데 둘 다 누구야?"

"……."

절대로 말할 수 있는 상황이 아니었다.

"이실직고 안 하면 희동이는 엄마에게 나희는 병원에 확 소문 내 버린다."

"잠깐!"

목에 키스마크를 들킨 나희가 미영이 입을 막을 생각인 것 같았다.

"너 갖고 싶어 하던 샤넬 립스틱."

나희와 미영의 딜이 시작되었다.

"약해."

"그러면 버버리 머플러."

"약해."

"돈 없어."

"누가 뭘 사달래? 누군지 말해."

"죽어도 안 돼."

"그렇게 될까?"

이건 친구가 아닌 웬수였다.

"내가 여길 오는 게 아니었다."

"넌 여기에 올 수밖에 없어. 왜냐? 여기 네 시누이가 있으니까."

"어?"

나희의 얼굴이 거의 사색이 되어갔다.

"무슨 일이야? 시누이는 누구고?"

나는 궁금해서 숨이 넘어갈 것 같았다. 세상에 나희의 시누이라니 미영이는 외동딸이고 오빠가 있는 건 나뿐인데…….

"내가 시누이야?"

나는 나도 모르게 소리를 질렀다.

"너 설마 일동이 오빠랑?"

"……."

일동이 오빠와 나희는 안 될 말이었다. 나희가 오빠에 비하면 엄청 아까웠다. 그렇게 나이 많은 늙은이랑 사귀다니 말이 안 됐다. 아무리 오빠지만 이건 날도둑이었다. 예쁘고 똑똑한 나희를 오빠와 연결시키는 건 싫었다.

"너 미쳤어?"

나는 기가 막혔다.

"미안해, 나도 내가 너희 집에 비하면 많이 기운다는 거 알아."

이건 또 무슨 귀신 씻나락 까먹는 소리인가? 나희가 단단히 오해를 한 것 같았다.

"하지만 나 고등학교 때부터 오빠 좋아했어. 그래서 의대에도 간 거고."

"진짜 미쳤어. 홍나희."

"하지만……."

"야, 그게 아니라 우리 오빠처럼 나이 많은 남자가 뭐가 좋다고 만나. 의사라는 것 빼고 뭐가 좋은데? 넌 더 좋은 남자를 만날 수 있어."

"내가 고아라서 싫은 거 알아."

"야! 정신 차려. 네가 우리 집에 시집온다고 하면 엄마랑 아빠가 너 업고 다닐걸?"

"어?"

"우리 집 노총각 처리해 줘서 감사하다고 말이야."

"……."

나희는 나의 말에 놀란 눈치였다.

"엄마."

나는 곧바로 엄마에게 전화를 걸었다. 그러자 나희와 미영이 앞에서 펄쩍 뛰고 난리였다.

"엄마는 나희 어때?"

[나희 좋지.]

스피커폰으로 엄마의 목소리가 들렸다.

[예쁘지 성격 좋지. 거기다가 의사지. 얼마나 좋아.]

"그럼 며느릿감으로 어때?"

[나야, 땡큐지.]

"재벌가가 좋다며?"

[말이 그렇지 결혼은 지들 좋으면 하는 거지.]

"우리 엄마는 속물 아니네."

[시끄럽고 일동이랑 이동이 중에 누가 마음에 든데? 이왕이면 일동이면 좋겠다. 찬물도 위아래가 있는데. 그런데 일동이는 나이가 좀 많지? 왜, 네가 소개시켜 주게?]

"엄마 너무 수다스러워."

[지금 수다스러운 게 문제야? 네 오빠 장가가는 게 문제지.]

"알았어."

[뭐가 알았어야?]

"조만간 인사드리러 갈 겁니다."

[뭐?]

나는 전화를 끊고는 나희의 얼굴을 보았다.

"여기다가 결혼 전에 손자까지 옵션으로 가면 완전 우리 엄마, 아빠는 죽지. 됐냐?"

나희의 눈에 눈물이 맺혔다.

"고아인 날 좋아하지 않으실 줄 알았어."

"우리 엄마가 그런 거 따질 사람이 아니다."

"재희 어머니를 부러워한다고 하셔서."

"재벌집에 간 게 부러운 게 아니고 시집간 게 부러운 거야. 오해했구나?"

나희가 눈물을 흘리며 고개를 끄덕였다.

"난 비슷한 처지의 사람을 만나려고 했어. 그래야 편안한 결혼 생활이 될 것 같았거든."

"네가 뭐가 부족해서?"

"다, 일동 오빠에 비하면 한참 모자라지."

"자격지심이야. 그리고 너무 오버했고."

"그런 것 같네."

"진작 물어보지."

"그러게."

나는 미영이가 나를 뚫어지게 보고 있는 걸 느꼈다.

"쳐다보지 마라."

"넌 그냥 넘어갈 줄 알고?"

"난 아무 일 없었어."

"입술은?"

나는 입술을 유리창에 비춰보고는 깜짝 놀랐다. 아침엔 못 느꼈는데 생각보다 많이 부어 있었다.

"피곤해서 그래."

"정말?"

나는 고개를 격하게 끄덕였다.

"너는 재희하고 잘된 거야?"

뜬금없이 나희가 말했다.

"재희? 우리가 아는 그 재희?"

미영의 눈이 커졌다. 나와 재희는 생각을 못 한 모양이었다.

"어제 다혜 인사드리러 안 갔어?"

"왔어."

"대박! 이것들이 완전히 버라이어티하게 사네."

미영은 나희에 이어 나의 일에 단단히 놀란 것 같았다.

"그래서 다혜는 어쩌고 네가 재희랑 화끈하게 보낸 거야?"

"아니야."

난 키스마크가 없으니 아니라고 말했다.

"잔말하지 말고 불어."

"어쩌다 보니 그렇게 됐다. 진짜 키스 그 이상도 이하도 아니야."

"너희들 오늘 아주 날 놀라게 하려고 작정을 했구나?"

"아니야."

"뭐가 아닌데?"

이번에는 나희까지 난리였다.

"나희 넌 내 편이어야 하는 것 아니야?"

"그건 그거고."

사악한 눈으로 나를 둘이 동시에 쳐다봤다.

"재희는 다혜랑……."

"아직 결혼 안 했어."

"나희야."

"네가 마음에 있으면 저돌적으로 공략해 봐."

"키스 한 번에 남의 행복에 금이 가게 하고 싶지 않다."

"어쩌면 평생을 불행하게 하는 것보다 낫지."

"키스도 했어? 미쳤네. 우리 희동이."

미영이 난리가 났다. 미영과는 달리 나희는 차분했다. 마치 예상했다는 듯이 말이다.

"희동아, 잘 들어. 재희가 진짜 결혼을 하게 되면 물 건너가는 일이야. 그전에 잡아."

"하지만 난 재희를 한 번 배신하고 다른 사람을 사귀고……."

"지난 일이야. 그리고 지금은 재희도 다혜 사귀잖아. 그럼 된 거 아니야?"

"그럼 다혜는?"

"걱정도 팔자다."

일단 모든 게 걱정이었다. 한 번도 남의 것을 빼앗아본 적이 없었다.

"넌 너무 착해서 걱정이야."

미영이도 동감을 했는지 한마디 했다.

"재희가 다혜를 사랑하면 다혜랑 결혼을 하지, 엄한 여자한테 키스를 하겠냐? 설마 네가 한 건 아니지?"

"아니야."

미영이 말에 발끈한 나를 보고 나희가 웃었다.

"울다가 웃으면 안 되는데 우리 착한 희동이 어쩌면 좋니."

"일단은 노력은 해봐. 한번 잘못했으니까. 용서받는다고 생각하고. 그래도 안 되면 진짜 인연이 아닌 거지."

"알았어. 생각해 볼게."

"시간이 없다."

모처럼 친구들의 말을 듣고 나니 기분이 풀리는 것 같았다. 오전의 티타임이 끝이 나고 모두 각자의 일을 하기 시작했다. 벌써 알바생이 둘이나 되었다. 미영이의 전시회가 얼마 남지 않아서 카페의 일은 거의 손도 대지 못하고 있기에 어쩔 수가 없었다.

정신없이 하루를 보내고 나니 벌써 시간이 7시가 다 되어갔다.

"잘돼가?"

"응."

2층의 오픈 작업실에서 하루 종일 틀어박혀 있는 미영이었다.

"이거 마셔."

"뭐야?"

"도라지차. 공기가 안 좋은 것 같아서."

"오구, 우리 친구밖에 없어요."

둘이서 잠깐 이야기를 하고 있는데 작은오빠가 2층으로 올라왔다. 퇴근을 하고 온 모양이었다.

"오빠."

"예쁜이들 안녕."

"여긴 어떻게 온 거야?"

"우리 김 작가님께 부탁할 일이 있어서."

"뭔데요, 오빠?"

미영이는 밝은 성격은 아니었지만 지인들에게는 살갑게 잘했다. 그래서 엄마도 아빠도 미영이를 나희보다 예뻐하셨다. 미영이 작업할 때 입는 앞치마에 손을 쓱쓱 문지르며 물었다.

"그게……."

"뭔데요?"

"내 초상화."

"네?"

오빠의 엉뚱한 부탁에 미영의 눈이 커졌다.

"오빠가 무슨 초상화야, 초상화는?"

"사실은 병원에서 의사들의 이미지를 조금 친근하게 보이게 하려고 각자 진료실 앞에 재미있는 포즈로 사진을 찍거나 특색 있게 꾸미라고 병원장님께서 말을 하셨거든. 그런데 우리 과 간호사 한 명이 초상화를 좀 따뜻하게 그리면 나의 날카로운 이미지를 중화시킬 수 있을 것 같다고 해서."

사실 작은오빠는 입만 열지 않으면 큰오빠보다 더 날카로운 인상이었다. 큰 키에 체격도 좋지만 쌍꺼풀이 없는 날카로운 눈에 무테안경까지 사진으로 찍으면 날카로워 보일 게 분명했다.

거기에 이비인후과는 사람 많기로 유명한 과라서 이미지가 더 중요할 것이다.

"그래서 진짜로 그린다고?"

"응, 우리 미영이는 나를 잘 아니까 더 부드럽게 그려줄 수도 있고."

"근데 오빠 나 전시회 준비 중인데요. 진짜 바쁜데……."

"전시회가 언젠데?"

"얼마 안 남아서 지금 바빠요."

"그럼 끝나고 해줘."

"그리고 나 비싼 작가예요."

"알아."

갑작스럽게 등장한 오빠 덕분에 미영이 작업을 멈췄다.

"오빠, 이렇게 오셨으니 불쌍한 중생들에게 밥 한 끼 정도는 사야 하는 것 아니에요?"

"좋지."

오빠는 기다렸다는 듯이 이렇게 말을 했다.

어릴 때부터 큰오빠나 둘째 오빠 모두 나이 차이가 많이 나는 나를 동생이라기보다는 딸처럼 예뻐했다. 그래서인지 친구들에게도 언제나 친절했고 사이가 좋았다.

"그럼, 난 한우."

나의 말에 오빠가 고개를 끄덕였다.

“그래, 우리 희동이 요즘 고생했으니 몸보신을 좀 해야지.”

나와 오빠의 다정한 모습을 미영이 말없이 보고 있었다.

“그렇게 멍하게 서 있지 말고 가자.”

“응, 코트만 입고.”

우리는 카페 근처의 한우집으로 향했다. 이 집 사장님이 매일 오셔서 커피를 사 가셨기 때문에 한번은 가야지 하는 생각이 늘 있었는데 오늘이 그날이었다.

난 아무렇지 않게 오빠의 팔짱을 끼고 걸었다. 그러자 옆에서 미영이도 오빠의 팔짱을 끼었다.

“나도 껴야지. 샘나.”

“실컷 끼세요.”

나는 이렇게 말은 했지만 미영의 다른 모습에 조금은 놀랐다.

“오빠는 애인 없어요?”

“그럴 주변머리가 못 된다.”

“왜요? 키도 크고 잘생기고 그리고 직업도 훌륭한데?”

“지금 공부 중이잖아. 박사 학위 준비 중이야.”

“그렇구나. 언제 끝나요?”

“내년쯤? 왜?”

“아니에요.”

미영은 이렇게 말을 하고는 주제를 달리해서 말을 이어나갔다. 역시 말 잘하는 미영이었다. 고깃집에서도 오빠와 미영이 이야기를 나누는데 난 낄 틈이 없었다.

윙—

그때 오빠의 전화기가 울려 둘의 대화가 잠깐 끊어졌다.

“어, 재희야. 응, 희동이랑 미영이랑 있어. 왜?”

재희라는 말에 나는 목구멍에 고기가 얹히는 기분이었다.

“퇴근했어? 희동이는 왜? 알았어.”

오빠가 날 보며 계속 통화를 이어갔다.

“희동아, 밥 다 먹었으면 할 얘기가 있다고 카페로 오라는데?”

“알았어.”

“희동이 간다고 하네. 그래.”

오빠가 전화를 끊기도 전에 나는 고깃집에 미영이와 오빠를 두고는 쏜살같이 카페로 향했다.

“왜 온 거지?”

난 겁이 났지만 오빠와 전화통화를 하다가 재희가 어제 일을 말하면 어쩌나 싶어서 냉큼 온 것이다. 하지만 진짜 속마음은 빨리 재희를 보고 싶었다.

나는 숨이 찰 정도로 뛰어서 카페에 도착했다.

“사장님, 손님 오셨어요.”

알바생의 말이 끝이 나기도 전에 나는 재희 앞에 서 있었다.

"헉헉, 왜 온 거야?"

"뛰어왔어?"

"응."

"천천히 오지."

언제부터 다정했다고 목소리가 상당히 부드러운 재희였다. 숨을 돌리며 그의 앞에 앉은 나는 재희의 눈을 똑바로 쳐다보지도 못했다. 어제의 일이 자꾸만 떠올랐기 때문이었다.

"할 얘기가 있어서."

"말해."

"여기선 좀 곤란해."

그가 나의 손을 잡더니 갑자기 자리에서 일어났다.

"가방은?"

"카운터에."

"가지고 와."

나에게 가방을 가지고 오라더니 그가 나의 손을 잡고 카운터로 향했다.

"어디 가려고?"

그는 다짜고짜 카운터로 가더니 알바생에게 내 가방을 달라고 말했다. 그리고 내 가방을 받고는 사장님이 퇴근한다고 말했다.

얼이 빠진 표정의 알바생은 그가 시키는 대로 하고 있었다. 그만큼 재희는 남들을 꼼짝 못 하게 하는 힘이 있었다.

그리고 나도 알바생처럼 그의 무언의 힘에 눌려 그에게 휘둘리고 있었다.

7. 욕망의 불꽃이 터지다

크리스마스가 얼마 남지 않은 대학로의 거리는 오색 전등을 휘감은 가로수들로 반짝이고 있었다. 경기가 없는 탓에 예전만큼 캐롤이 울려 퍼지는 축제의 거리는 아니었지만 그래도 연인들에게는 서로의 손을 꼭 잡고 사랑으로 물든 크리스마스 시즌임에는 틀림이 없었다.

다만 나는 남자와 손을 잡고 있었지만 그들과는 달랐다. 마치 짐짝이 끌려가는 것처럼 나는 그에게 손을 잡힌 채로 그의 차가 있는 곳으로 향했다.

나의 눈앞에는 신형 제네시스가 서 있었다. 반짝이는 은색의 제네시스는 검사의 차답게 무게감이 있었다.

"차 샀어?"

"아버지가 선물로 주셨어."

"오올, 좋은데. 어릴 때는 이런 거 상상도 못 했는데, 그치?"

"차가 있었다면 넌 벌써 내 것이 되었을 거야."

"……."

알다가도 모를 소리를 하는 녀석이었다.

"타."

"어디 가는 건데?"

"……."

나는 그의 차에 말없이 올랐다. 원래 말수가 많은 녀석은 아니었다. 내가 조잘거리면 그냥 묵묵히 듣고 있는 스타일이었다. 그러다가 심부름을 시키거나 핀잔을 주기 일쑤였지만 말이다.

"어린 시절 기억엔 재희 네가 다 있는 것 같아."

어릴 때를 기억하면 그 기억의 한가운데는 늘 재희가 있었다.

"그래?"

"응, 너 그거 알아? 너랑 나랑 앨범을 바꿔도 하나도 안 어색한 거. 백일 사진도 쌍둥이처럼 같이 찍었으니까."

"비슷하니까."

"우리 하루 차이고, 내가 누나야."

그가 씩 웃었다.

"그런데 진짜 어디 가는 거야?"

"북악 스카이."

"거긴 지금 가면 추울 텐데."

"정신이 번쩍 들라고."

그는 진짜로 북악스카이웨이로 향하고 있었다.

"재희야, 나 추운 거 싫어."

"알아."

무슨 생각으로 이러는지 도저히 알 수가 없었다. 하지만 재희의 표정이 너무나 굳어 있어서 더 이상의 말은 하지 않기로 했다. 분명히 어제의 일을 말할 것 같았다. 없었던 일로 하자는 말을 한다면 엄청난 충격일 것이다.

하지만 지금 재희의 입장이라면 충분히 할 수 있는 말이기도 했다. 친구들과 오전에 나누었던 이야기처럼 다혜와 결혼하기 전에 나에게 마음이 있는지 물어보는 것도 나쁜 방법은 아닐 것 같았다. 괜히 마음에도 없는데 혼자서 덤비면 그것도 부끄러울 것 같았다.

드디어 차가 멈추었다. 밖을 보니 바람이 장난이 아니었다.

"설마 내릴 거야?"

"아니."

"그런데 여긴 왜 왔어? 내릴 것도 아니면서?"

"날 어떻게 생각해?"

"어?"

그의 선제공격에 나의 머리는 텅 비어버렸다.

"아직도 내가 미워?"

한 번도 그가 미운 적은 없었다. 그런 생각은 아예 해본 적이 없었다. 날 놀리고 귀찮게 해서 싫었던 거지 그를 미워한 적은 없었다.

"그런 생각 한 번도 안 해봤어."

"넌 나와 키스할 때 어떤 기분이야?"

"어?"

점점 더 사람을 멍하게 만들었다. 마치 어린 시절 그 앞에 서기만 해도 주눅이 들 때처럼 말이다. 하지만 오늘은 진짜 정신을 똑바로 차려야 했다. 어쩌면 둘만의 진지한 대화가 마지막이 될 수도 있기 때문이었다.

"왜 두 번 묻게 만들어."

"미안, 이런 대화를 해본 적이 없어서."

"난 말이야. 좋았어."

"……."

"어떤 기분이냐고 묻는다면 처음 느끼는 기분이라서 뭐라고 말 못 해. 넌 어땠는데?"

나는 처음으로 솔직하게 말했다.

“너랑 키스할 땐 항상 목이 마른 것처럼 갈증이 나.”

“어?”

오늘따라 바보처럼 자꾸 되묻고 있는 나였다. 재희의 말뜻을 이해할 것 같으면서도 설마라는 의문이 자꾸만 들고 있기 때문이었다.

“자꾸 하고 싶어져.”

“재희야.”

“그래서 넌 날 어떻게 생각하는지 묻는 거야. 남자로 생각하는지 아니면 5년 전처럼 그대로 친구인지.”

이제 정말 진실을 말해야 하는 순간이었다. 재희의 진지한 물음에 나도 진심을 말해야겠다는 생각이 들었다. 내 마음을 말한다면 재희가 받아들여 줄지도 몰랐고 이번에 차인다면 진짜로 힘이 들 것 같다는 두려움도 느꼈지만 말이다.

“난 말이야. 단 한순간도 널 친구라고 생각한 적이 없었던 것 같아.”

“…….”

“남자로도 생각한 적이 없었어.”

그의 얼굴은 볼 수가 없었지만 핸들 위에 있는 손에 핏줄이 보일 정도로 힘이 들어갔다.

"눈을 뜨면 언제나 네가 있었고, 눈을 감을 때까지 오로지 너만 봤어. 그렇게 23년을 살았는데 네가 친군지, 가족인지, 남잔지 그때는 모르겠더라고."

"지금은?"

"떨어져 지낼 때도 몰랐는데 네 옆에 다른 여자가 있으니까 싫더라. 마치 내 것을 빼앗긴 기분이 들더라고. 그래서 화가 났어. 가까이 있을 때는 몰랐던 걸 남의 남자가 되어 있는 널 보고 깨달았으니 말이야."

"내가 다혜의 남자라고 생각해?"

"아니야?"

"몇 달 만났고 이 정도의 여자면 그냥 그런대로 가정을 꾸릴 수도 있을 거라고 생각했어."

"좋아한 거 아니야?"

"아니."

그의 이 한마디에 너무나 안심이 되었다.

"그럼 넌 날 어떻게 생각하는데?"

"너 이외의 여자는 한 번도 생각해 본 적이 없어. 내가 기억하는 모든 순간에서는."

"거짓말, 그럼 왜 5년 전엔 잡지 않았어?"

"화가 났으니까."

"그러다가 시집이라도 갔으면 어쩌려고?"

그가 나의 얼굴을 갑자기 자신의 커다란 손으로 감쌌다.

"그런 일은 절대로 없었을 거야."

"그게 말이 돼? 넌 다른 여자하고 결혼하려고 해놓고선."

"나도 못 했을 것 같아."

재희의 눈빛이 달빛에 흔들리고 있었다. 짙은 검은 빛을 위험하게 뿜어내고 있는 그의 눈동자의 중심엔 내가 있었다.

"그럼 다혜랑 결혼 안 할 거야?"

"대답부터 해. 넌 날 어떻게 생각해?"

"널 빼고는 내가 없는 것 같아."

솔직하게 말했다. 좋아한다거나 사랑한다라는 개념으로는 설명할 수 없는 뭔가가 있었다. 그의 입술이 나의 입술을 삼켰다. 내가 묻는 말에는 답도 하지 않고서 말이다. 그의 혀가 어제처럼 나의 입술 안으로 들어왔다.

"으으음."

달콤하다는 말로는 부족했다. 지금 이 키스보다 나의 정신을 흐려놓는 건 그의 체취였다. 남자의 향이 나의 코끝을 자극했다. 나의 얼굴에 닿아 있는 단단한 그의 손의 감촉도 나를 미치게 만들고 있었다.

내가 이렇게 야한 여자일 줄은 상상도 하지 못했다.

"재희야."

"으응."

그의 입술이 내 입술 위에 있었다. 그리고 그의 혀가 내 입술의 선을 따라 움직이고 있었다. 키스일 뿐인데 참으로 야했다. 그는 만족을 모르는지 나의 가슴에 손을 가져다 댔다.

"네 가슴 만질 때면 미칠 것 같아."

많이 만져 본 듯한 말이었다. 하긴 이렇게 나의 가슴을 만진 남자는 그가 처음이었다. 나의 유두에 찌릿한 느낌이 났다. 흥분을 하면 이러는 것 같았다.

"재희야, 사람들이 봐."

나의 말에 재희가 아쉬움이 가득한 표정을 지으며 손을 치웠다.

"나한테 할 말이 이거였어?"

"보여줄 것도 있고."

그가 차를 다시 출발시켰다.

"뭔데?"

"너 내일 카페 나가지 마."

"어?"

"어머니한테는 내가 연락할게."

"멀리 가는 거야?"

갑작스러운 재희의 말에 어린 시절 무작정 정동진으로 향했던 일이 떠올랐다. 시험 성적이 나오지 않아서 엄마한테 혼이 나고 난 다음이었다. 그렇게 둘만 정동진으로 떠나고 나서 다음 날부터 재희가 내 과외 선생님이 돼주었다. 그래서 난 기적적으로 S대에 갈 수 있었다.

그날 새벽에 일출을 보고 아침에 춘천에 가서 닭갈비를 먹었던 기억이 났다. 대학생이 되면 자주 놀러 오자고 했던 재희의 말이 그때는 잘 기억나지 않았는데 지금 생각이 떠오르고 있었다.

"어디 가?"

"가보면 알아."

"알았어."

나는 모처럼 재희의 말을 고분고분하게 들었다. 생각해 보면 어린 시절부터 함께 자라서인지 재희의 말에 언제나 토를 달았던 것 같았다. 결론은 언제나 재희의 말을 들으면서도 말이다.

힐끔거리며 운전을 하고 있는 재희의 모습을 보았다. 그리고 처음으로 기어를 잡고 있는 재희의 손을 내가 먼저 잡았다. 단단하면서도 따뜻했다. 손바닥으로 툭 튀어나온 힘줄이 느껴졌다. 친구가 아닌 남자의 손이었다.

"이러지 마."

그의 말에 난 화들짝 놀라 손을 뺐다.

"미안, 나도 모르게……."

"싫어서가 아니라 이러면 차를 세워야 할 일이 생길지도 몰라."

그의 말을 이해하자 난 얼굴이 달아올랐다.

"자꾸 이상한 놈으로 만들지 마."

"……."

그 후로 난 아무 말 없이 가만히 있었다.

시간이 얼마 흐른 후에 나는 이곳이 서초동 법원 근처임을 알게 되었다.

"여기는 서초동 아니야?"

"다 왔어."

"설마 날 검찰청에 데려가려는 건 아니지?"

"죄졌어?"

"아니, 하지만 조민성 건도 있고……."

난 혹시나 재희가 검사 신분으로 조민성과 날 대질 신문이라도 할까 봐 겁이 났다.

"아니야."

"다행이다. 다시는 보고 싶지 않거든."

솔직한 심정이었다.

"다 왔어."

법원 근처의 주택단지였다. 그것도 완전히 초호화 빌라만 있는 곳이었다.

"여기는 왜?"

"……."

재희는 말없이 계속 운전만 했다. 나는 차창으로 주변을 두리번거렸다. 밤이라서 제대로 볼 수는 없었지만 성북동의 고급 주택가 못지않았다.

"나는 결혼하면 빌라에 살고 싶어. 아파트는 너무 답답하고 단독주택은 너무 쓸쓸하고. 그래서 빌라에 살고 싶어. 운이 좋다면 미영이네하고 나희네하고 그렇게 같은 빌라에 살면서 아이들도 같이 키우고 싶어."

내가 예전에 한 말을 지금 재희가 그대로 하고 있었다.

"기억나?"

"응."

"지금도 그래?"

"응."

느낌이 이상했다. 뭔가 특별한 일이 일어날 것만 같았다.

"다 왔어."

유럽풍의 벽돌로 지어진 고급스러운 빌라 앞에 도착하자 재희가 말했다. 보안이 너무나 잘된 곳이어서 경비실을 몇 번을 거쳐서야 지하 주차장으로 갈 수가 있었다.

"여긴 어디야?"

"어딜 것 같아."

그는 이렇게 말을 하고는 나의 손을 잡고 엘리베이터로 향했다. 우리가 살고 있는 한라빌라처럼 5층짜리 빌라였다. 그리고 재희의 집은 5층이었다.

"와!"

현관문을 열자마자 나는 그 큰 규모에 놀라고 말았다.

"도대체 몇 평이야?"

"100평 좀 넘을 거야."

"여긴 누구 거야?"

"내 거."

"오올, 우리 재희 돈 많은가 보다."

"유산을 받은 게 있고 또 내 돈도 있고."

"검사가 이렇게 부자여도 되는 거야?"

그런데 집에는 가구가 거의 없었다. 마치 비어 있는 곳 같았다.

"독립하려고?"

"응."

나는 솔직히 너무나도 큰 집을 둘러보며 놀라움을 금치 못했다.

"여기 가구 채우려면 장난 아니겠다."

"이 집을 산 지 얼마 되지 않아서 아직 인테리어는 안 했어. 가끔 일이 많은 날에 오기 때문에 서재만 꾸며놓은 상태야."

재희가 내 손을 잡고 이 집에서 몇 안 되게 꾸며진 장소인 서재로 안내를 했다. 진짜 서재는 말 그대로 서점 같았다. 웬만한 책들은 다 있는 듯 벽을 빙 둘러서 바닥부터 천장까지 디자인이 된 책장에 책들이 빼곡했다.

공부에 취미는 없었지만 책 읽는 걸 좋아한 나였다. 유달리 책 욕심도 많았고 아빠 서재를 탐내기도 했었다. 하지만 식구들이 많아서 나의 서재를 만들 수는 없었다.

재희가 오늘따라 부러웠다. 거기다가 나의 로망인 책장 제일 높은 곳의 책을 빼는 데 쓰는 사다리도 있었다.

"와, 사다리다."

"괜찮아 보여?"

"응, 완전 대박이야. 이건 내가 꿈꾸던 서재야. 사다리 타고 올라가서 책도 뺄 수 있고 진짜 좋다."

나는 숨김없이 나의 감정을 말했다. 서재의 가운데는 진짜 편안해 보이는 소파가 있었고 한쪽 끝에는 책상도 있었다.

"저 소파에서 책 보면 완전 좋겠다. 앉아봐도 돼?"

그가 고개를 끄덕이자 나는 신이 나서 소파에 뛰어들었다.

"진짜 좋다. 우리 어릴 때 맨날 책 읽을 공간이 없어서 네 침대나 내 방 침대에서 읽었는데 우리 그때 서재 하나 있었으면 좋겠다고 했었잖아. 기억나?"

"응."

"진짜 좋다. 이리 와서 앉아."

나는 내가 마치 이 집의 주인인 양 들떠 있었다. 재희가 나의 옆에 앉았다.

"우리 책 읽을까?"

"아니."

그는 이렇게 말을 하고는 다짜고짜 나의 입술에 키스를 퍼붓기 시작했다. 마치 때를 기다린 야수처럼 그의 키스는 날 먹어 치울 듯이 거칠었다. 자꾸만 이렇게 야릇하게 다가오는 재희를 나는 어떻게 받아들여야 할지 몰랐다.

이런 경험이 많은 것도 아니고 점점 더 수위를 높여가는 재희가 두렵기도 했다. 하지만 이상한 건 싫지 않다는 것이었다. 재희가 이번에는 키스만으로 만족하지 않을 거란 생각이 스쳐 갔다.

아니나 다를까, 재희가 나의 니트를 머리 위로 벗겨냈다.

"재희야, 이건……."

"……."

그는 아무런 말 없이 다시 나의 입술을 머금고는 브래지어마저 벗겨냈다. 맨가슴을 이렇게 남에게 드러낸다는 것이 부끄러워 나는 팔로 가슴을 가렸지만 그사이에 동작이 빛의 속도보다 빠른 재희가 바지를 벗겨냈다. 지금 내가 몸에 걸친 것이라고는 팬티 한

장뿐이었다.

"난……."

처음이라는 소리가 목구멍에 걸려 나오지 않았다. 지금 욕망으로 짙어진 재희의 눈을 보고 도저히 말을 할 수가 없었다. 재희는 나의 팬티마저 벗겨냈다.

"예뻐."

"재희야."

"오늘 널 가질 거야. 내가 그토록 바라던 일을 오늘 할 거야."

"……."

재희가 날 원한다는 생각에 기쁘기도 했지만 한편으로는 무섭기도 했다. 남자를 어떻게 받아들이는지 영화를 보고 알았지만 이렇게 깊은 관계를 맺는 건 처음이었기 때문이다.

민성 오빠와는 한 번도 이런 일을 한 적이 없었다. 나도 그럴 생각이 없었지만 오빠도 마찬가지였다. 진짜 돈 외에는 내가 여자로서 그렇게 매력이 없는 걸까? 라는 생각이 들자 눈물이 핑 돌았다.

"재희야, 넌 나랑 하고 싶어?"

"미치게 원해."

재희의 그 말이 나의 두렵던 마음을 조금은 편하게 해주었다. 재희가 내 앞에서 옷을 빠르게 벗었다. 재희가 옷을 벗은 걸 본 건 초등학교 저학년 이후에 처음이었다. 저학년 때까지 엄마들과 같이 목욕탕에 갔기 때문에 재희의 모든 걸 볼 수 있었지만 지금은 기억도 나지 않았다.

다만 재희와 첫 키스를 한 후에 상상했던 모습보다는 훨씬 더 멋진 몸이었다. 공부만 하느라고 근육은 없을 줄 알았는데 유도를 오랫동안 해서 그런지 탄탄한 몸을 가지고 있었다. 재희가 마지막 속옷을 벗어 던지자마자 나는 너무나 놀랐다. 재희의 남성은 실로 거대했다. 저게 내 몸 안으로 들어온다면 난 둘로 갈라질 게 분명했다.

나의 시선이 자신의 남성에 머물고 있는 걸 느꼈는지 재희가 피식 웃었다. 그리고 내가 도망갈 틈도 없이 빠르게 나의 몸 위에 자신의 몸을 겹쳤다.

"나 무서워."

"괜찮아."

그의 입술이 나의 입술에 따스하게 겹쳐졌고 그의 강한 피부가 나의 부드러운 피부 위에 있었다. 짜릿함이 내 온몸을 뒤덮고 있었고 나는 미칠 것 같은 흥분을 느꼈다.

"재희야."

그의 입술이 유두를 빨아들이자 나는 그의 머리카락을 손으로 움켜잡았다. 그는 아랑곳하지 않고 나의 유두를 거침없이 빨아들이고 있었다. 좁은 소파 위에 벌거벗은 남녀라니, 그 자체만으로도 야한데 지금 그 당사자가 나였다.

재희의 남성이 자꾸 나의 배를 찌르고 있었다. 그런데도 이상하지 않았다. 오히려 그의 단단한 남성이 주는 묵직한 느낌이 좋았다.

그의 입술이 위험하게 점점 아래로 내려갔다. 어디까지 내려갈지 불 보듯이 뻔한 상황이었다.

"샤워라도 하면 안 될까?"

"안 돼."

"왜?"

그의 입술이 배꼽 주위를 맴돌고 있었다.

"너의 그대로가 좋아."

"재희야."

악 소리를 낼 뻔했다. 재희의 입술이 여성 위에 머물렀기 때문이었다. 온몸이 굳어졌다. 내가 숨을 쉬고 있는지조차 모를 지경이었다. 하지만 재희는 멈추지 않았고 나의 다리를 벌리고는 점점 더 아래로 내려갔다.

"재희야, 이건……."

내가 말을 하는 중간에 재희가 일을 저질렀다. 나의 여성을 혀로 가르더니 그 안의 클리토리스를 찾아내서 핥아대기 시작했기 때문이었다. 머리가 멍했다. 좋은 건지 싫은 건지 구분도 가지 않았다.

다만 나의 손이 그의 머리를 아프게 쥐고 있다는 것뿐이었다. 하지만 재희는 아랑곳하지 않고 열심히 나의 여성을 자극했다.

"아아아앙."

나는 나도 모르게 신음 소리를 크게 냈다. 그의 혀가 주는 느낌이 온몸을 자극하고 있었다.

"재희야, 그만."

그가 나의 소리를 들었는지 여성에서 입을 뗐다. 드디어 멈추나 싶었는데 그건 나의 무지에서 온 착각이었다. 재희가 나의 다리를 벌리고 들어와 자신의 어마어마한 페니스를 내 질 입구에 가져다 댔다.

아래에서 느껴지는 생소한 느낌에 나는 몸을 부르르 떨었다. 공포와 기대감이 동시에 몰려왔다. 하지만 그의 페니스가 내 안에 들어온 첫 느낌은 공포도 기대감을 충족시키는 것도 아닌 커다란 고통이었다.

"아아아악!"

나는 비명을 지르며 눈을 크게 뜨고 재희의 가슴을 밀어내려 했지만 재희는 꿈쩍도 하지 않았다. 하지만 재희의 얼굴도 고통스러워 보이기는 마찬가지였다.

"힘을 빼. 들어가지가 않아."

그의 말에 난 다리의 힘을 조금 뺐다. 그러자 고통스럽기는 마찬가지였지만 그의 커다란 페니스가 내 안에 들어오는 게 그대로 느껴지고 있었다. 난 허리를 들어 고통에서 벗어나려 했다.

"움직이지 마."

"아파."

"그러면 내가 진짜 못 참을 것 같아."

뭘 참는다는 건지 알 수는 없었지만 재희의 얼굴도 고통으로 일그러져 있었다.

"네가 너무 타이트해서 미칠 것 같아."

뭐가 타이트한 것인지는 모르겠지만 재희의 표정에서 고통이 그대로 느껴졌다. 섹스가 이렇게 고통스러운 것인지 몰랐다.

갑자기 재희가 허리를 움직이기 시작했다. 여전히 페니스를 안에 집어넣은 채 넣었다가 뺐다가를 반복했다.

재희의 움직임이 반복될수록 고통에서 짜릿한 느낌으로 바뀌고 있었다. 진짜 처음으로 어른의 쾌감을 경험하는 순간이었다. 28년을 살면서 이런 야릇한 느낌은 처음이었다. 야한 동영상을 볼 때보다도 천 배는 더한 쾌감이었다.

고통의 순간이 어느 정도 지나가자 그제야 나의 눈에 재희가 보이기 시작했다. 처음으로 나의 눈에 들어온 건 재희의 넓은 가슴이었다. 재희의 피부가 이렇게 좋은지 몰랐었다. 맨들맨들한 게 기름을 칠해놓은 바디 빌더의 몸 같았다.

육상선수들이 단거리를 달리고 난 후에 생기는 땀 같았다. 그의 잔 근육 사이로 끊임없이 땀이 흘러내렸고 그의 가슴에 송골송골 땀이 맺혀 있었다. 나는 나도 모르게 그의 단단한 가슴에 내 손을 가져다 댔다.

그의 살이 주는 감촉보다 내 손바닥 아래에서 거칠게 뛰는 그의 심장 울림이 더 강하게 느껴지고 있었다. 그의 심장이 터질 것 같았다. 그를 이렇게 거칠게 만든 게 나라니 놀라울 따름이었다.

"미치겠어."

그의 입에서 거침없이 자극적인 말이 흘러나오기 시작했다.

"뺄 수가 없어."

대답하기 민망했지만 기분이 나쁘지 않았다. 오히려 그를 이렇게 흥분시킬 수 있다는 게 기쁘기까지 했다.

"헉헉, 희동아."

그의 숨이 이제는 끝까지 찬 것 같았다. 난 고개를 들어 그와 결합이 된 부분을 보았다. 끊임없이 그의 거대한 페니스가 들어갔다가 나왔다를 반복하고 있었지만 용케도 잘 받아들이고 있었다.

그가 갑자기 나의 입술에 키스를 했다. 여전히 그의 페니스는 질 안에서 움직이고 있었고 이제 그의 혀가 내 입안을 장악했다. 온몸이 달아오르고 있었다.

"으으으윽."

그의 입에서 연속해서 신음이 터져 나왔다. 그리고 얼마 후에 자궁 안이 따뜻해짐을 느낌과 동시에 그의 몸이 내 위로 무너져 내렸다. 기분 좋은 무게감이었다.

"헉헉, 왜 처음이라고 말 안 했어?"

"그냥."

"진짜로 상상도 해본 적이 없어."

"왜? 민성 오빠랑 만나서?"

"응."

그는 나의 몸 위에서 거친 호흡을 고르고 있었다. 그리고 허리를 들고는 나의 눈을 내려다보았다.

"아팠지?"

"아니, 괜찮아."

"난 천국을 다녀온 기분이야."

그의 손가락이 나의 젖은 머리카락을 넘겨주었다. 그 손길이 어찌나 다정한지 마치 사랑하는 여자의 머리를 만지는 것 같았다.

"내가 너의 처음이라서 기뻐."

"넌 나의 모든 것의 처음이야."

사실이었다. 그가 나의 이마에 사랑스러운 듯 입을 맞추었다.

"여기 왜 온 줄 알겠어?"

그의 질문에 난 몹시 당황했다. 이렇게 하려고 날 데려온 거냐고 도리어 묻고 싶었다.

이렇게 궁궐 같은 집을 샀다고 자랑하는 건 아닐 것이고, 난 재희의 마음을 알 수가 없었다.

“이 집은 너랑 살려고 장만한 거야.”

“어?”

나랑 살려고 이 집을 샀다니, 이해가 가지 않았다.

“네가 빌라를 원해서 샀어.”

그건 사실이었다. 난 지금 우리가 살고 있는 한라빌라처럼 평생을 살 집을 원했다.

“재희야, 하지만…….”

재희가 결혼하려고 했던 건 며칠 전까지 다혜였다.

“어릴 때부터 널 행복하게 살게 해줄 집을 꼭 사주고 싶었어. 그게 내가 집을 고르는 기준이 된 것 같아. 희동이가 원하는 집이 말이야.”

난 뭐라고 말을 할 수 없는 감동을 느끼고 있었다.

“그리고 내 꿈이 현실이 된 거야. 이렇게 너와 우리 집에 함께 있잖아.”

재희가 우리 집이라고 했다.

“우리의 아들, 딸들이 이곳에서 자라고 클 거야.”

“난…….”

“미영이하고 나희는 아주 부자 신랑을 만나야 같이 살 수 있을 텐데 조금 걱정이다.”

재희가 농담을 하고 있었지만 나의 눈에서는 눈물이 흘러내리고 있었다.

“울지 마. 좋은 일이잖아.”

“난 네가 다혜에게 갈까 봐 불안했어.”

“좀 망설인 건 사실이야. 네가 나에게 안 올까 봐 나도 불안했거든.”

그도 불안해하고 있었다. 나는 재희의 땀에 젖은 얼굴을 손으로 쓰다듬었다.

“너랑 이러고 있으니까 이상해.”

그가 날 보며 웃었다.

“앞으로는 매일 이럴 텐데 뭐.”

얼굴이 붉게 물들었다. 보지 않아도 알 수 있었다.

“나 샤워하고 싶어.”

“같이하자.”

“야!”

나는 그의 제안에 심장이 터질 것 같았다. 샤워라니, 그보다 더 한 짓을 했지만 그래도 샤워를 같이하는 건 아직 부끄러웠다.

"어디가 욕실이야?"

그가 갑자기 소파에서 몸을 일으키더니 나를 번쩍 안아 들었다.

"살 좀 쪄야겠어."

"안 내려놔?"

"싫어."

그는 그렇게 나를 안고는 온통 흰색인 욕실로 안고 들어갔다. 욕실은 방만큼 컸고 욕조 또한 여러 명이 들어갈 수 있는 크기였다.

"같이 목욕하려고 큰 걸로 준비했지."

아이 같은 표정으로 자랑을 하는 재희를 보며 나도 모르게 얼굴에 미소가 그려졌다. 이런 남자를 놓쳤다면 아주 후회를 할 뻔했다. 나는 욕조에 물을 받고 있는 재희를 등 뒤에서 안았다. 따뜻한 체온과 땀 냄새가 섞여 있었다.

"좋다."

"진작에 잘하지."

"왜 5년 전엔 날 붙잡지 않았어?"

정말 궁금한 질문이자 아직도 풀리지 않는 미스터리였다.

"화가 났어. 배신감이 들었거든. 난 당연히 넌 나만 볼 줄 알았어. 그때 깨달았지. 여자의 마음은 갈대구나라고 말이야."

그의 목소리에 아픔이 그대로 느껴졌다.

"그럼 그렇다고 말하지 그랬어. 네가 날 잡았다면 난 아마 조민성을 만나지 않았을 거야."

난 원망 섞인 목소리로 말했다.

"미안해."

"아니, 내가 잘못했어. 그때는 재희 네가 날 부려먹는다고만 생각했어."

"아니, 나도 옹졸했어."

욕조에 물이 다 채워지자 재희가 날 욕조 안으로 끌어들였다. 물이 따뜻했다. 재희가 날 뒤에서 안고는 나의 가슴에 계속해서 손으로 물을 부었다.

"난 네 가슴이 마음에 들어."

"가슴만?"

"아니, 그리고 여기도."

그가 나의 여성을 물속에서 손으로 감쌌다.

"야, 넌 정말 야한 거 알아?"

"아니, 네가 내 머릿속에 들어온다면 날 사람 취급 안 할 것 같아. 넌 언제나 나의 몽정의 대상이었어."

그의 말에 난 살에 소름이 돋았다.

"점점……."

"매일 밤마다 널 침대에 쓰러뜨리고는 정열적인 섹스를 했어.

너도 나의 밑에서 흐느껴 울었지. 오늘처럼 말이야."

"재희야."

"널 가까이 못 했던 5년 동안도 난 한결같이 매일 널 안는 꿈을 꿨어. 그리고 오늘 소원을 이뤘고."

"꿈이 좋았어? 아님 지금이 좋았어?"

"현실이 천 배는 더 좋았어. 앞으론 더 좋을 거고."

재희는 거침없이 나의 몸을 어루만졌다. 그의 손이 가슴을 어루만지자 난 허리가 절로 휘어졌다.

"자꾸 이러면 난 여기서 널 가질 수밖에 없어."

그의 손길에 온몸이 뜨거워지고 있었다. 물속에 있어서 그런지 그와의 첫 경험으로 인해 화끈거리고 아팠던 질 입구도 많이 좋아졌다.

"그럼 날 가져."

어디서 이런 용기가 생긴 건지 몰라도 난 재희에게 도발적인 말을 했다.

그는 잠시도 머뭇거리지 않고 날 그의 위로 올려 앉혔다. 그리고 벌써부터 단단해진 그의 페니스를 나의 질 안으로 넣었다.

"아아악!"

처음보다는 덜했지만 아직도 아팠다. 하지만 처음보다는 금방 아픔이 사라졌다. 이렇게 온몸이 희열로 가득한 적은 없었다. 나와 재희는 욕실에서 한 번의 섹스를 한 후에 그의 침실에서 다시 한 번 사랑을 나누었다.

새벽이 오는 것도 모른 채…….

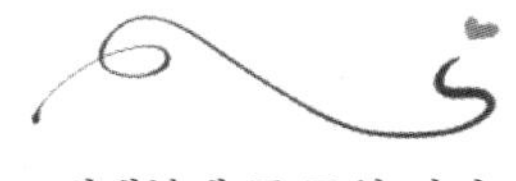

8. 번갯불에 콩 구워 먹기

웡—

아침부터 핸드폰이 요란하게 울리고 있었다. 아침이라고 하기엔 주변이 너무나 어두웠다. 내 방은 이렇게 어둡지 않은데 새벽부터 급한 전화가 있는 모양이었다.

손을 더듬어 전화기를 찾았지만 내 손끝에 걸린 건 전화기가 아닌 단단한 덩어리였다.

"여보세요."

착 가라앉은 낮은 저음의 목소리가 나의 귀에 정확하게 들려왔다.

순간 놀란 나는 심 봉사가 눈이 떠진 것처럼 눈을 번쩍 뜨고는 목소리의 주인공의 손에 들린 내 전화기를 빼앗으려 했다.

"어머님."

나는 그의 손에서 핸드폰을 빼앗기 위해 필사적이었지만 그는 아랑곳하지 않고 통화를 계속 이어갔다.

"같이 있습니다."

엄마가 소리를 질렀는지 재희가 귀에서 핸드폰을 떼어냈다.

"집에 가서 자세히 말씀드리겠습니다."

나는 다시 이불 속으로 들어가서 몸을 숨기고 귀를 손가락으로 막았다. 하늘이 무너지는 느낌이었다. 늦게라도 집에 들어갔어야 하는데 너무 시달린 나머지 피곤을 못 이기고 잠이 들어버렸다.

태어나서 처음 해보는 외박이었다. 그것도 남자와 함께 말이다. 재희의 손이 갑자기 나의 가슴으로 쑥하고 들어왔다.

"어머."

놀란 나는 얼른 그의 손을 치우려 했다.

"놀라긴."

"야, 갑자기 이러면 어떡해?"

"어제 더한 것도 했다."

"엄마가 뭐래?"

"날 가만 안 두시겠다고."

"진짜?"

"내가 거짓말하는 거 봤어?"

나의 눈에 눈물이 맺혔다. 엄마한테 혼나는 게 문제가 아니라 오빠들도 장가들을 가지 않았는데 막내가 이런 대형 사고를 쳤으니 그게 문제였다. 난 집에 가면 분명히 엄마 손에 죽을 것 같았다.

"희동아, 울어?"

"으으응, 내가 안 울게 생겼어? 어떻게 고개를 들고 다녀."

"내가 책임진다고."

탁!탁!

나는 그의 가슴을 주먹으로 쳤다.

"손힘이 좋은 걸 보니 아직 기운이 많이 남았어."

"지금 농담할 기분 아니거든."

"나도 농담 아니야. 우리 같이 너희 부모님께 결혼 허락 받으러 갈 거야."

"야, 강재희."

"이제 이름은 부르지 말지."

"……."

"자기야 또는 재희 씨 또는 여보. 아니다, 가장 좋은 건 개똥이 아빠. 어때?"

"야!"

나는 그의 가슴을 다시 치려 했지만 이번엔 그의 손이 빨랐다.

"그전에 복습을 해야지."

"복습?"

"어, 우리에겐 예습이 없었으니 복습이라도 잘해야지."

내가 미처 뜻을 알아차리기 전에 그의 입술이 나의 입술을 삼켰다. 부드럽고 달콤한 그의 입술은 거부하기 힘들었다. 지금처럼 급박한 상황에서도 난 재희의 입술이 좋았다. 정신이 나간 게 분명했다.

우리는 모닝 섹스를 한 후에 집으로 갈 준비를 했다. 난 빌라에서 안 나가려고 발버둥을 쳤고 재희는 날 번쩍 안아 들고는 주차장으로 향했다.

우리가 집 앞에 도착한 시간은 10시가 훌쩍 넘어서였다.

"잠깐만. 조금 있다가 들어가자."

빌라 입구에서 나는 재희의 팔을 붙잡고 버티고 있었다.

"안 돼."

"야, 나 진짜 우리 엄마한테 죽을지도 몰라."

"내가 있잖아."

"너는 건드리지도 않을걸."

"내가 막아줄게."

그가 나의 손을 잡고 안으로 끌었지만 나는 끝까지 버티고 있었다. 그때였다. 놀이터에 엄마의 쩌렁쩌렁한 목소리가 울려 퍼졌다.

"안 들어와!"

엄마가 베란다의 창을 열고는 목청 높여 소리를 지르고 있었다. 나는 뒤도 돌아보지 않고 밖으로 달려 나가다가 재희에게 잡혀서 안긴 채로 들어갔다.

"난 죽었어."

"안 그럴 거야."

"네가 지금 날 봐준다면 내가 평생 너의 노예로 살게."

재희가 대답 대신에 피식 웃었다. 그리고 엘리베이터를 탔고 난 재희에게 협박을 하기 시작했다.

"난 결혼 안 해."

"……."

"진짜야. 네가 우리 집 문을 여는 순간 끝이라고."

"……."

"귀가 막혔어? 끝이라고."

"아직 시작도 안 했는데 끝은."

"뭐."

엘리베이터의 문이 열리자 엄마가 그 앞에 서 있어서 우리는 더 이상의 말을 못 했다.

"엄마……."

재희는 날 여전히 안고 있는 채로 엄마에게 고개를 숙이고는 엘리베이터에서 내렸다.

"여보."

아빠가 집에서 나오다 말고 재희와 나의 모습을 어이가 없다는 눈빛으로 쳐다보았다.

"들어와."

그리고는 이 한마디를 남기고는 집 안으로 들어갔다.

"희동이는 내려놓고."

"도망가려고 해서요."

재희의 말에 엄마가 내 등짝을 강하게 때렸다.

"미친년."

"엄마."

"잔소리 말고 들어와. 재희 너도."

"네."

재희는 뭐가 그렇게 신이 났는지 아주 좋아 죽었다.

"야, 진짜 들어갈 거야?"

"빨리 들어가. 매도 일찍 맞는 게 나아."

나는 재희의 손에 이끌려 억지로 안으로 들어갔다. 일요일 오전이라 아빠와 오빠까지 집에 있었다. 나는 재희에게 손을 단단히 잡힌 채 안으로 들어갔다. 오늘따라 평생을 살아온 집이 낯설게 느껴졌다.

"앉아."

거실의 소파에 죽 앉아서 우리를 보고 있는 식구들의 시선이 각양각색이었다.

엄마의 얼굴은 화가 나 있었고 아빠의 얼굴은 알 수가 없었고 오빠들은 재밌는 모양이었다.

"우리 희동이 어른이네."

작은오빠의 말에 엄마의 눈에서 레이저가 발사되었다. 그때였다. 갑자기 재희가 무릎을 꿇었다.

"아버님, 어머님, 희동이를 저에게 주십시오."

이 말에 오빠들은 뭐가 재미있는지 소파에 엎드려 웃기 시작했고 엄마와 아빠는 당황한 얼굴이었다.

"제가 정말 행복하게 해주겠습니다."

"드라마 찍냐?"

작은오빠는 이렇게 말을 하며 데굴데굴 구르다시피 하며 웃어댔다.

"조용히 해."

엄마의 말에 오빠들은 웃음을 멈추었다.

"재희야, 내가 널 예뻐하기는 하지만 넌 얼마 전에 다른 여자와 결혼을 한다고 하지 않았니?"

"그때는 제가 희동이의 마음에 확신이 없었습니다."

"그럼, 하룻밤을 보내고 나서야 확신이 선 거야?"

엄마는 화가 나 있었다.

"밤을 보낸 건 제 욕심이었고 그전에 희동이도 저와 결혼할 마음이 있다는 걸 알았습니다. 그리고 제가 책임질 짓을 했으니 책임을 지고 싶습니다."

"그럼 다혜는?"

엄마가 이제야 다혜의 이름이 생각난 모양이었다.

"정리했습니다. 어제 희동이를 만나기 전에 제 마음을 알렸습니다."

"그런데 저녁을 먹어?"

"그건 제가 초대한 게 아니라 어머니에게 다혜가 졸랐던 모양입니다. 제가 잘못이 있다면 반대했어야 하는데 그냥 놔둔 게 잘못이죠."

그제야 엄마의 얼굴 표정이 누그러졌다.

"진짜 마음에 없었던 거야?"

"네, 제 행동이 경솔했습니다."

"재희야."

"네, 아버님."

아빠가 재희를 다정하게 불렀다.

"일이 이렇게 되었는데 너희 집에 먼저 알리는 게 나을 것 같구나. 우리가 허락을 한다고 해서 될 일은 아닌 것 같아. 숙희 씨가 다혜를 마음에 들어할 수도 있고."

"아닙니다. 그건 절대로 걱정 안 하셔도 됩니다."

아주 자신 있는 목소리에 아빠도 더 이상은 말하지 않았다.

"우리는 너희들을 먼저 결혼시킬 수가 없어. 재희네야 누나들이 결혼을 했지만……."

"어머니, 우린 괜찮습니다."

오빠들이 동시에 대답을 하자 엄마가 옆에 있는 티슈 통을 들어 오빠들을 향해서 던졌다.

"못난 놈들!"

"여보, 사윗감 앞에서 품위를 지켜요."

"재희가 어디 남이에요. 어려서부터 못 볼 꼴 다 보였는데."

"하긴."

아빠도 고개를 끄덕였다. 모두가 동의를 하는 분위기였다.

"아빠, 난 아직 허락 안 했어요."

아빠는 내 말을 무시하고 재희에게 말을 했다.

"부모님 승낙부터 받고 와."

"내가 아직 승낙 안 했다고."

"재희 넌 생각을 굳힌 거야?"

이번엔 엄마까지 난리였다.

"내 의견은 안 물어봐?"

"재희야, 이따가 소주나 한잔하자."

큰오빠까지 난리였다.

"네, 형님."

"형님, 그것도 듣기 좋네."

아무도 내 편이 아니었다.

"왜 내 말은 안! 듣! 냐! 고!"

내가 소리를 질러도 다들 재희와 말을 하느라고 정신이 없었다. 속이 터지는 순간이었다.

재희는 어른들께 인사를 하고는 집으로 돌아갔고, 문제는 무서운 눈을 하고 날 째려보는 엄마 앞에 난 고양이 앞의 쥐처럼 앉아 있었다.

방금 전까지 내 얘기는 듣지도 않던 엄마의 모습이 아니었다.

"내가 창피해서 못살아."

"엄마가 이상하게 생각하는 거야."

"아무 일도 없었다고 말하고 싶은 거야?"

"……."

"왜 거짓말을 하지 그래?"

"……."

엄마는 나를 여전히 째려보고 있었고 아빠와 오빠들은 조용히 거실을 빠져나가 각자의 방으로 피신했다.

짝!

엄마의 강 스파이크가 나의 어깨를 강타했다.

"아파."

"아프라고 때리지. 내가 널 그렇게 가르쳤어? 외박이나 하고 다니라고?"

"책임진다잖아."

"내가 숙희 얼굴을 어떻게 봐."

엄마가 한숨을 푹 내쉬었다.

"걱정하지 마. 내가 잘할게."

"뭘?"

"시집가서 잘하면 되지."

"이 화상아. 친구 엄마랑 시어머니랑 같은 줄 알아? 그렇게 책잡히고 시집가는데 참도 예뻐하겠다."

"우리 분가해."

"뭐?"

"어제 재희가 나랑 살 집에 데리고 간 거야."

엄마가 어리둥절한 표정을 짓기는 했지만 나쁘지는 않았다.

"우리 집보다 넓어. 그리고 내가 좋아하는 빌라고. 거기다가 나 어색하지 말라고 우리 집이랑 같은 층수인 5층에 얻은 거 있지."

"그래서?"

"뭐 나 때문에 샀다고 했어."

"진짜야?"

"응."

엄마는 숨길 수 없는 안도의 표정을 지었다.

"넌 재희랑 결혼은 하고 싶어?"

"응."

"이런 철딱서니 없는 년."

"이제 할머니가 될지도 모르는데 욕은 좀 그만하지?"

"뭐? 너 어제가 처음이 아닌 거야? 아기 가졌어?"

"아니, 앞으로 그렇게 될지도 모른다고."

짝!

오늘은 엄마에게 원없이 맞고 있었다.

"피임은 한 거야?"

난 고개를 저었다.

"아이고, 이 화상아."

엄마는 머리를 부여잡고 소파에 그대로 쓰러졌다.

"엄마 괜찮아?"

"일단은 재희가 집에 가서 잘 허락 받고 오기를 기다려. 꼴 보기 싫으니까 방으로 들어가."

나는 입이 툭 튀어나와 방으로 들어갔다. 그리고 너무 피곤해서 침대 위에 그대로 쓰러졌다.

"강재희, 변강쇠."

그렇게 말을 하고는 깊은 잠에 빠져들었다.

재희는 지금 도끼눈을 뜨고 그를 보고 있는 집안 식구들에 둘러싸여 있었다. 생각보다는 심각하지 않았다. 아버지나 어머니가 집에도 못 들어오게 할 줄 알았기 때문이었다.

어쨌든 집에는 들어왔고 얘기로 상황을 풀어나가면 되는 것이었다.

"다혜가 아니야?"

아버지가 재희에게 물었다.

"다혜가 어제부터 전화통을 붙들고 울어대서 속 시끄러워 죽겠어."

어머니까지 분통을 터트리고 있었다. 있을 수 있는 일이었다. 다혜의 입장도 이해는 갔지만 이미 다혜에게는 정리하자고 말한 상황이었다.

"다혜랑 결혼한다고 말씀드린 적 없습니다."

"그럼, 인마. 똑바로 처신을 했어야지."

"죄송합니다. 어제 다혜에게는 알아듣게 말했습니다."

"걔가 너 포기하기 쉽지 않을 거야."

큰누나가 심각하게 말했다.

"언니 말이 맞아. 어제 하루 종일 우리도 전화통에 시달렸으니까."

작은누나의 표정도 만만치 않았다.

"앞으로 그렇게 하지 않도록 분명하게 다시 한 번 말할게."

재희가 누나들을 보며 똑 부러지게 말했다.

"그리고 대영그룹에서도 가만히 있을까?"

"우리하고는 상관없는 일이야. 사업을 하는 것도 아니고."

"그렇지만 여파는 있을 거다."

"아버지, 우리는 그 정도로 흔들리는 집이 아닙니다."

"말은 잘한다, 이놈아."

"죄송합니다."

"너는 마음을 굳힌 거야?"

"네, 그러니 도와주십시오."

그가 분명하게 말했다.

"다혜가 그러던데, 희동이가 꼬리를 쳤다고, 그래서 재희가 흔들린 거라고 말이야. 사실이야?"

"설마. 희동인 친구 아니야? 우리가 일동이나 이동이랑 친구인 것처럼 말이야."

작은누나의 말에 큰누나가 말했다.

"어머니, 아버지, 저 희동이랑 결혼할 겁니다."

"진짜야? 대박."

오히려 누나들이 더 호들갑이었다.

"안 놀라십니까?"

어머니와 아버지는 아주 담담해 보이기까지 했다. 마치 예상하고 있었다는 듯이 말이다.

"희동이는 뭐라고 하니?"

"결혼한다고 했습니다."

"희동이가 진짜 그랬어?"

"네."

모두가 희동이가 승낙을 했다고 하니 좋아하는 분위기였다.

"축하한다. 아들."

"네?"

놀란 건 오히려 재희였다.

"어릴 때 그렇게 목을 매더니 우리 재희가 인생 승리했네요."

엄마는 기분 좋게 말을 했다.

"그러게. 매일 일기장에 희동이 얘기뿐이었어."

"아버지, 제 일기 보셨습니까?"

"뭐, 아들의 사생활을 훔쳐본 게 좀 미안하기는 하다만 보라고 책상 위에 버젓이 놓고 다니니 안 볼 수가 없었지."

"눈물겨웠어요. 소설도 그렇게는 못 써요. 그래서 우리 아들이 글쓰기에 소질이 있는 줄 알았다니까요."

"진짜야, 엄마? 나도 보고 싶다."

작은누나를 재희가 무섭게 째려보았다.

"넌 인생 승리한 녀석이 표정이 왜 그래?"

"그러게."

누나들이 놀리고 있었지만 그렇게 기분이 나쁘지 않았다.

"누나들 집에 안 가?"

"알았어. 간다, 가."

"너 자꾸 그러면 희동이 시집살이 시킬 줄 알아."

"우리 분가할 거야."

그의 말에 모두가 한숨을 쉬었다.

"엄마, 벌써부터 저러는데 서운하지 않아?"

"서운하지."

여자 셋이서 연합전선을 구축하고 있었다.

"왜들 이래? 진짜 시집살이 시키면 내가 가만히 안 있어."

"오올, 네가 아직 시월드의 힘을 모르는구나."

"아버지, 저희 빨리 결혼하고 싶어요."

"언제 하려고?"

"빠르게 준비하면 다음 달이면 할 수 있지 않을까요? 집도 있는데……."

"못 말리겠다. 결혼이 말만 하면 다 되는 줄 알아?"

"응."

재희는 누나들의 핀잔에도 기분이 좋았다. 사실 그 일기장은 그가 일부러 책상 위에 올려놓은 것이었다.

그의 마음을 어른들이 알고 희동이를 예뻐해 주기를 바라는 마음에서였다. 그때의 행동이 이렇게 도움을 줄 줄은 상상도 못 했지만 말이다.

"난 다혜가 그렇게 마음에 와 닿지는 않더라."

어머니의 말에 아버지도 고개를 끄덕였다.

"어릴 때부터 이상하게 희동이가 우리 집 식구 같다는 생각이 들긴 했어요. 그렇죠?"

"응, 나도 그렇긴 했어. 막내딸 같았으니까. 희동이가 잘 따르기도 했고."

어른들은 기쁘신 모양이었다.

"이제 다 시집 장가갔는데 왜 손자는 없는 거야?"

"엄마, 나 갑니다."

누나들이 엄마의 잔소리에 자리에서 일어나 진짜 집으로 갔다.

"니들 자꾸 그러면 변호사 노릇도 못 하게 할 거야."

누나들은 아직 아이가 없었다. 모두가 일에 정신이 팔려서 아직 아이들을 갖지 않았다.

"나이들이나 적어?"

누나들이 떠나자 엄마가 물었다.

"희동이네에는 말했어?"

"네, 집에 가서 먼저 허락을 맡고 오라 하셨어요."

"그래? 그럼 가서 허락했다고 말해."

"네?"

어머니의 갑작스러운 말에 재희는 깜짝 놀랐다. 마치 기다리고 있었던 것 같았다.

"빨리 말해. 나도 오랜만에 백 원장이랑 술이나 한잔하게."

아버지까지 안달이셨다.

"내일부터 희동이 엄마하고 혼수 보러 다녀야겠어요."

"우리도 같이 보태. 재희 녀석이 평생 살 집이라고 아주 큰 평수로 집을 장만했으니까."

"알았어요."

"아니면 그냥 당신이 다 사 넣던지."

"그럴까요?"

아주 두 분이 더 신이 난 것 같았다.

"아직 안 갔어?"

"갑니다."

재희는 곧바로 희동이네로 올라갔다. 그리고 저녁에 두 집안 남자들이 희동이네에 모여서 술판을 벌였다. 아버지는 희동이를 아가라고 부르며 벌써부터 며느리 대접을 하셨다. 재희는 꿈꾸던 일이 이렇게 빠르게 진행되어서 너무나 기뻤다.

재희와의 외박 이후에 나는 정신없는 나날을 보내고 있었다. 거의 카페에는 가지도 못하고 엄마와 숙희 이모에게 매일 끌려다니고 있었다. 이모라고 하면 혼이 나는데, 아직 시어머니라는 호칭이 입에 익숙하지 않았다.

오늘은 날을 잡기 위해 용하다는 점집에 왔다. 엄마는 교회에 다녔지만 열심히 다니질 않았고 숙희 이모는 절에 다녔지만 열심히 다니질 않았다.

오히려 두 분은 심취한 분들이었다. 집에 부적이 있지는 않았지만 용하다는 점집을 때가 되면 항상 두 손을 잡고 다니시는 분들이었다.

"여기야."

미아리의 수많은 점집을 제치고 엄마와 이모에게 낙점을 받은 집은 대치동에 있었다.

"여기에 얼마 전에 신내림을 받은 동자신이 있어."

다세대 주택 앞에서 엄마가 말했다.

"날 받는 데 철학관이 낫지 않아?"

"여기 동자신 내림받은 여자 무당, 역학으로 유명한 사람이야."

"그래?"

이모의 눈이 이토록 초롱초롱한지 오늘 처음 알았다.

"엄마, 이모 이건 좀……."

"이모가 뭐야? 어머니라고 해야지."

"네, 어머니."

"호호호, 그렇지."

어머니 소리에 이모는 좋아 죽었다. 우리는 즐거운 기분으로 다세대 주택의 이층으로 올라갔다.

"어서 오세요."

문을 열자마자 작은 거실에 사람들이 쭉 앉아 있었다. 소문을 듣고 온 모양이었다. 이모와 엄마는 서로 얼굴을 보며 좋아 죽었다.

승복을 입은 사람이 이 집에서 일을 봐주는 사람인 것 같았다.

한참을 기다리다가 우리 차례가 되어 방으로 들어갔다. 처음 들어간 곳은 신내림을 받은 지 얼마 되지 않은 앳된 얼굴의 여자가 있는 방이었다.

아직 신당이 덜 꾸며진 방은 모든 게 새 물건이었다. 벽엔 동자신의 탱화가 있었고 부처의 좌상도 있었다. 여자의 손에는 방울이 들려 있었지만 힘이 없어 보였다. 그리고 그 옆에는 엄마로 보이는 여자가 슬픈 눈을 하고 앉아 있었다.

안쓰러운 마음은 잠시 후에 무서움으로 변했다.

"내년에 이 집은 셋이 다 결혼해."

"네?"

엄마를 보며 무당이 게슴츠레 눈을 뜨며 말했다.

"히히, 모두가 아이들하고 같이 오네."

엄마의 얼굴이 갑자기 환해졌다.

"반대하지 마. 다 제짝이 들어오는 거니까."

"제가 반대를 왜 합니까? 진짜 고마운 일이죠."

엄마의 진심이었다.

"저희는 어떨까요?"

숙희 이모가 내심 걱정스러운 얼굴로 물었다.

"여기도 내년에 손자들 풍년이야."

숙희 이모의 입이 귀에 걸렸다.

"우리 아들이 결혼하는데 내년에 둘 다 아홉수라서……."

"정월 초하루가 오기 전에 빨리 시켜, 둘 다 아홉수라서 좋지 않아."

그 소리를 들으니 나도 마음이 바빠졌다.

"안 그러면 내후년에 시켜야 하는데 그러면 아이가 먼저 나오니 안 좋지."

"아이요?"

"그래, 벌써 들어와 있구만. 여긴 막내가 먼저 아이를 낳겠어."

"저희는요?"

"거긴 큰아들이 사고를 쳤어. 벌써 아이가 생겼어."

그 소리를 듣는데 갑자기 나희 얼굴이 떠올랐다. 맞는지 안 맞는지는 봐야겠지만 말이다. 점을 보고는 바로 옆방의 철학관에 들러서 택일을 했다. 내년 1월 20일이었다.

"엄마, 너무 빠른 거 아니야?"

"애는, 얘기 못 들었어? 구정을 넘기면 안 된다고 하잖아."

"알았어."

"그런데 큰오빠 요즘 누구 만나니?"

"아니, 몰라."

"진짜야? 빨리 말해."

"모른다니까."

"네 얼굴에 거짓말이라고 쓰여 있어."

역시 엄마는 귀신이었다.

"진짜 몰라. 오빠한테 물어봐."

"그럴까?"

간신히 넘기나 했는데 이번엔 이모가 핵폭탄을 날렸다.

"너 재희랑 잤어?"

"네?"

외박한 일을 이모는 모르는 것 같았다. 하긴 남자들이야 가끔 외박을 하니 그날의 일을 대수롭지 않게 생각하고 있는 것 같았다.

"너 생리는 했어?"

아직 한 달도 되지 않았는데 어떻게 알 수가 있겠는가?

"언제 생리했어?"

집요하게 묻는 이모였다.

"우리 산부인과에 가봐야 하지 않아?"

"애들 일주일 전에 외박했어. 피임도 안 했대."

엄마가 폭탄을 터트렸다. 운전을 하던 나는 운전대를 놓고 도망가고 싶은 심정이었다.

"그럼 2주는 지나야 알 수 있지?"

"아마 그럴걸."

룸미러로 보니 숙희 이모의 입가에 미소가 걸려 있었다. 난 이제 비밀이 없는 삶을 살게 될 것 같았다. 시어머니와 친정 엄마가 둘도 없는 친구니 말이다.

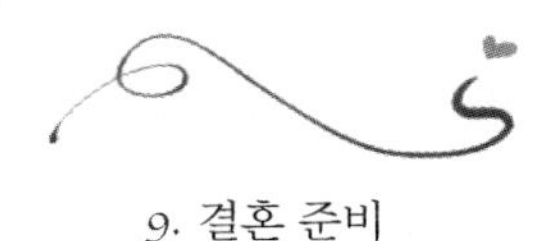

9. 결혼 준비

하루 24시간이 이리도 짧게 느껴진 건 정말 오랜만이었다. 수능 준비로 잠을 줄이며 공부를 하던 그때보다 지금이 훨씬 더 수면 부족에 시달리고 있었다.

오늘은 청첩장을 카페에서 쓰다가 그대로 깜빡 졸았다.

"희동아."

미영의 소리에 눈을 뜬 나였다.

"깜빡 졸았나 봐."

"힘들면 사무실 들어가서 자."

"아니, 이거 해야 돼."

"내가 마저 할 테니까 자."

"아니야."

난 다시 청첩장에 이름을 쓰기 시작했다. 검사인 재희는 주말밖에 시간이 없어서, 재희와 꼭 해야 하는 일이 아니고서는 내가 다 일을 맡아서 하고 있었다. 가구나 전자제품들은 엄마나 시어머니께 맡겼지만 그 외에도 할 게 너무 많았다.

하지만 지친 그녀와는 다르게 쇼핑광인 어머니 둘은 제2의 전성기를 맞이한 사람들처럼 아주 신이 나서 쇼핑을 하고 있었다.

"다혜 얘기 들었어?"

순간 조용해도 너무 조용한 다혜가 궁금해진 난 미영에게 물었다.

"어, 병원에 입원했다고 그러더라."

미영은 애써 아무렇지 않은 척 말했다.

"왜?"

병원에 입원했다는 소리에 난 깜짝 놀랐다.

"재희가 난리를 피웠다는 소문이야. 집에 전화도 하지 말고 희동이에게도 찾아가지 말라고, 한 번만 그랬다가는 진짜 가만히 안 둔다고."

"가만히 있을 다혜가 아닐 텐데?"

"네가 몰라서 그렇지 다혜 많이 놀랐나 봐. 재희가 화나면 무섭잖아."

하긴 그건 남들보다 내가 제일 잘 알았다.

"그리고 곡기를 끊으셨단다. 진짜 재희를 좋아하기는 했나 봐."

"알아, 나 고등학교 때 옥상으로 끌려갔었잖아."

"그 일 진짜 다혜가 시킨 거야?"

"응."

"다른 아이들만 징계 받았잖아."

그때 다혜만 빼고 옥상에 갔던 아이들 모두가 정학 처분을 받았었다.

"거기에 있던 아이 중에 하나가 나한테 미안하다며 말해줬어."

"누구?"

"혜민이가."

"대박, 진짜였구나."

그래서 난 그 후로 모른 척했었다. 재희가 날 도와주러 와줬고 나에겐 아무 일이 없었으니까 말이다.

"다혜 병원에 가볼까?"

"괜한 짓 하지 마. 불난 집에 기름 붓는 일이니까."

미영의 말에 난 미영이를 말렸다.

"그나저나 내가 결혼 날 잡으러 점집에 갔는데 웃기는 소릴 하더라고."

"뭔데?"

"우리 오빠들 다 내년에 결혼한다고 하네."

"진짜?"

미영이의 얼굴이 빨개졌다.

"우리 오빠들이 결혼한다는데 네 얼굴이 왜 빨개지냐?"

"더워서."

"이 겨울에?"

"여기는 카페 안이야."

이렇게 말하고는 잠시 자리를 피했다.

"수상한 냄새가 나."

이때 나희가 퇴근을 하고는 카페에 들어섰다. 눈이 많이 내려서 머리에는 눈꽃이 가득했다.

"연말이라서 그런지 눈이 많이 오네."

"어서 와."

눈을 털며 나희가 들어오자 미영이 어느 때보다 나희를 반겼다.

"나른한 게 너무 피곤하다."

나희는 평소와는 다르게 테이블 위에 엎드렸다.

"왜, 어디 아파?"

"감기 몸살인가 봐."

"약은?"

"조금 아플 땐 안 먹어."

"그래도 카페인 없는 약한 거라도 먹어."

미영이 나희를 위해 따뜻한 커피를 가져다주었다.

"고마워."

"병약한 친구 년들 때문에 내가 손발이 고생이다."

미영의 말에 나희가 날 쳐다봤다.

"어디 아파?"

"좀 나른하네. 나도 감기 몸살인가 봐."

"너무 결혼식을 빠르게 잡아서 그래. 무슨 번갯불에 콩 구워 먹는 것도 아니고 말이야."

"그러게."

산더미처럼 쌓인 청첩장을 보며 나희의 눈이 휘둥그레졌다.

"진짜 많다."

"너도 빨리 접어."

미영의 말에 나희도 돕기 시작했다. 청첩장을 친구들이 접어서 넣으면 난 그 위에 이름을 썼다.

"진짜 내가 본 청첩장 중에 가장 많은 것 같아."

"이 두 집이 워낙 빵빵한 집 아니냐."

"그러네."

나희의 목소리에 힘이 없었고 표정도 좋지 않았다. 순간 난 나희가 자신의 집과 우리 집을 비교한다는 생각이 들었다.

"우리 집은 얼마 없어. 다 재희네 거야."

"별로 없긴."

눈치 없는 미영이 한마디 거들었다. 난 더 이상의 말은 하지 않았다. 오빠와 나희 사이에 냄새가 나긴 했지만 나희가 먼저 말하기 전에는 아는 체를 하고 싶지 않았다. 사귀는 것보다 더 잘될 것 같은 분위긴데 괜히 끼어들어서 망치고 싶지 않았다.

"준비는 잘돼?"

"응, 어른들이 친구시라 가구나 전자제품은 두 분이 알아서 하시고, 인테리어는 아는 분에게 시어머니가 맡기셨어."

"다행이다."

"너 결혼할 땐 우리가 대신 다 해줄 테니까 걱정 마."

나는 진심으로 나희에게 말했다.

"말이라도 고맙다."

나희의 눈가가 촉촉해졌다.

"우리 친구 아이가."

미영이 잘하지도 못하는 사투리를 써가며 가라앉은 분위기를 좋게 바꾸었다. 그때였다. 카페 안으로 재희와 오빠들이 들어왔다.

"웬일이야?"

나는 놀란 눈으로 그들을 빤히 보았다.

"오늘 다 같이 술 한잔하기로 했어."

"우리도?"

"당연하지. 우리 공주님들도 함께 해야지."

작은오빠가 너스레를 떨었다.

"난 삼겹살이 먹고 싶어."

갑작스럽게 나희가 말했다. 이렇게 나서는 아이가 아닌데 말이다.

"나도 좋아."

"어제부터 굉장히 먹고 싶더라고. 그래서 오늘 너희들하고 먹으려고 온 건데 잘됐다."

나희가 이렇게 좋아하는 모습은 처음 보는 것 같았다.

"자, 청첩장을 마저 처리하고 갑시다."

미영의 말에 모두가 같이 일을 하자 생각보다 일찍 끝났다.

"사람 손이 무섭긴 하다."

얼른 일을 끝낸 우린 근처 삼겹살집으로 향했다. 걸어서 가는데 이상하게 각자 커플로 걸어가고 있었다.

"재희야, 완전 냄새가 나지 않아?"

"뭐가?"

"나희랑 큰오빠, 미영이랑 작은오빠 말이야."

나는 재희의 옆구리를 찌르며 말했다.

"그래? 난 모르겠는데. 원래 친한 거 아니야?"

"아니, 친한 것과는 다른 무언가가 있어."

재희가 나의 손을 꼭 잡았다.

"다른 것도 신경 쓸 게 많은데 너무 신경 쓰지 마."

"알았어."

그때였다. 재희의 앞에 어떤 여자가 다가오더니 인사를 했다. 언뜻 봐도 눈에 띄는 미스코리아 뺨치게 예쁜 여자였다.

"안녕하세요, 검사님?"

"아예."

재희의 얼굴에 웃음꽃이 피었다. 재희의 이런 모습은 처음이었다. 재희뿐 아니라 오빠들도 그 여자를 넋을 놓고 보고 있었다.

"여긴 어쩐 일이세요?"

"지인들하고 삼겹살 먹기로 해서요."

지인? 녀석이 지금 날 지인이라고 했다. 손까지 잡고 있으면서 말이다.

"저도 여기서 회식인데. 어쨌든 반갑습니다. 이거 대단한 우연인데요."

여자는 아주 매력적인 눈웃음을 짓더니 야릇한 향수 냄새를 풍기며 재희에게 인사를 하고는 사라졌다.

"누구야?"

"지난번 사건 때문에 본 증인."

"그래? 예쁘네."

"어."

부인하지 않았다. 난 아주 커다란 상처를 받았지만 내색하지 않았다. 삼겹살집에서도 그 여자가 화제였다. 미영이 그 여자에 대해 아는 체를 했기 때문이었다.

"조민영이잖아."

"그게 누군데?"

"요즘 아주 핫하게 떠오르는 배우야."

"난 모르겠는데?"

"탐욕이라는 영화에 나오는데 상당히 고수위 영화야."

"넌 봤어?"

나희에게 물어보자 나희도 고개를 저었다.

"남자들은 다 봤을걸."

"오빠들 봤어?"

"당근이지."

작은오빠의 말에 나는 어이가 없었다.

"그런데 왜 배우가 증인이야?"

"얼마 전에 터진 스폰서 사건 때문에."

"아, 그 사건."

"증인이라며."

"거기까지."

재희가 말을 끊었다. 더 이상 하면 안 되는 모양이었다.

"나희야, 배고팠어?"

미영이 나희를 보며 말했다.

"어제부터 먹고 싶었다잖아."

나는 이렇게 말을 하며 나희 편을 들어주었다. 그리고 나희를 흐뭇하게 바라보는 큰오빠를 보았다.

"오빠, 나희 좋아해?"

컥!

나희가 갑자기 삼겹살을 먹다가 멈췄다.

"어."

오빠는 숨도 쉬지 않고 말했다.

"우리 사귀는 중이야."

"와, 특급뉴슨데?"

작은오빠가 박수를 치며 말했다.

"작은오빠는 미영이 좋아해?"

컥!

이번엔 미영이가 삼겹살을 뱉을 뻔했다.

"어."

작은오빠도 아무렇지 않게 말했다. 재희는 이 상황이 웃긴지 계속해서 큰소리로 웃었다.

"진짜로 한 빌라에 사는 것 아냐? 희동이 소원이 나희랑 미영이랑 같은 빌라에서 아기 낳고 평생 사는 거였거든요."

나도 그냥 느낌이 그래서 물어본 건데 뜻밖에도 오빠들의 대답에 놀랐다. 그리고 친구들에게 배신감을 느꼈다.

"니들이 나한테 어떻게 이럴 수가 있어."

"우리도 우리가 사귀고 있는 줄 몰랐는데 어떻게 희동이 너한테 말하냐?"

미영이 볼멘소리로 말했다.

"오빠들은 애들한테 사귀자는 소리도 안 했어?"

"네가 먼저 물어본 거지."

"그래, 내가 죄인이다."

그러는 와중에도 나희는 이 모든 게 안중에 없다는 듯이 삼겹살만 먹고 있었다.

"나희야, 뚱뚱한 올케는 싫다."

"나희가 어딜 봐서 뚱뚱하다고 그래. 너무 말라서 신경 쓰이는데."

"큰오빠, 누가 지금 뚱뚱하데? 저렇게 먹으면 앞으로 뚱뚱해진다는 거지."

"난 괜찮아."

아주 눈에 콩깍지가 제대로 씐 것 같았다.

"난 너희들이랑 오빠들이랑 잘돼서 진짜 같은 빌라에 살았으면 좋겠다."

이건 나의 진심이었다.

"그렇게 되려면 오빠들이 잘해야 돼."

나는 이렇게 말을 하고는 그 후로 즐거운 시간을 함께 보냈다. 나희만큼은 아니지만 나도 오늘은 평소에 즐겨 먹지 않았던 삼겹살을 많이 먹었다.

"오늘은 내 차로 가자."

저녁을 먹은 후에 술을 마신 남자들을 대신해서 여자들이 각자의 차로 남자들을 집까지 모셔다 주기로 했다. 나는 오랜만에 내 차에 재희를 태웠다.

"피곤하지 않아?"

"괜찮아."

"내일은 쉬어?"

"응."

"그래도 토요일인데 용케 쉬네?"

"결혼이 얼마 남지 않았으니 봐주더라고."

"내일은 예물 보러 가는데, 난 그냥 커플링만 한다고 했어."

"왜?"

"잘 하지도 않는 예물을 받으면 뭐 해."

난 너무 허례허식인 건 싫었다. 치장하는 걸 좋아하면 모르는데 난 그런 성격이 못 됐다. 뭐든 간단한 게 좋았다. 하지만 시어머니가 워낙 멋쟁이시라 내일 어떤 변수가 생길지 몰랐다.

그때 갑자기 재희의 손이 내 허벅지 사이로 들어왔다. 신호대기 중이기에 망정이지 정말 깜짝 놀랐다.

"뭐 하는 거야?"

"오늘 우리 집으로 가자."

"안 돼."

"진짜 죽을 것 같아."

"왜?"

"널 먹고 싶어서 말이야."

재희의 입에서 이렇게 노골적인 말이 나올 줄은 몰랐었다.

"야!"

"왜, 우린 결혼할 사인데. 안 그러면 내가 운전한다."

"미쳤어."

"그러니까. 검사 마누라가 술 먹은 남편을 대신해서 운전을 해야지, 안 그래?"

"내가 미쳐."

"빨리 갑시다. 마누라."

나는 차를 운전해서 우리들이 앞으로 살 빌라로 향했다. 지하 주차장에 차를 세우고 엘리베이터로 가는 동안 재희는 내 손을 꼭 잡았다.

"좋다."

"진짜?"

"응, 너무 좋아."

"근데 난 궁금한 게, 5년을 어떻게 참았어?"

"내가 인내력이 좀 있지."

그는 이렇게 말을 하고는 나의 손을 잡고 갑자기 어두운 곳으로 향했다.

"야, 뭐 해?"

그러더니 날 구석에 몰아넣고는 내 입술을 강하게 자신의 입술로 덮었다.

"으으읍."

나의 항의는 그의 입속으로 사라졌다. 사람들이 오면 어쩌나 하는 생각이 들었다. 하지만 재희의 집요한 키스에 나의 이성도 어느새 멈춰 버렸다. 그의 손이 나의 얼굴을 강하게 감싸고는 움직일 수조차 없게 만들었다.

그는 오로지 나의 입술을 차지하고 싶은 마음뿐인 것 같았다.

그의 혀가 깊숙이 파고들자 나 또한 재희에게 더 강한 것을 원했다.

"재희야, 빨리 하고 싶어."

잠시 입술이 떨어진 순간 나는 나도 모르게 속마음을 입 밖으로 냈다. 순간 재희의 눈빛이 변하더니 나의 손을 잡고 뛰기 시작했다.

그는 엘리베이터의 버튼을 계속해서 눌렀다. 마치 다급하게 부르는 것 같아 난 속으로 웃었다. 얼마나 급했으면 저러나 하는 마음이 들었기 때문이었다.

엘리베이터가 오고 그는 나를 엘리베이터의 벽으로 밀어붙였다.

"여기선 다 보여."

내가 CCTV를 가리키자 그가 이를 악물었다.

"이건 고문이야."

"이건 더 좋은 시간을 위한 준비 단계야."

나의 말에도 재희는 인상을 풀지 않았고 엘리베이터가 집 앞에 도착하자 나의 손을 끌고는 서둘러 집 안으로 들어갔다. 인테리어 공사가 한창인 집이라서 거실이 어수선했다. 그는 나를 이 집에서 가장 멀쩡한 서재로 이끌었다.

우리들이 처음으로 사랑을 나눈 곳이기도 했다. 서재에 들어서

자마자 재희의 입술이 나의 입술에 머물러 떨어지지 않고 있었다. 그의 손은 나의 옷을 벗기기에 바빴다. 어쩌면 보지도 않고 그렇게 옷을 잘 벗기는지, 누가 보면 매번 나의 옷을 벗기는 줄 알 것 같았다.

재희의 빠른 손놀림 덕분에 나는 빠르게 알몸이 되었고 그런 나를 보며 재희도 빠르게 옷을 벗었다.

"요즘에도 운동해?"

"응."

"어쩐지, 완전 짱이야."

"너도 그래. 완전히 섹시해."

그의 목소리가 욕망으로 인해 갈라져 있었고 그의 눈빛은 위험할 정도로 어두웠다.

"불 끄자."

"왜?"

"부끄러워."

"아니, 널 보고 싶어. 나를 부르며 몸부림치는 널 보고 싶어. 그리고 너의 은밀한 곳이 날 위해 활짝 열리는 것도 보고 싶어."

"강재희."

"아니, 앞으론 더 자극적인 말만 할 거야. 넌 이제 내 거니까. 나의 욕망을 그대로 드러내고 싶어."

재희는 언제나 자신이 말한 것을 철저하게 지켰다. 난 그런 재희가 약간은 두려웠다. 재희의 입술이 더 이상의 말을 허락하지 않았다. 나의 입술을 짐승처럼 거칠게 삼켜 버렸다. 서로의 입술이 거칠게 부딪치자 약간 피맛이 났다.

하지만 둘은 아랑곳하지 않고 서로의 몸을 어루만졌다. 재희의 강한 손이 나의 부드러운 가슴을 감싸면 그 느낌이 너무나 좋아서 나는 온몸에 전율을 느꼈다. 그가 나의 가슴을 잡을 때는 아주 소중한 보물을 다루는 듯 조심스러웠다.

짐승같이 거친 면과 부드러움을 동시에 가지고 있는 재희는 나를 자신의 노예로 만드는 방법을 아는 것 같았다. 재희의 입술이 가슴을 머금었다. 나의 유두는 그를 기다리듯 꼿꼿하게 서 있었다.

그는 이런 나의 유두를 굉장히 좋아하는 것 같았다. 유두를 입에 넣을 때면 짐승들이 으르렁거리는 소리를 냈다. 본인은 모르는 것 같았지만 말이다. 그의 입술이 거칠게 나의 유두를 빨며 손은 어느 사이에 나의 여성을 주무르고 있었다.

아랫배에서 찌릿거리는 느낌이 났다. 그의 손가락이 나의 여성을 가르고 들어와 이미 흥건하게 젖어 있는 질 안을 파고들었다.

"아흐."

그동안 어떻게 참았는지 모를 그런 황홀경이 나를 감싸기 시작했다. 그의 손이 빠르게 나의 질 안을 점령했다. 그의 손가락만으로는 이제 부족한 나였다.

"넣어줘."

"뭐?"

"널 넣어줘."

나의 말에 그가 피식 웃더니 나의 다리를 벌렸다.

"아직은 안 돼."

그의 눈동자는 짙은 색이 돼서 나를 두렵게 만들었다. 앞으로 그가 무슨 일을 벌일지 상상이 되었기 때문이었다. 그가 나의 다리를 벌리고는 한참을 바라보고 있었다. 그가 바라보는 것만으로도 나의 클리토리스가 움찔거리고 있었다.

"그만 봐."

"예뻐서 미칠 것 같아."

"재희야, 부끄러워."

"이건 나만의 것이야."

그는 이렇게 말을 하며 내가 상상했던 대로 나의 여성을 입술로 삼켰다. 극한의 욕망이 나의 내부에서 터져 나오고 있었다.

"재희야."

그는 나의 소리에 아랑곳하지 않고 나의 여성을 강하게 빨아들이기 시작했다. 그의 혀가 나의 클리토리스를 자극할 때는 나의 허리가 활처럼 휘었다. 그의 욕심은 끝이 없는 것 같았다.

"제발."

나의 몇 번의 애원 끝에 그가 드디어 자신의 거대한 페니스를 나의 질 입구에 가져다 댔다. 하지만 그는 금방 나의 소원을 들어주는 것이 아니라 애를 태우고 있었다. 그의 페니스의 끝이 나의 질 입구를 계속해서 맴돌고 있었다.

"재희야, 넣어줘."

"안 돼."

된다는 말을 잊은 것 같았다. 그러는 사이 내가 포기를 할 때쯤에 그는 자신의 페니스를 나의 질에 삽입했다.

"아아악."

안 아플 줄 알았는데 그의 크기는 아직 나에겐 버거웠다. 나의 이마에 땀이 송골송골 맺히기 시작했다. 그를 받아들이기가 그만큼 힘이 들었다. 땀은 나만 흘리는 것이 아니었다. 그의 이마에도 땀이 맺혔고 그의 가슴에는 벌써부터 흘러내리고 있었다.

그가 허리를 움직이기 시작하자 난 아무런 생각을 할 수가 없었다. 격렬한 그의 움직임에 나는 나도 모르게 허리를 같이 움직이기 시작했다.

"넌 요물이야."

"어?"

난 그의 말을 처음에 알아듣지 못했다.

"희동이 넌 신이 나에게 준 요물이야."

그는 이렇게 말을 하면서도 격렬하게 허리를 움직였다. 나의 여성에 그의 페니스가 거칠게 부딪쳐 왔다.

"아아아앙."

고통의 신음이 아닌 쾌락의 신음이 내 입에서 터져 나왔다. 미칠 것 같은 짜릿함이 계속해서 내 아랫배를 자극하고 있었다. 그의 거침없는 움직임에 나의 몸이 스스로 반응하고 있었다.

"재희야."

"으으윽."

그의 입에서도 거친 신음이 튀어나왔다.

"너무 좋아."

재희가 끝을 향해 마지막 몸짓을 시작했다. 움직임의 속도가 높아지고 힘도 두 배는 더 세진 것 같았다.

"아아아아아아."

나의 입에선 그의 움직임에 맞춘 신음이 연속해서 터져 나왔다.

"으윽."

그의 입에서도 굵은 신음이 터져 나왔다. 그리고 마지막 거친 포효와 함께 그는 나의 몸 위로 무너져 내렸다.

"헉헉헉."

거친 숨소리가 서재 안을 가득 채웠다. 두 번 했다가는 체력이 바닥나서 죽을 것 같았다. 땀에 젖은 두 몸이 미친 듯이 격한 호흡을 쉴 새 없이 내뱉고 있었다.

"죽을 것 같아."

나는 나도 모르게 본심을 말했다.

"좋았어?"

"응, 아직 이런 게 익숙하지는 않지만 좋은 건 확실해."

"우리 희동이 색녀가 다 됐어."

"누구 때문인데."

내가 눈을 흘기자 그가 사랑스럽다는 듯이 나의 입에 입맞춤을 했다.

"씻고 집에 가자. 결혼 전에 또 외박하면 나 진짜 엄마한테 죽어."

"알았어."

그는 나를 안고서 서재 맞은편에 있는 작은 방의 욕실로 가서 샤워를 했다. 따뜻한 물줄기 아래서 우리는 다시 한 번 뜨거운 사랑을 나누었다.

"나 다리 힘이 풀렸어."

사랑을 나눈 후 나의 말에 그가 웃었다. 그리고 지친 나를 씻기기 시작했다.

"재희야."

"응."

나는 열심히 비누칠을 해주는 재희를 바라보며 말했다.

"너랑 결혼하게 돼서 기뻐."

"……."

그는 대답 대신에 아주 완벽하게 멋진 미소를 나에게 보여주었다.

"다른 여자 앞에서 이런 미소 보였다가는 죽을 줄 알아."

"알았어."

여전히 멋진 미소를 지은 채로 그가 말했다. 심장이 오그라들 정도의 짜릿한 감정이 지금 나를 집어삼키고 있었다. 이런 걸 사랑이라고 말한다면 난 지금 사랑이라는 불치병에 걸린 것 같았다.

샤워를 마치고 나자 시간이 1시를 가리키고 있었다. 나는 드라이어로 머리를 열심히 말렸다.

"잘 텐데 그냥 가지."

"아니, 우리 엄마가 젖은 머리를 보면 뭐라고 하겠어."

"……."

"완전 범죄를 해야지."

"하하하."

그가 기가 막히다는 듯이 웃었다.

"빨리 결혼을 해야지, 우리 희동이 머리 말리느라 고생 안 하지."

그는 이렇게 말을 하고는 날 도와 머리를 말려주었다. 집에 도착하자 새벽 2시였고 나의 예상대로 엄마는 날 기다리고 있었다. 하지만 오늘은 나만 기다리는 게 아니었다. 오빠들도 그 시간까지 집에 들어오지 않았다.

뭘 하고 있는지 불 보듯 뻔했다.

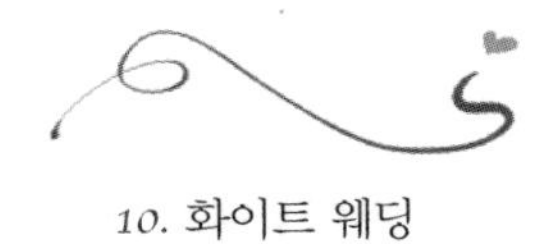

10. 화이트 웨딩

결혼식을 축복이라도 하는 듯 어젯밤부터 내리던 눈이 온 세상을 하얗게 물들여 놓았다. 작년 이맘때쯤만 해도 난 다른 사람의 여인이 될 줄 알았는데 정말 요 몇 달 사이에 나의 인생이 확 바뀌었다. 어쩌면 이게 정상인 것일지도 몰랐다.

지난 5년 동안 잘못된 삶을 살았다면 이제 제자리를 찾은 것이었다. 어젯밤은 엄마와 함께 잤다. 어릴 때 빼고는 그런 적이 없었는데 어제는 왠지 그러고 싶었다. 그래서 아빠에게 엄마를 하루만 양보하라고 했다.

어제 엄마와 나는 우느라고 잠도 제대로 자지 못했었다. 멀리 시집가는 것도 아닌데 왠지 슬펐다. 아침에 눈이 붓는다고 엄마가 억지로 재워서 그나마 잠을 잘 수가 있었다.

지금은 신부화장을 받고 있었다. 거울에 비친 나의 모습이 조금은 생소했다. 평소에 짙은 화장을 잘 하지 않았는데 화장은 할 만한 것 같았다. 거울 속의 내 모습이 아름답게 보이고 있으니 말이다.

"신부님, 너무 예쁘세요."

"감사해요."

돈을 받고 하는 일이니까 의례적인 인사로 하는 말이겠지만 오늘은 그 말이 큰 힘이 되었다. 많은 사람들 앞에 서려니까 여러 가지로 신경 쓰이는 일이 많았다. 거기에는 오늘 외모가 굉장히 중요했다. 신부가 예뻐야 결혼식이 빛이 날 것 같았기 때문이었다.

"제가 요즘에 메이크업을 해준 연예인들까지 다 합쳐서 일등인 것 같아요."

나는 더 이상 답을 하지 않고 미소를 지어 보였다.

"희동아."

나희와 미영이가 예쁜 정장을 입고 들어왔다.

"우리 희동이가 예쁜 줄은 알았지만 이렇게 미인일 줄이야. 네가 조민영보다 백배는 더 예쁘다."

"조민영?"

"왜 지난번에 만났던 연예인 있잖아. 여기 왔더라."

그 여자가 이상하게 신경이 쓰였다. 완벽하게 섹시한 여자였다. 시간이 없는 와중에 그 여자가 출연했다는 탐욕인가 뭔가 하는 영화도 보았다. 남자라면 뒤를 돌아보게 만드는 여자임이 분명했다.

아직도 그 여자의 빵빵한 가슴이 생각이 날 정도니까 말이다.

“강재희랑 얘기 중이던데?”

“그래?”

“응, 둘이 친한가 봐. 결혼식까지 올 정도면.”

왜 그렇게 신경이 쓰이는지 몰랐지만 요즘 결혼 준비로 예민해져서 그런지 그 여자의 모든 게 거슬렸다.

“어쨌든 오늘 우리 희동이가 제일 예쁘다.”

나희는 눈물까지 글썽이고 있었다.

“잘살아.”

“고마워.”

친구들이 나를 따뜻하게 안아주었다. 역시 친구들이 최고였다. 친구들 중에 결혼하는 게 빠른 편인 나는 꽤 많은 친구들의 참석에 감격했다. 모두 나희와 미영이의 힘이 컸다. 거의 동창회를 방불케 하고 있었다.

아버지와 시아버지의 직업 때문인지 많은 지인들이 참석을 했다. 아버지 같은 경우는 오빠들을 제치고 내가 먼저 하는 결혼이라서 참석인원이 많았다. 처음이라서인지 거의 모든 친척 어른들도 다 오셨다. 대기실에 있다가 보니 인사하기에 바빠서 신랑의 얼굴은 볼 사이도 없었다.

"신부님 준비하세요."

갑자기 심장이 오그라드는 느낌이었다. 다리가 떨려서 일어날 수도 없었다. 많은 사람들 앞에서 주목을 받는 게 익숙지 않은 나였다.

"무서워."

옆에 있던 나희와 미영이 주먹을 쥐며 파이팅을 외치고 있었다. 나는 한숨을 쉬며 스탭이 안내하는 곳으로 향했다. 아빠가 입구에서 나를 기다리고 있었다. 언제나 멋진 모습의 아빠였지만 오늘은 최고로 멋있었다. 짙은 그레이 정장이 아빠와 너무 잘 어울렸다.

"우리 희동이 예쁘구나."

"아빠."

"녀석에게 주기 아까운 걸."

아빠의 말에 난 목이 메었다.

"행복해라."

"네."

"사랑한다."

"……."

울면 안 되는데 눈물을 흘리자 스탭이 얼른 손수건을 주었다.

"신부님, 우시면 안 돼요. 화장이……."

스탭의 말에 난 울음을 참기 위해 노력했다. 아빠도 나의 손을 잡으며 마음을 안정시켜 주었다. 버진로드가 나의 앞에 열렸다. 수많은 사람들이 나를 지켜보고 있었고 그 끝에는 재희가 있었다.

오늘 처음 보는 재희의 모습이었다. 아빠와 한걸음 한걸음을 걸을 때마다 재희의 모습이 가까워졌다. 우리가 함께 골랐던 검은색 예복을 입은 재희는 동화 속의 왕자님 같았다. 이제 평생을 함께 할 우리에겐 행복만이 가득할 것이다.

나는 환한 미소로 아빠에게 인사를 하는 재희의 모습을 넋을 잃고 보았다.

"강 서방, 잘 부탁하네."

그러다가 아빠의 이 한마디에 다시 울음이 터지고 말았다. 주례사를 듣는 내내 난 아무런 소리도 듣지 못했다. 다만 나의 손을 꼭 잡아주는 재희의 따뜻한 손을 느꼈을 뿐이었다. 이렇게 정신없이 예식이 끝이 나고 피로연장으로 향하기 위해 나는 옷을 갈아입으러 대기실로 들어갔다.

"오늘 예쁘다."

재희의 말에 난 긴장으로 인한 스트레스를 한 방에 날려 버릴 수 있었다.

"너도 오늘 멋져."

흰색의 피로연 드레스는 숨이 턱 막힐 정도로 타이트하게 온몸을 감싸는 디자인이었다. 끈이 없는 탑 디자인의 롱드레스는 심플하면서도 섹시한 이미지를 강하게 주었다. 재희의 짙은 네이비 예복도 깔끔하면서도 고급스러운 분위기였다.

피로연은 빠르게 진행이 되었다. 겨울이라 이 호텔의 장점인 넓은 잔디밭의 피로연장은 아니었지만 고급스러운 분위기의 실내 피로연장에서 요즘 한창 잘나가는 개그맨의 사회로 분위기는 아주 좋았다.

이곳저곳을 돌며 인사를 다니느라 허리가 아플 지경이었다. 정치인들은 어떻게 그 수많은 사람들과 악수를 하고 다니는지 대단하다는 생각이 들었다. 재희와 같이 다니다가 어느 순간 재희와 떨어져서 인사를 다니게 되었다.

"우리 희동이 오늘 너무 예쁘다."

어릴 때부터 삼촌처럼 지낸 추병원 원장이 나의 손을 잡고 말했다.

"오늘 와주셔서 감사합니다."

"신랑은?"

"손님이 너무 많아서 각자 인사를 할 수밖에 없어서요."

"그러네, 그게 다 우리 백 원장이 잘살아서 그렇지."

아빠를 칭찬하시는 추 원장을 보고 나는 미소를 지었다. 그리고 재희를 찾기 시작했다. 재희는 피로연장에서 보이지 않았다. 순간 화장실에 갔나 하는 생각에 나는 잠깐 머리도 식힐 겸 피로연장을 빠져나와 화장실로 향했다.

그리고 난 화장실에서 배우 조민영과 마주하게 되었다. 그녀는 나를 보고 가볍게 고개를 숙였다. 나도 별일이 아니라는 듯 가볍게 고개 숙여 답했다. 그리고 돌아서려는데 손을 씻으며 조민영이 말했다.

"축하드려요."

"감사합니다."

"그런데 신랑분 믿으세요?"

뜬금없는 여자의 말에 난 잠시 잘못 들었다고 생각했다.

"네?"

"아뇨, 그냥 궁금해서요. 얼마나 믿으면 결혼을 할까 해서요. 전 독신주의자거든요. 세상엔 믿을 남자들이 없는 것 같아서……."

"……."

나는 여자가 말하는 의도를 알지 못했지만 기분이 썩 좋지는 않았다. 그러고는 여자보다 먼저 화장실을 빠져나왔다. 그러자 거짓말처럼 재희도 화장실에서 나오고 있었다.

"우리 마누라 왔네."

재희의 얼굴에 환한 미소가 떠오르자 나는 잠시 전의 기억을 잊고는 재희의 팔짱을 끼었다.

"인사 같이 다니자. 혼자 다니려니까 이상해."

"알았어."

그는 나의 코를 살짝 잡았다가 놓으며 피로연장으로 함께 들어갔다. 하지만 상황이 둘을 같이 다니게 만들지 않았다. 나중에 난 친구들에게 잡혀서 재희가 어디로 갔는지조차 신경 쓸 겨를이 없었다.

그러다가 나희가 나의 옆구리를 찔렀다.

"왜?"

"조민영 좀 이상하지 않아?"

"왜?"

"자꾸 재희 앞에서 알짱거려."

"혼자 왔으니까 멋쩍어서 그렇겠지."

"그럼 예식 끝나고 가야지 저렇게 끝까지 남아 있어? 이상해."

나희의 말에 나는 다시 조민영에게 신경이 갔다. 하객 패션이라고 하기엔 무리하게 과감한 디자인의 옷을 입은 조민영은 누가 봐도 눈에 띄는 여자였다.

"난 마음에 안 드는 게, 오늘 같은 날은 신부가 눈에 띄어야지 저게 뭐야. 예의 없게."

이번에는 미영이가 한마디 했다.

"남자들은 다 저 여자 보느라 정신이 없다."

친구들이 한마디씩 했다.

"신경 쓰지 마. 연예인이니까 시선을 받고 싶겠지."

나는 이렇게 대수롭지 않게 넘어가려고 했지만 재희 옆으로 가서 귓속말을 하는 조민영을 보자 화가 나기 시작했다. 나와 눈이 마주친 조민영은 마치 비웃기라도 하듯이 미소를 지으며 계속해서 재희와 이야기를 나누었다.

거기에 갑자기 재희의 예복을 손으로 털어주고 있었다. 다른 여자의 손길이 닿는데 왜 재희가 가만히 있는지 알 수가 없었다. 그 후로 나의 시선은 피로연이 끝날 때까지 조민영에게 잡혀 있었다.

"잘 다녀와."

우리는 해외로 가는 여행을 포기하고 제주도로 여행지를 잡았다. 이건 재희 때문이었다. 나는 겨울에 여름을 만끽할 수 있는 해외로 선택하자고 했지만 무슨 이유에서인지 재희는 끝까지 제주도를 고집했다.

그래서 며칠 동안 서로 말을 안 하는 일까지 벌어졌지만 재희는 뜻을 굽히지 않았다.

난 시간도 없고 해서 재희의 의견을 받아들였다. 비행기 안에서 난 재희에게 물었다.

"왜 제주도야?"

"……."

"강재희!"

"이제 신랑이다."

그의 한마디에 난 꼬리를 내렸다. 아무래도 어릴 때의 오랜 습관이 몸에 밴 것 같았다.

"자기야, 진짜 대답 안 할 거야?"

"나중에. 나 진짜 피곤해."

재희는 비행 내내 잠만 잤고 제주에 도착해서야 겨우 눈을 떴다.

"요즘 많이 힘들었어?"

"응, 사건이 많아서."

하긴 결혼 준비 때문에 토요일 근무를 하지 않아서 평일에 더 많은 사건을 처리해야 했기 때문에 평일은 거의 집에 못 들어올 정도로 바쁘게 일한 재희였다.

"자기는 그럼 신혼여행 다녀와서는 더 바쁘겠네?"

"아마 그럴 거야. 그러니까 우리 여기서 재밌게 보내자."

"이럴 거면 더 좋은 데 가서 재밌게 보냈어야지."

"……."

나의 투덜거림에 대꾸도 하지 않는 재희였다. 하지만 나의 서운함도 우리가 머물 펜션을 보고는 마음이 싹 달라졌다. 대부분 호텔을 생각했을 테지만 재희는 펜션을 택했다.

"진짜 예쁘다. 별장에 온 것 같아."

펜션은 독립적으로 각각 한 채씩 되어 있었고 각 펜션마다 수영장이 있고 테라스에 앉으면 바다가 한눈에 보였다.

"어때?"

짐을 풀기도 전에 바다 풍경에 빠져 있는 나를 뒤에서 안은 재희가 물었다.

"좋아. 완전 마음에 들어. 다만 겨울이라서 아쉽지만."

"내가 제주도를 택한 이유가 뭔지 알아?"

"모르니까 묻지."

"어릴 때 내가 너한테 처음으로 프러포즈했던 날 기억해?"

"한두 번이 아니어서……."

진짜 유치원 때는 맨날 넌 내 마누라라고 하고 돌아다니는 재희 때문에 귀찮았었다.

"마누라라는 소리는 어디서 배워가지고 유치원 때 넌 나를 희동이라고 부른 것보다 마누라라고 부른 적이 더 많았어."

"기억 못 하는구나."

"야, 이제 내일모레면 삼십인데 몇십 년 전 기억을 어떻게 하니?"

"여기서 너랑 나랑 모래집 짓고 놀면서 결혼하면 다시 오자고 했었어."

어렴풋이 여름휴가에 가족끼리 제주도를 온 기억이 나긴 했다. 그때는 그냥 아빠 지인의 집에서 묵었었다.

"이 펜션 주인이 장인어른 친구잖아."

"아."

분명히 이곳에 온 기억은 있었지만 결혼해서 오자고 한 기억은 없었다. 괜히 미안한 마음이 든 나는 애써 기억이 나는 척을 했다.

"아, 맞다. 그랬다."

"기억나?"

"응."

재희의 얼굴에 환한 미소가 걸렸다. 그리고 나에게 사진 한 장을 보여주었다.

"그때 찍은 거야."

사진 속에는 진짜 수영복을 입고 모래밭에 앉아서 두꺼비집을 짓고 있는 여섯 살의 재희와 희동이 있었다. 나는 나도 모르게 얼굴에 미소가 지어졌다.

"자기는 대단하다. 이렇게 오래된 기억도 다 하고."

"난 이때 결심했거든, 너하고 꼭 결혼하기로 말이야."

"소원을 이루었네."

"응."

그가 나에게 상자 하나를 내밀었다.

"이건 뭐야?"

"열어봐."

상자를 열자 그 안에 커다란 다이아 반지가 있었다.

"프러포즈도 못 하고 미안해."

"……."

"커플링은 했으니까 이건 내 마음의 표시야."

그가 나의 손에 반지를 끼워주었다. 재희에게 이렇게 로맨틱한 면이 있는 줄 몰랐었다.

"재희야, 너무 예뻐."

"난 네가 더 예뻐."

그가 나를 꼭 안아주었다.

"진짜 꿈같다."

"나도."

그의 입술이 나의 입술을 덮었다. 하루 종일 피곤하다던 재희는 사라지고 지금은 욕망으로 짙어진 눈을 가진 아주 위험한 남자로

변해 있었다.

커다란 유리창 앞에서 우리는 거칠게 키스를 나누었다. 서로의 입술이 떨어지면 큰일이라도 날 것처럼 우리의 입술은 떨어질 줄을 몰랐다. 그리고 키스에 정신이 팔려 있던 나를 재희가 어느새 안아 들고는 거실의 소파 위에 눕혔다.

등에 닿는 포근한 패브릭 천의 느낌이 오늘따라 좋게 느껴졌다. 재희는 나의 옷을 순식간에 벗기고는 자신도 빠른 속도로 옷을 벗었다. 아직 따뜻하지 않은 실내의 온도 탓에 온몸에 소름이 돋았지만 재희가 나의 몸을 따뜻하게 감싸주었다.

"오늘따라 우리 마누라가 아주 섹시한데."

그의 목소리가 잠겨 있었다.

"자기도 아주 섹시해."

"하하하."

나의 답이 만족스러웠는지 그가 웃었다. 그리고는 언제 웃었냐는 듯이 돌변해서 날 덮쳐왔다. 그의 입술이 머무는 곳마다 나는 뜨거움을 느끼고 있었다. 타는 듯한 열기라는 것이 이런 것일까?

나는 재희의 목에 팔을 감고는 더욱더 열렬하게 그를 받아들이고 있었다. 그의 손이 나의 커다란 가슴을 감싸 쥐었다. 어릴 때부터 마른 체구에 비해 유달리 큰 가슴을 가진 나였다. 미영이 사우 나를 같이 가서는 넌 가슴 무게 때문에 키가 안 큰 것 같다고 말할 정도였다.

"이 가슴을 볼 때마다 만지고 싶어서 미칠 것 같았어."

갑작스러운 재희의 말에 나는 얼굴이 붉어졌다.

"사춘기 이후부터 매일 밤 이 가슴을 만지는 꿈을 꿨어."

"재희야."

"이렇게 만질 수 있고 빨 수 있다는 게 좋아."

그의 노골적인 말에 아직 익숙하지 않은 나는 얼굴이 더 붉어졌다.

"그만해."

"츠읍츠읍, 싫어."

그가 나의 유두를 빨면서 말했다.

"내 손에 가득 찰 것 같았는데 이렇게 클 줄은 정말 몰랐어."

그는 양손으로 나의 가슴을 모아 쥐고는 유두를 혀로 핥았다. 나는 그저 그가 하는 걸 볼 수밖에 없었다. 그가 가슴을 손에서 놓는가 싶더니 빠르게 아래로 입술을 맞추며 내려와 여성을 단번에 삼켜 버렸다.

재희는 섹스에 있어서 주저함이 없고 적극적이었다. 너무나 적극적이어서 난 정신을 차릴 수가 없었다.

"아아앙."

그의 혀가 나의 여성을 둘로 가르고 들어오자 나는 허리를 활처럼 휘며 강한 쾌감을 느끼고 있었다. 그가 클리토리스를 건드렸을 때는 나는 영혼까지 흔들리는 느낌이었다.

"아아아아."

그는 나의 신음 소리보다 더 진한 소리로 펜션을 울리고 있었다. 그리고는 나의 다리를 벌리고는 한참을 나의 여성을 뚫어지게 바라보았다.

"보지 마."

"예뻐서 그래. 분홍빛의 너의 클리토리스가 움찔거리면서 날 부르고 있어."

"재희야."

내가 다리를 오므리려고 하자 그가 다리에 힘을 주고는 옆으로 더 벌렸다.

"이건 나쁜 게 아니야."

"알아."

"그럼 날 위해서 벌려줘."

나는 재희의 말에 따라 스스로 다리를 벌렸다. 그러자 재희가 신음을 내뱉더니 무섭게 다시 나의 여성을 빨기 시작했다. 이번엔 꼭 먹어 치울 것 같은 기세였다. 다시 몸을 일으킨 재희는 자신의 거대한 페니스를 꺼내 나의 질에 단번의 동작으로 밀어 넣었다.

"아악!"

여전히 아팠지만 이제는 그렇게 고통이 길게 가지 않았다. 오히려 쾌감이 더 일찍 찾아와서 날 미치게 만들고 있었다. 재희의 허리 짓은 폭풍과도 같았다.

퍽퍽퍽!

"아아앙."

나의 신음 소리와 우리들의 살 부딪치는 소리가 묘하게 섞여 야릇함을 극으로 치닫게 하고 있었다.

뚝뚝.

재희의 땀이 나에게로 떨어졌다. 재희는 온 힘을 다해 마지막 쾌락을 위해 달리고 있었다. 그의 움직임이 더 커지고 속도가 빨라지기 시작하자 나는 그가 마지막을 향해 움직이고 있다는 것을 알았다.

격한 몸짓을 한 후에 재희가 나의 몸 안에 자신의 분신들을 쏟아내기 시작했다.

"아아악!"

재희의 신음 소리가 펜션을 울리고 나서야 그의 몸이 나의 위로 무너져 내렸다.

"헉헉헉."

그의 거친 숨소리가 나의 귓가를 간질거리게 했다. 하지만 그는 나의 몸 안에서 자신의 페니스를 빼지 않고 있었다.

"일어나."

"싫어."

"왜?"

"이걸 빼면 아이가 안 생길 것 같아."

"뭐?"

그의 답에 나는 어이가 없어서 웃었다.

"난 빨리 너 닮은 딸을 낳고 싶어."

그의 말에 나는 재희를 꼭 안았다.

"그래, 빼지 마. 나도 너를 닮은 아들을 낳고 싶으니까."

"아들은 나중에."

"뭐?"

"셋은 낳아야지."

그의 말에 나는 피식 웃었다.

"그래, 그러자. 너 닮은 아들도 낳고 나 닮은 딸도 낳고."

"그럼 둘씩 낳아서 넷 어때?"

"넷은 너무 많지 않아?"

"아니."

나는 재희가 그렇게 자식 욕심이 많은 줄 몰랐다.

"그런 의미에서 다시 한 번 어때?"

"그전에 좀 씻으면 안 될까?"

"왜?"

"결혼식 때 했던 머리라서 지금 불편해."

난 결혼식 때 화장과 머리를 그대로 하고 있었다. 재희는 언제 지웠는지 신랑 메이크업을 깨끗이 지우고 왔지만 난 아니었다.

"어, 미안."

재희가 몸을 일으켜 세워주었다.

"너 평상시에도 이렇게 화장하는 건 어때?"

"왜?"

"너무 예뻐서."

"너도 화장한 여자가 좋아?"

"그건 아니지만 여자가 꾸미면 좋잖아."

그의 말이 귀에 꽂혔다. 왜 그런지 모르지만 그 말이 이상하게 꽂혔다. 하지만 그런 생각도 잠시 욕실로 나를 안고 가는 재희 때문에 난 더 이상 다른 생각을 할 수가 없었다. 눈에서 인조 속눈썹을 제거하고 화장을 지우는 동안 그는 욕조에 물을 받고 있었다.

화장을 다 지우고 머리에 꽂힌 수만 개의 실핀은 재희의 도움으로 제거에 성공했다.

"이건 노동이다."

재희가 실핀을 다 뽑고 나서 한 말이었다.

"이러니까 내가 얼마나 불편했는지 알겠지?"

"응."

그는 원래의 모습으로 돌아간 나를 욕조 안으로 끌어들였다.

"따뜻해서 좋다."

"이제부터는 뜨거워서 못 견디게 해줄게."

그는 이렇게 말을 하고는 나를 자신의 위에 앉혔다. 그의 페니스는 벌써부터 단단해져 있었다.

"우리 마누라를 이렇게 보니 더 섹시한데?"

"언제는 화장하라고 해놓고."

"그건 그거고."

그가 다짜고짜 나의 가슴에 입을 맞추었다. 그러고는 내가 보는 앞에서 나의 유두를 빨기 시작했다. 유두 끝이 찌릿했다. 재희에겐 대충이란 게 없었다. 얼마나 열정적으로 가슴을 빨아대는지 난 정신을 차릴 수가 없었다.

그리고 물속에서 자신의 페니스를 나의 질 안으로 밀어 넣었다. 난 아직 그의 위에서 하는 섹스에 익숙하지 않았다.

"움직여 봐."

재희가 나의 허리를 잡고 도와주었다. 난 용기를 내서 허리를 움직이기 시작했다. 그러자 재희의 얼굴이 굳어졌다. 순간 난 내가 잘못한 줄 알고 멈칫했다.

"계속해."

"내가 잘못한 거 아니야?"

"넌 너무 잘해."

그의 말에 안심이 된 나는 조금 더 적극적으로 위아래로 움직이기 시작했다.

"으으윽, 희동아."

재희의 신음 소리가 이렇게 날 자극하는지 예전엔 몰랐었다. 물에 찰랑거리며 더욱더 야릇한 분위기를 연출하고 있었다. 나는 재희의 넓은 가슴에 손을 얹고는 그의 유두를 조심스럽게 만졌다.

"빨아줘."

그의 말에 나는 뭔가에 홀린 듯이 그의 유두를 빨면서 애무하기 시작했다. 재희의 호흡이 점점 더 거칠어지기 시작했다. 그의 반응에 나는 더 적극적으로 애무했다.

"일어나 봐."

나는 그에게 일어나라고 말했다. 그러고는 그가 일어나자 나는 그의 앞에 무릎을 꿇고 앉아 그의 커다란 페니스를 두 손으로 잡았다.

"희동아."

"움직이지 마. 나도 내가 왜 이러는지 모르겠으니까."

나는 이렇게 말을 하고는 그의 페니스를 입안으로 밀어 넣었다. 그에게 뭔가를 해주고 싶었다. 그래서 난 내 마음이 시키는 대로 했다. 그러자 그 반응은 실로 놀라웠다.

"제길! 아아아악."

그의 입에서 거친 욕설과 함께 신음 소리가 터져 나왔다. 나의 머리채를 붙들고 있는 재희는 자신의 몸을 가누기도 버거워했다. 그의 다리에 힘이 풀리고 있었다. 하지만 그의 페니스는 아까보다 더 커진 느낌이었다.

입안에 다 들어가지도 않는 거대한 페니스를 나는 정성을 다해 빨기 시작했다. 어떻게 하는지 몰랐지만 본능이 시키는 대로 했다.

"츠읍츠읍."

내가 그의 물건을 빠는 소리가 요란하게 욕실을 울리고 있었다.

"미치겠어."

"츠읍츠읍."

"쌀 것 같아."

그는 이렇게 말을 하고는 초인적인 힘으로 나를 번쩍 들고는 욕조 끝에 앉혔다. 다리를 벌리고 자신의 페니스를 밀어 넣었다.

"희동아, 미치겠어."

"재희야."

그가 자세가 불편했는지 그의 페니스를 내 몸 안에 넣은 채로 나를 번적 안아 들고는 일어났다.

"헉헉."

나를 안고 격렬하게 움직이는 그의 숨소리가 욕실에 메아리처럼 퍼져 나갔다. 그리고 다시금 나의 안에 자신의 분신들을 쏟아내기 시작했다. 거친 숨소리와 그들의 열기로 욕실은 뜨겁게 달구어졌다. 재희의 말처럼.

샤워기를 틀기 위해 잠시 떨어진 재희를 나는 뒤에서 안았다.

"떨어지기 싫어."

"안 떨어질 거야."

그가 샤워기의 물을 틀었다. 그리고 나의 머리를 감겨주었다.

"넌 이렇게 큰데 왜 난 이렇게 작을까?"

"그건 내 기도 때문이야."

"뭐?"

"널 주머니에 넣고 다닐 수 있게 해달라고 했거든."

"뭐?"

난 어이가 없었지만 기분은 좋았다. 샤워를 마친 우리는 침대 위에 그대로 쓰러졌다. 몸에 남은 마지막 에너지까지 다 소진을 한 것 같았다.

내일은 정말 일어나기 힘들 것 같았다. 진짜로 오랜만에 난 깊은 잠을 잘 수 있었다.

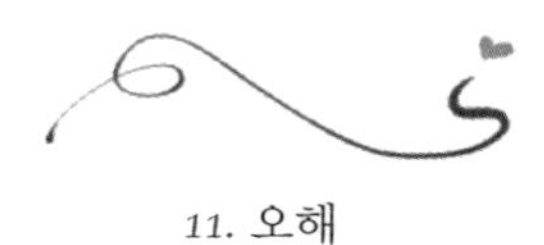

11. 오해

내 남자의 품에 안겨서 아침에 눈을 뜬다는 게 이렇게 황홀한 일인지 몰랐다. 벌거벗은 우리는 서로의 체온을 나누며 아침을 맞이했다. 그의 고른 숨소리에 난 눈을 감고 이 따뜻함을 계속해서 느끼고 있었다.

어제 커튼을 열어둔 채로 잠을 청해서인지 따가운 햇살이 계속해서 눈을 자극하고 있었지만 이 충만한 느낌을 놓치고 싶지 않아서 난 계속 재희의 품에 있었다.

"으으음, 일어났어?"

재희가 나의 뒤척임을 느끼고 깨어났는지 물었다.

"아까."

"피곤해?"

"그게 아니라 너한테 안겨 있는 게 좋아서."

그가 꼭 안아주었다.

"더 좋다."

나의 말에 그가 섹시한 웃음을 지었다.

"재희야, 조금만 섹시해."

"하하하, 뭐?"

"너무 섹시하면 여자들이 달려들 것 같아. 그리고 너의 이런 모습은 나만 알고 싶어."

"나도 그래."

"정말?"

그가 고개를 끄덕이더니 나의 입술에 살며시 입을 맞추었다.

"일어나자. 안 그러면 우리 3박 4일 동안 침대에만 있을지도 몰라."

난 그의 말에 빠르게 일어나 욕실로 향했다.

"우리 희동이 야해. 이제 옷도 안 입고 다니네."

"다 봤잖아."

"하긴."

아침식사를 하기 위해 우리는 빠르게 준비를 하고는 제주도에서 유명하다는 전복죽과 성게 미역국을 하는 집을 찾아갔다.

"여기가 맛있대?"

"응, 아는 지인이 추천해 주더라고."

"누가?"

"있어."

나는 재희의 뒤를 따라 식당 안으로 들어갔다. 어제부터 제대로 음식을 먹지 못해서인지 배가 무척 고팠다. 식당은 아침인데도 사람들로 북적였다.

"진짜 유명한……."

나는 말을 멈추었다. 그곳에 조민영이 사람들 틈에 앉아 있었기 때문이었다.

"민영 씨."

그가 아는 체를 하자 민영이 기다렸다는 듯이 그들에게 왔다.

"여긴 어떻게……."

"저 여기서 촬영해요."

"어젠 아무 말 없었잖아요?"

"그래서 제가 신혼여행 이쪽으로 오신다기에 아는 체를 한 거죠. 여기 진짜 맛있어요."

"알았어요. 맛있게 드세요."

그녀에게 이렇게 말을 하는 재희의 얼굴이 부드러웠다.

"앉아."

앉기는 했지만 순간 난 기분이 나빴다.

"뭐야, 저 여자."

"여기 촬영 있다잖아."

"기분 나빠."

"왜?"

"그냥."

"아무나 미워하는 건 희동이답지 않아."

나다운 게 뭐냐고 하마터면 말할 뻔했다. 갑자기 주문도 하지 않았는데 전복죽과 성게 미역국이 나왔다.

"주문했어?"

"아니."

"이건 저기 예쁜 언니가 주문해 준 거예요. 계산도 했으니까 많이 드세요."

주인아저씨가 조민영을 보고 예쁜 언니라고 말하자 재희가 웃었다.

"먹어."

"내가 왜?"

나는 재희의 이런 반응이 마음에 들지 않아서 뱃속에서 꼬르륵거렸지만 안 먹는다고 했다.

"먹어, 배고프잖아."

“난 진짜 저 여자 싫어.”

“아무 관계 없는 사람인데 왜 그래?”

“자꾸 눈앞에 나타나는 게 거슬려.”

“백희동!”

난 또 재희가 이름을 부르자 꼬리를 내렸다. 재희가 성까지 붙여 내 이름을 부르는 건 많이 화가 났다는 뜻이었다. 더 이상 안 건드리는 게 좋았다.

“먹어.”

재희가 나에게 수저와 젓가락을 건넸고 난 더 이상 말을 하지 않고 음식을 먹었다. 음식은 생각보다 맛이 있었고 난 속없이 그릇을 다 비웠다.

그 뒤로 우리는 중문에서 이곳저곳을 돌아다니며 놀았다. 박물관도 가도 식물원도 들렀다. 하지만 내가 제일 좋았던 건 재희와 손을 잡고 이 모든 걸 했다는 것이었다. 우리는 서로의 손을 놓지 않았다.

그래서 아침에 속상했던 기분이 저녁이 되자 다 사라져 버렸다. 저녁에는 호텔 클럽에 가서 술을 한잔하기로 했다. 클럽에 간다고 해서 집에 들러 옷을 갈아입자고 했지만 그는 귀찮다며 그냥 가자고 했다.

그래서 우리는 저녁을 먹고는 바로 클럽으로 향했다. 겨울이었지만 클럽 안에는 사람들로 가득했다.

"제주도는 겨울에도 사람들이 많이 오나 봐."

"그러게."

시끄러운 소리에 우리는 거의 얼굴을 맞대고 이야기를 나누어야 했다. 그런데 나의 눈에 스치듯이 조민영의 모습이 보였다. 이런 곳에서 그녀를 보니 기분이 좋지 않았다.

지나친 우연의 연속이었다. 이건 그녀가 우리를 따라다니지 않는 이상 있을 수 없는 일이었다.

"여기도 지인의 추천을 받았어?"

"응."

"그게 조민영이고?"

"어."

난 자리에서 일어났다.

"희동아."

"여기 조민영이 또 왔어."

나의 말에 이번엔 재희가 주변을 둘러보았다.

"잘못 본 거 아냐?"

"아니."

난 뒤도 돌아보지 않고 밖으로 나왔다.

"희동아."

"진짜 이상하지 않아?"

"펜션으로 돌아가자."

오늘 술을 마시기 위해 택시를 타고 온 우리는 다시 호텔에서 택시를 타고 펜션으로 향했다.

"신혼부부신가 봐요?"

택시 아저씨가 말을 걸었다.

"네."

"어쩜 이렇게 선남선녀예요? 난 연예인이 탄 줄 알았네."

"그렇죠? 우리 마누라가 한 인물 하죠."

재희가 나의 기분을 풀어주기 위해 노력했다.

"그런데 클럽에서 더 놀다 가시지. 일찍 들어가시네요?"

"피곤해서요."

"한창 좋을 때죠."

택시운전 기사가 이상한 소리를 하더니 혼자 웃었다. 난 차 안에서 한마디도 하지 않았다. 생각할수록 기분이 좋지 않았다. 그리고 어제 식장에서 그녀가 한 말이 자꾸만 머릿속에 맴돌았다.

재희를 믿냐는 말이었다. 사실 재희가 뭘 하고 돌아다니는지 알 수 없었다. 그저 믿을 수밖에 없는 것이 현실이었다. 엄마가 아빠를 그렇게 믿었고 아빠는 그런 엄마를 한 번도 배신한 적이 없었다.

재희는 언제나 나만을 생각했다고 말했고 난 그 말을 믿었다. 하지만 재희가 나와는 너무나 다른 섹시한 조민영을 만나고 있다는 생각이 들기 시작했다. 불안했다. 난 이미 민성 오빠 때문에 배신이 무엇인지 알았고 여자로서 매력이 없다는 것도 알게 되었다.

하지만 재희는 그런 날 세상의 어떤 여자보다 섹시하다고 했고 난 그걸 믿었다. 하지만 진짜 모든 사람들이 인정한 쭉쭉빵빵의 섹시녀가 그의 곁을 맴돌고 있었다.

머리가 복잡하고 칼에 찔린 듯이 배신감에 마음이 아팠다.

"진짜 말 안 할 거야?"

"……."

펜션에 돌아오자마자 재희가 목소리를 높였다.

"백희동!"

그가 강하게 불러도 나의 마음이 돌아올 것 같지 않았다.

"희동아, 네가 무슨 생각을 하는 줄 아는데 이건 좀 아닌 것 같아."

"내가 무슨 생각을 하는데?"

나는 목이 메어 뒷말을 제대로 하지 못했다.

"희동아, 네가 너무 앞서 나가는 거야."

"내가 무슨 생각을 한다고 생각하는 건데?"

"그만하자."

"뭘 그만하는데? 난 아무것도 안 했어. 마음에 안 든다고 얘기도 못 해? 난 그 여자 싫어."

내가 너무 화를 내자 재희도 놀란 눈치였다.

"알았어. 내가 이해 못 해서 미안해."

"아니야, 내가 예민했어."

나는 이렇게 말은 했지만 여전히 마음 한구석은 편치 않았다.

"우리 자자."

"응."

나는 씻고 나와서 그대로 잠을 청했다. 오늘은 재희도 나를 안고 잘 뿐 더 이상의 일은 없었다. 그도 나에게 화가 난 모양이었다. 어쩌면 내가 생각하는 것보다 둘이 깊은 관계일 수 있었다.

"난 그냥 연예인이라서 신기했을 뿐이야. 그리고 나에게 친절한 사람이기도 했고. 그 이상도 그 이하도 아니야. 그리고 순전히 모든 일이 우연히 일어난 일이고. 네가 오해하지 않았으면 해."

"……."

나는 아무런 말도 할 수가 없었다. 거짓말은 할 수가 없으니까 말이다.

"계속 화낼 거야?"

"아니."

화가 난 게 아니라 난 좌절을 한 것이었다. 여자로 그렇게 매력이 없나 하는 생각이 들었다. 착하게 보이니 남들 앞에선 쇼윈도 부부인 척해도 되는 그런 착하기만 한 여자로 남자들의 눈에는 보이는 것 같았다.

5년 동안 사귄 남자도 나랑 사귀는 동안 잠자리는 다른 여자들과 했고 이제 결혼한 남자도 다른 여자가 있는 게 분명했다. 이게 숙명이라면 받아들이겠지만 지금은 그걸 어떻게 해야 할지 알 수가 없었다.

왜 이렇게 예민해졌는지 알 수 없었지만 지금 난 모든 신경이 조민영과 재희에게로 쏠려 있었다.

사귄다면 헤어질 수 있지만 우리는 결혼을 했다. 쉽게 끝을 낼 수 있는 일이 아니었다. 앞으로 신혼여행은 3일이나 남았는데 난 앞이 깜깜했다. 그렇게 거의 뜬눈으로 밤을 지샌 나는 아침이 되자 현기증이 느껴졌다.

"괜찮아?"

창백한 나의 얼굴을 보고는 재희가 말했다.

"어, 어제 뭘 잘못 먹었나 봐. 체한 것 같아."

"그래?"

"어."

나는 갑자기 헛구역질을 하기 시작했다.

"손이라도 따야 하는 것 아냐?"

딩동!

아침부터 누군가 초인종을 눌렀다.

"누구세요?"

재희가 현관으로 나갔다.

"배달이요."

재희가 문을 열자 꽃바구니가 왔다.

"강재희 씨 맞으시죠."

"네."

나는 미식거림을 참으며 현관으로 갔다.

"누가 보낸 거야?"

"……."

나는 그의 손에 들린 카드를 보았다.

—결혼 축하드려요. 축의금 대신입니다.

조민영.

가벼움을 가장한 것 같았다. 자신의 존재를 나한테 알리고 싶어 안달인 듯했다. 속이 울렁거렸다. 그리고 핑 하고 돌았다. 어지러웠다.

머리가 아파오고 목이 말랐다. 아주 기분 나쁜 꿈을 꾼 것 같았다.

"희동아."

눈물을 글썽이고 있는 재희가 눈에 들어왔다. 그리고 눈을 이리저리 돌리며 보니 여기는 펜션이 아닌 게 분명했다.

"정신이 들어?"

"여기 어디야?"

"병원, 너 쓰러졌어."

내가 쓰러지다니 진짜 별일이었다. 키는 작아도 누구보다 건강한 체질인 내가 코피 한 번 쏟아본 적이 없는 내가 쓰러지다니 참 별일이었다.

"내가 왜 쓰러진 거야?"

이렇게 묻고 있는데 내가 깨어났다는 소리를 들은 담당의사가 다가왔다.

"괜찮으세요?"

"네."

의사는 나의 상태를 살피더니 보호자인 재희에게 말했다.

"임신 7주 되셨고요. 갑자기 피로가 축적되신 것 같습니다. 애기를 들어보니 결혼식도 갑자기 올리게 되셔서 바쁘셨다고요. 당분간은 극도의 안정이 필요합니다."

나는 처음에 잘못 들은 줄 알았다. 임신 7주면 우리가 처음 밤을 보낸 그날 아이가 생겼다는 얘기였다. 그야말로 한 방이었다. 거기다가 결혼 날짜를 받은 점집에서 말한 내용도 맞았다. 갑자기 삶이 복잡해지기 시작했다.

나만 불행하면 괜찮은데 아이까지 불행해지는 건 참을 수가 없었다.

"어쩌지?"

"어쩌긴, 잘 키워야지."

생각과는 달리 재희는 아주 기뻐했다. 우리들의 오랜 만남과는 다르게 우리의 결혼은 굉장히 빠르게 진행이 되었다. 속전속결의 결혼은 오랜 세월의 묵은지 같았던 만남으로 다 괜찮을 줄 알았다.

하지만 친구와 남편은 다르다는 걸 나는 느끼고 있었다. 어쩌면 콩깍지가 씌워진 상태의 만남이 없어서인지 남편의 안 좋은 점이 눈에 보이기 시작했고 그것이 날 힘들게 했다. 의심을 하게 되면 안 되는데 난 재희를 이제 믿을 수가 없었다. 하지만 재희를 떠날 보낼 수도 없었다.

나에게 오늘 그 이유가 생기고 말았다. 내 아이의 아빠인 재희를 보낼 수가 없었다. 재희의 웃는 얼굴이 보였다. 그리고 초음파 사진을 나에게 보여주었다. 아마도 기절해 있는 동안 검사를 한 모양이었다.

"얼마나 놀랐는 줄 알아?"

재희가 나의 손을 잡으며 말했다.

"오래 기절해 있었어?"

"3시간 정도. 어른들께는 기절한 사실은 안 알렸어."

"잘했어."

"대신 임신 소식은 전했다. 입이 근질거려서 살 수가 있어야지."

재희가 임신 소식에 기뻐하는 건 사실인 것 같았다. 그나마 다행인 일이었다.

"우리 아이 심장 소리가 얼마나 우렁찬 줄 알아?"

"……."

난 별로 재희와 말을 하고 싶은 마음이 없었다. 갑작스러운 일련의 일들이 평화롭던 나의 삶을 갑자기 스릴러로 만들고 있었다.

"아직 힘들어?"

"응."

"더 자. 지금은 안정이 중요하다고 의사가 그랬어."

나는 잠이 오지 않았지만 억지로 눈을 감았다. 눈을 감아도 머리가 복잡한 건 마찬가지였다.

병원에서 퇴원 후에 난 펜션에서 조용히 지냈다. 꽃바구니는 어디론가 사라졌고 난 더 이상 조민영에 대해 묻지 않았다. 더 이상의 상처를 받고 싶지 않았기 때문이었다. 재희는 나를 너무나 지극정성으로 돌봐주었고 제주를 떠나는 날에는 평생을 몸종처럼 살겠다는 말까지 했다. 하지만 난 이제 더 이상 재희의 말을 듣지 않고 있었다.

집으로 돌아오는 길에 난 재희에게 신혼집 대신에 집에서 당분간 지내고 싶다고 말했다. 재희도 바쁜 업무 때문에 평일에는 집에서 쉬고 일요일에만 집으로 가자고 했다. 난 그렇게 재희를 피할 구실을 만들었다.

집에 도착했다. 이제는 집이 아니라 친정집이었다. 재희는 우리집에 먼저 가자고 했지만 나는 재희네 집부터 찾았다. 우리가 온다는 소식에 집안 식구들이 다 와 있었다. 언니들이 너무 기쁘게 맞아주었다.

"희동아, 아니, 올케."

소라 언니가 나를 안아주었다.

"복덩이가 이쁜 짓만 골라서 했다고? 축하해. 이거 우리 이제는 슬슬 아이를 가져야 할 것 같아."

"듣던 중 반가운 소리다."

시어머니가 소라 언니의 말에 쌍수를 들었다.

"우리 아가 왔구나."

시아버지의 말에 난 조금 부끄러웠다.

"얼굴이 핼쑥하네. 어서 앉아."

"아니에요. 먼저 절부터 받으세요."

나의 달라진 모습에 어른들이 좀 놀라신 듯했다.

"우리 며느리가 철이 들었어."

우리는 절을 하고는 식구들과 차를 마셨다.

"저녁은 연수네, 아니, 사돈이 준비한다고 했으니까 위로 올라가면 될 것 같고 너희는 우리하고 인사는 다 했으니까 얼른 위로 올라가서 인사드려. 친정이 가까우니 좋지?"

시어머니의 말에 나는 웃었다. 우리는 집으로 바로 올라갔다.

"힘들어?"

"아니."

"얼굴이 어두워 보여서."

"괜찮아."

현관문이 열리고 엄마의 모습이 보이자 나는 그만 왈칵 눈물이 났다.

"엄마."

어린아이처럼 엄마를 안고는 서러움에 눈물을 흘렸다.

"며칠 떨어졌다고 그새 울면 어떡해? 이제 엄마가 될 애가."

"엄마, 흑흑흑."

사정을 모르는 엄마는 날 안아주면서도 말로는 혼을 냈다. 내가 집으로 들어가자 아빠와 오빠들도 일찍 와서 날 맞아주었다.

그리고 저녁식사는 말 그대로 대가족의 모임이었다. 오늘은 엄마가 나희와 미영이도 불렀다. 결혼식 날 너무 수고를 해줘서 고맙다는 인사였다. 이렇게 모이니까 열두 명의 대인원이었다.

"축하해."

미영이 웃으며 말했다. 하지만 나희도 나에게 축하 인사를 하긴 했지만 뭔가 얼굴에 그늘이 보였다.

"고마워. 그런데 나희야, 무슨 일 있어?"

"아니, 요즘 몸이 좀 안 좋아서."

"힘들면 좀 쉬세요. 선생님."

"그게 말처럼 쉽게 돼?"

우리는 엄마를 도우며 주방 안에서 이렇게 수다를 떨었다.

"너 내일 시간 돼?"

나희가 나에게 조용히 말했다.

"안 그래도 너한테 물어볼 것도 있어. 난 아직 우리 아기 심장소리도 못 들었거든. 내일 너희 병원에 가면 안 돼?"

"알았어. 예약 잡아놓을게. 그런데 퇴근 시간쯤에 와."

"그래."

뭔가 길게 할 말이 있는 모양이었다. 누구의 말을 들어줄 상태는 아니었지만 나희의 경우는 특별하니까 알겠다고 말을 했다.

저녁이 깊었다. 당분간 내 몸 상태와 재희의 일 때문에 난 친정에 머물기로 했고 어른들도 찬성했다.

무엇보다 시어른들께서도 가까이에서 며느리를 돌볼 수 있으니 좋다고 하셨다. 모두가 즐거운데 나만 우울한 저녁이었다.

다음 날 아침 나는 재희와 함께 집으로 향했다. 재희가 이번 주까지 휴가였다. 인테리어를 마친 집은 정말 멋있었다. 평생을 이런 집에서 아이들과 함께 산다는 게 행운이라는 생각이 들 정도였다. 하지만 지금은 머리가 복잡해서 아무런 생각이 없었다.

"일단 검찰청도 가깝고 하니까 재희 너는 집에서 지내."

"왜, 나도 너희 집에서 출퇴근하는 게 좋아."

"그래도 우리 집이 있는데 그건 아니지."

난 애써 말을 돌렸다.

"그래, 그럼."

"밀린 사건도 많은데 힘내. 나도 빠른 시일 내에 집으로 들어올게."

나는 마음에도 없는 소리를 했다. 이건 뱃속의 아이를 위한 것이었다. 집 정리를 다 한 후에 난 바로 병원으로 향했다.

"같이 안 가도 되겠어?"

"응, 오늘 나희가 중요한 할 말이 있나 봐."

"알았어. 우리 아기 예쁜 사진 많이 가지고 와."

"응, 이따가 집에서 봐."

나는 이렇게 말을 하고는 나희가 근무하는 병원으로 향했다. 아무래도 대학병원이 시설이 더 좋기 때문에 아빠도 우리 병원보다 나희의 병원으로 가라고 말을 해주었다.

"나희야."

가운을 입은 나희의 모습은 달랐다. 뭐랄까 냉정하고 깐깐한 의사 선생님의 모습이었다.

"우리 병원의 산부인과 과장님 특진 신청해 놨어."

"고마워."

"아무나 박 과장님의 진료를 받는 건 아니다."

"그래, 땡큐다."

"사실 백 원장님이 전화하셨어."

"아빠가?"

"응, 안 그러면 나 같은 쫄병이 어떻게 하겠냐?"

병원에서 진료를 받고 아이의 초음파 사진까지 챙긴 난 나희가 끝날 때까지 기다렸다가 우리 커피숍으로 향했다.

"미영이한테도 말했어?"

"응, 나중에 듣게 되면 기분 나빠할 것 같아서. 너랑 나랑만 얘기하는 거 싫어하잖아."

"잘했다."

가게는 미영이 잘 관리를 해서 아주 잘되고 있었다. 자신의 전시회로도 바쁠 텐데 사업적인 소질도 미영은 가지고 있는지 카페를 아주 잘 꾸려 나가고 있었다.

"미영아."

"다들 왔군."

"우리 임산부에게는 카페인이 전혀 들어가지 않은 오렌지 주스 한 잔, 그리고 비임산부인……."

"나도 오렌지 주스 줘."

"알았다. 그럼 나도."

미영이 오렌지 주스를 가져왔다.

"이거 메뉴에 없는데……."

나는 오렌지 주스를 마시며 물었다.

"이건 내가 오늘 아침에 카페 사장과 그 일당들이 모인다는 긴급 제보를 받고 마트 가서 직접 사온 신선한 오렌지를 직접 짜신 거다."

"고맙다."

난 미영에게 잔을 들어 고마움을 표했다.

"어젯밤부터 궁금해서 죽을 것 같았어. 무슨 일이야."

모두의 시선이 나희에게로 향했다.

"뭐냐?"

"그냥 담담하게 말을 할게. 사실 나 임신했다. 벌써 9주차야."

"뭐?"

나와 미영이는 턱이 빠지게 놀랐다.

"그러니까 지금 희동이보다 네가 2주가 더 빠르단 거야?"

"응."

진짜 나희는 담담하게 말을 하고 있었다.

"아빠는? 설마 우리 일동이 오빠?"

"……."

"진짜야?"

난 놀라긴 했지만 한편으로는 기뻤다. 큰오빠가 드디어 장가를 가게 되었고 나희가 이런 짱짱한 혼수를 해오니 놀라운 일이었다.

"그런데 왜 오빠가 엄마하고 아빤한테는 말 안 하지?"

"아직 오빠도 몰라."

"뭐? 왜 애기를 안 했어?"

"난 말이야. 아무것도 없어. 그래서 희동이 너처럼 그렇게 많은 사람들을 부를 수도 없고 그런 하객들 앞에서 결혼을 할 수도 없어. 난 오빠한테 부담 주고 싶지 않아."

탁!

나는 나희의 어깨를 손으로 쳤다.

"바보야, 우리 집도 너무 그러는 거 좋아하지 않아. 어떻게 넌 부딪쳐 보지도 않고 그래? 만약에 우리 엄마가 그런 이유로 반대를 한다면 내가 아르바이트를 동원해서라도 너희 쪽 하객 다 채워 줄게."

"나도, 나도 도울 거야. 그리고 우리 친구들도 많잖아."

"마음만으로도 고마워. 난 그냥 이 아이를 혼자서 키우고 싶어."

"뭐? 아주 가지가지 한다."

나는 핸드폰을 들어 오빠에게 전화했다. 5분 내로 안 오면 죽여 버린다고 말이다.

"희동아, 그렇게 쉬운 일이 아니야. 일 크게 만들지 마."

"그래서 애기 아빠도 모르게 하시겠다?"

"그건 아니야."

정말로 10분쯤 후에 오빠가 눈썹이 휘날리게 달려왔다. 내가 그렇게 거친 소리를 큰오빠에게 한 적이 없기 때문에 놀란 것 같았다.

"백희동, 넌 임산부가 그렇게 무지막지하게 말을 하면 되니? 그리고 나희야, 넌 산부인과 의사가 돼가지고 희동이가 그런 말을 하면 말려야지."

"……."

"뭐야, 이 분위기는?"

오빠가 여자 셋의 싸늘한 표정을 보더니 입을 다물었다.

"여기 앉아봐."

"왜?"

오빠는 아무 영문도 모른 채 나희 옆에 앉았다.

"희동이 결혼 때 너희들 모두 수고했어. 갑자기 한 결혼이라서 정신이 없는데도 너희 덕분에 잘 치른 것 같아. 어제는 어른들이 말씀하셔서 고마움을 제대로 전하지 못한 것 같아. 고생했다."

"……."

여자 셋이 별 반응이 없자 오빠도 뭔가 이상한 점을 느낀 것 같았다.

"뭐야? 희동이가 말해."

오빠는 화내는 일이 거의 없지만 나에겐 어려운 사람이었다. 나이 차이도 8살이나 났고 카리스마가 보통이 아니었기 때문이었다. 오늘 처음으로 오빠에게 큰소리를 친 나였다. 큰오빠는 작은 오빠와는 많이 달랐다.

"얘기해."

"나희 때문에."

"나희?"

오빠가 나희를 보더니 한숨을 쉬었다.

"우리 사귄다. 나희가 하도 말하지 말라고 해서 숨긴 것뿐이야. 이것 때문에 호들갑이면 희동이 혼난다."

"그건 하도 티를 내니까 진작 알았고."

"그럼?"

막상 말을 하자니 말이 쉽게 떨어지지 않았지만 지금 이 사태를 수습하지 않으면 친구 하나를 미혼모로 만들 것 같았다.

"나희 임신했대요."

미영이가 말을 던졌다. 그와 동시에 나희의 얼굴은 백지장이 됐고 오빠의 얼굴은 까맣게 죽어버렸다.

"9주 됐대."

"그러니까 지금 나희가 임신을 했다는 말이야?"

"그래, 잘못하면 같은 날 출산할지도 몰라."

나는 슬쩍 농담을 했지만 오빠와 나희의 표정을 보니 다음 말이 쏙 들어갔다.

"홍나희, 왜 나에게 말하지 않았어?"

일동 오빠의 표정이 이렇게 험악해지는 건 한 번도 보지 못했다. 아마도 자신에게 말하지 않은 나희에게 화가 난 모양이었다. 이번 일은 나희가 백번 잘못한 일이었다.

"우린 결혼할 사이도 아니고……."

"내가 너한테 몇 번을 말했어. 우린 결혼할 거라고. 그런데 이런 축하 받을 말을 이렇게 듣게 만들어야 했어?"

오빠가 단단히 화가 난 것 같았다.

"어떻게 해야 내 말을 믿겠어? 이 정도면 나도 내 마음을 많이 표현했다고 생각하는데."

오빠의 말은 틀린 곳이 없었다. 이번엔 친구인 나도 나희의 편을 쉽게 들 수가 없었다.

"난 자신이 없어요."

"뭐?"

"희동이 결혼식을 본 다음부터는 더 그런 마음이 생겼어요."

"아이가 생긴 건 언제 알았어?"

"2주 전에요. 너무 먹을 게 당기고 컨디션도 안 좋고 생리도 안 해서 병원에 널린 게 임신 테스터니까……."

나희의 눈에서 눈물이 흘러내렸다.

"울지 마. 좋은 일이잖아."

나는 울고 있는 나희를 안아주었다.

"오빠, 나희의 마음도 이해해 줘야지. 그렇게 우리 입장만 생각하면 안 되는 거야."

오빠는 화가 나는지 자리에 앉아서 팔짱을 끼고 눈을 감았다.

"결혼은 우리가 먼저 해야 하는 게 아니었나 싶다."

"오빠, 난 공부도 해야 하고 지금 결혼할 상황이 아니에요. 내가 의학박사가 되면 조금은……."

"그럼 난 할아버지가 되고 말이지."

오빠의 말에 난 웃음이 터졌다.

"난 요즘 얘가 왜 그렇게 걸신들린 사람처럼 먹나 했어."

미영이 말했다.

"원래 나희 잘 안 먹거든요. 아이는 건강하데?"

"아이들은 건강해."

"아이들? 쌍둥이?"

기가 막힐 노릇이었다.

"너 혼자서 쌍둥이를 키울 생각이었어? 기가 차다. 엄마한테 빨리 말하고 당장 결혼 준비해. 나희 너 힘든 거 아니까 오빠가 결혼에 드는 비용 다 부담할 거야. 우리 오빠 36년 동안 연애도 안 하고 일만 해서 돈 많이 모았어. 안 그래?"

오빠가 고개를 끄덕였다.

"우리 빌라에 빈집이 있더라. 그리로 이사 와. 내일 당장 계약할 테니까."

"백희동."

"오빠 돈 있지? 없으면 내가 빌려줄게."

"우리 희동이가 스케일이 아주 커."

미영이가 옆에서 박수를 쳤다.

"거기 100평이라며?"

"우리 집 부자야."

난 이렇게 말을 하며 나희의 손을 잡았다.

"지금 돈은 나중에 개원해서 멋지게 갚아. 그러니까 꿀릴 거 없어. 알았지?"

나희가 고개를 끄덕였다.

"어디서 의사 며느리, 그것도 쌍둥이를 임신한 며느리를 얻어. 안 그래?"

오빠는 가만히 앉아 있었다.

"나희야, 우리 둘이 얘기 좀 하자."

"안 돼. 하려거든 여기서 해. 오빠는 아직 얘를 몰라. 오빠가 말 한마디 잘못했다가는 나희 쥐도 새도 모르게 도망갈걸?"

그 말에 공감했는지 오빠가 말을 이어갔다.

"희동이 말대로 해. 내가 그렇게 말을 했는데 네가 날 신임하지 못하는 것도 다 내 책임이야."

"생각해 볼게요."

"생각은 무슨. 우리 집에 일단 가자. 미영이도 갈래?"

"당근이지. 난 혹시 너희 부모님이 반대하시면 거실에 드러누울지도 몰라."

"네 옆에 내가 드러누울 거니까 걱정하지 말고."

나와 미영은 나희에게 파이팅의 손짓을 했다. 모두가 나희를 거의 보쌈하다시피 해서 집으로 향했다. 엄마는 친구들이 오자 반가운 얼굴로 우리를 맞이했다.

"어서 와, 잘 왔어. 오늘 희동이가 갈비 먹고 싶다고 해서 갈비 많이 했거든 다 같이 먹자."

엄마는 이렇게 말을 하고는 주방으로 향했다.

"엄마, 갈비 먹기 전에 할 말 있어. 아빠도."

난 엄마 아빠를 거실로 불렀다.

"왜?"

나의 표정이 심상치 않자 어른들도 모두 소파에 앉아 나의 눈치를 보셨다. 왜냐면 오늘 병원에 다녀왔고 산부인과 의사인 나희까지 같이 왔기 때문이었다.

"뭔데? 안 좋은 일이야?"

엄마의 얼굴이 갑자기 어두워졌다.

"아니, 완전히 좋은 일이에요. 어머니."

오빠가 엄마에게 말을 했다. 딸인 내가 말을 하는 것보다 당사자인 오빠가 말을 하는 게 나을 것 같다는 생각이었던 것 같았다.

"저 나희와 결혼하고 싶습니다."

엄마와 아빠가 아무렇지 않은 표정으로 오빠의 말을 듣고 있었고 나희는 바들바들 떨고 있었다.

"나희는?"

"네?"

"넌 일동이가 마음에 있는 거야? 아니면 일동이가 협박이라도 한 거야?"

엄마가 나희에게 물었다.

"저렇게 멋대가리 없고 나이 많은 놈을 너처럼 똑똑하고 예쁘고 나이도 8살이나 어린 애가 좋아할 수 있겠어. 안 그래?"

엄마의 말에 나희가 어리둥절했다. 엄마는 지난번 통화 때와 똑같은 말을 했다.

"엄마, 나희 임신했어. 나보다 2주 빠른 9주래."

"뭐?"

이번에야말로 엄마, 아빠가 진짜 놀란 것 같았다.

"나희야, 우리 아들 고소하면 안 된다."

"네?"

"그럴 마음은 없지?"

나희가 고개를 끄덕이자 엄마가 옆에 앉은 오빠의 엉덩이를 두들겼다.

"장하다. 우리 아들. 네가 성공했구나. 잘했다."

나희는 어리둥절한 표정이었다.

"거봐. 우리 엄마가 널 얼마나 예뻐하는 줄 알겠지?"

"부럽다, 홍나희. 아줌마, 저도 예뻐해 주세요."

"미영이 너도 예뻐."

엄마는 이렇게 말을 하고는 나희를 안아주었다.

"아무 걱정 하지 말고 몸만 오면 돼. 알았지? 여보, 얘가 배부르기 전에 식 올려야 하는데 어쩌죠?"

"우리 집 자식들은 왜 하나같이 서둘러서 결혼들을 하는 거야?"

"그래도 가는 것만으로도 고맙게 생각해요."

"그런가?"

어쨌든 생각보다 빠른 승낙에 나희도 안심을 하는 눈치였다.

"아차, 엄마. 바쁘겠어."

"왜?"

"오빠네 쌍둥이래."

"뭐? 쌍둥이?"

엄마는 자리에서 일어나 나희를 다시 안아주었다. 나와 미영이는 옆에서 흡족한 눈으로 그 광경을 바라보았다. 가난은 나희가 선택한 게 아니었다. 그리고 나희는 자신의 주어진 환경을 이겨내고 의사로 우뚝 섰다.

그런 나희가 오빠에 비해 절대로 부족하다고 생각되지 않았다. 친구로서뿐만 아니라 시누이로서도 말이다.

한바탕 난리를 치르고 난 방으로 들어와서 좀 편안한 자세로 침대에 누워 있었다. 그리고 오랜만에 핸드폰으로 인터넷을 검색했다. 얼마 전까지도 핸드폰을 거의 손에서 놔본 적이 없는 나였다.

민성 오빠의 일도 궁금하고 내가 어떻게 대처를 해야 하는지도 알아보았었다. 하지만 오늘 내가 검색하는 건 아기에 관한 것들이었다. 그러다가 우연히 연예계 쪽으로 넘어갔는데 거기에 조민영의 기사가 떠 있었다.

제주에서 영화를 찍은 그녀는 지금 사랑하는 사람이 있다고 했다. 아직 밝힐 단계는 아니고 얼마 전에 만났는데 서로에게 사랑을 느끼고 있다고 했다. 첫눈에 반했다는 말도 했다. 다른 걸 보고 싶었지만 자꾸만 집요하게 조민영에 대한 기사와 SNS 등을 찾기 시작했다.

웡—

재희에게서 전화가 왔다.

“여보세요?”

난 잠이 든 척 전화를 받았다.

[자는데 깨웠어?]

"응."

[자, 내일 통화하자.]

"응."

이렇게 얼마나 살 수 있을지 걱정이었다. 조민영의 이야기를 종합하면 그녀는 사랑에 빠졌고 그 대상이 어쩌면 재희라는 것이었다. 재희도 그녀에게 관심이 있는 건 분명했다. 왜 이런 일이 나에게만 일어나는지 알 수가 없었다.

"난 왜 이러지?"

속이 상했다. 하지만 마냥 속만 끓일 수는 없는 노릇이었다. 나는 나의 배에 손을 올리고는 조용히 눈을 감았다.

"한방아, 엄마가 잘 이겨내 볼 테니까. 넌 뱃속에서 행복하게 무럭무럭 자라."

하지만 나의 눈엔 눈물이 가득했다. 참 사람이 간사한 게 뭐에 꽂히니 도저히 잠을 이룰 수가 없었다. 그래서 난 밤새도록 조민영에 대해 이곳저곳을 쑤시며 찾기 시작했다. 그런데 참 이상한 건 어디에도 조민영에 대한 자세한 프로필이 나온 곳이 없었다.

이제 막 뜨기 시작한 배우기 때문에 아직은 자세한 조사가 덜된 모양이었다. 나는 나도 모르게 재희의 SNS를 보기 시작했다. 한 번도 이런 적은 없었는데 말이다. 사람이 사람을 믿지 못한다는 건 정말 힘든 일 같았다.

잠이 오지 않는 긴긴 밤이었다.

12. 묵은지 사랑의 시련

친정인지 시댁인지 구분이 안 가게 거의 매일 시어머니와 친정 엄마에 둘러싸여 있었다. 엄마가 아침을 시어머니가 점심을 저녁은 나 때문에 번갈아가면서 한집에 모여 밥을 먹었다. 재희와는 주말에만 얼굴을 보았다.

밥을 먹고 영화도 보고 그리고 이야기를 나누었지만 손을 잡는 것 이외의 어떠한 신체 접촉도 하지 않았다. 지난번 병원에서 고맙게도 재희에게 안정이 될 때까지는 부부관계를 갖지 않는 게 좋다고 말했다고 했다.

"희동아, 우리 갈비 먹으러 가자."

"네?"

"집에서만 먹는 것도 이제 질리잖아."

나는 엄마와 시어머니의 등살에 오랜만에 외출을 하기로 했다. 점심은 근처에서 먹고 커피는 카페에서 먹기로 했다. 몇 달간 카페는 미영이 맡아서 하고 있었다. 걱정도 되고 해서 오늘은 겸사겸사 가보기로 했다.

우리 동네에서 가장 맛있다고 소문이 난 집이었다. 한쪽에 자리를 잡고 밥을 먹고 있는데 갑자기 TV에서 조민영에 관한 연예 뉴스가 나왔다. 처음에는 보지 않으려고 했지만 귀에는 온통 아나운서의 목소리뿐이었다.

"요즘 쟤가 뜨는 모양이네."

시어머니가 말씀하셨다.

"누구?"

"저기 나오는 조민영이라는 애."

"예쁘네."

"난 별로야."

시어머니는 고개를 흔들었다.

"쟤 재희 결혼 전에 우리 집에 매일 전화했던 아주 머리 아픈 애야."

"왜?"

"재희가 스폰선가 뭔가 하는 거 때문에 쟤가 아주 중요한 증인

인가 그렇다네. 그래서 몇 번 만났는데, 아주 매일 뭐 말할 게 있다고 전화를 시도 때도 없이 해서 죽겠더라고."

"그래도 강 서방이 필요한 사람이니까 잘해줘."

"지금도 해요?"

나는 슬쩍 어른들의 대화에 끼어들었다.

"그거 조사 다 끝나서 안 해. 그리고 결혼식 때 와서는 멀쩡하게 인사하더라고 그동안 전화 때문에 힘드셨죠, 이러면서 말이야."

어머니에게도 자신의 존재를 알린 모양이었다.

"우리 재희가 바쁘면 핸드폰을 못 받으니까 집으로 전화했다면서 중요한 일이라서 그랬다고 죄송하다고 말이야."

"그래도 예의는 바르네."

속도 모르는 엄마는 조민영을 칭찬했다.

"왜 안 먹어?"

엄마가 멍하게 있는 나에게 말했다.

"배가 불러서."

"뭐 얼마나 먹었다고. 오늘 네 시어머니가 낸다고 조금 먹는 거야?"

"엄마!"

"호호호, 농담이야. 얼른 먹어."

뭘 해도 신경이 쓰이는 여자였다. 그런데 그날 오후 나에게 청

천벽력 같은 일이 벌어지고 말았다. 아니, 어쩌면 곪을 대로 곪은 상처가 터진 것이었다. 인터넷을 온통 도배한 한 장의 사진에 재희와 조민영의 모습이 보였다.

나는 거실에서 엄마와 함께 과일을 깎아 먹고 있었다. 핸드폰으로 인터넷 검색을 하다가 검색어 순위 1위의 조민영 열애 기사를 보게 되었다. 나의 얼굴은 굳어 있었지만 엄마는 아주 웃음이 넘쳐나고 있었다. 이유는 저녁을 시댁에서 먹기로 해서 오늘 엄마는 자유 시간이었기 때문이었다.

"희동아, 너 진짜 시집은 잘 간 것 같아. 이렇게 엄마를 이틀에 한번 저녁밥에서 해방시켜 주고 말이야."

"……."

"재희도 너한테 너무 잘하고. 우리 희동이가 복도 많지."

엄마는 과일을 먹으며 계속해서 말을 했지만 나의 귀에는 들리지 않았다. 아니, 나의 눈을 의심하고 있었다. 분명 재희와 조민영이 그녀의 신혼집에서 나와 재희의 차를 타고 빌라에서 나오는 장면이었다.

마스크를 했지만 분명히 조민영이었다.

"우리 집이야……."

나는 멍하게 이렇게 말을 하고 있었다.

"뭐라고?"

엄마가 나의 말을 들었는지 나에게 물었다. 그때 때마침 나의 핸드폰이 울렸다.

윙—

미영의 전화였다.

“여보세요?”

[너 기사 봤어?]

미영이의 목소리가 아주 흥분돼 있었다. 기사를 보고 상당히 놀란 모양이었다.

[이게 말이 돼?]

“엄마, 미영이 전화 좀 받을게요.”

난 이렇게 말을 하고는 내 방으로 들어왔다. 방으로 들어오자마자 나의 눈에서 눈물이 흘러내렸다.

[이 사진 너희 집 아니야?]

“…….”

나도 제대로 들어가 보지 못한 내 집이었다.

[희동아.]

“미영아, 나 어떻게 하지?”

나는 그때부터 엉엉 울기 시작했다.

[아직 확실한 거 모르니까 너무 속상해하지 말고 재희한테 물어봐.]

"싫어."

[왜?]

"조민영이 결혼식 날 피로연에서 나한테 말했어. 재희를 믿냐고."

[뭐라고. 그 미친년이 결혼식 날 너한테 그랬어? 왜 말하지 않았어?]

"자존심 상해서."

나는 이불 속으로 들어가서 소리를 죽이며 울었다. 밖에 엄마가 들으면 속상할 일이었기 때문이었다.

[진짜 미친년이네. 어떻게 결혼식 날 그런 소리를 해. 그리고 재희는 또 왜 그런 년을 만나고.]

"……."

[희동아, 혹시 모르니까 재희한테 물어봐. 뭐라고 말하겠지. 재희의 입장도 있을 거 아니야.]

"지금은 그냥 놔둬. 나도 머리가 터질 것 같아."

[알았어. 잘 생각하고 너무 안 좋은 쪽으론 생각하지 마. 재희도 사정이 있을 거야. 재희는 절대로 널 배신할 사람이 아니야.]

미영이는 날 위로하려고 했지만 지금은 미영이의 말도 머리에 들어오지 않았다. 힘이 들었다. 미영이의 전화를 끊자마자 나희에게도 전화가 왔다. 그리고 몇몇 친구들은 이런 가십에 아주 신이 난 듯 문자로 사실 여부를 묻는 내용을 보내왔다.

속이 상했다. 가슴이 녹아내리는 기분이었다. 그리고 드디어 재희에게 전화가 왔다. 그와 통화를 하고 싶지 않아서 받지 않았더니 집으로 전화가 왔다.

"희동아, 강 서방 전화."

엄마는 아주 신이 나서 전화기를 내 방까지 가져다주었다.

"여보세요."

[오해하지 말았으면 좋겠어.]

"……."

[인터넷에 실린 내용은 사실이 아니야.]

"……."

[내일 민영 씨가 정정 기사를 내기로 했어.]

"……."

[화가 났겠지만 날 믿어줬으면 좋겠어.]

"재희야, 난 널 믿을 수가 없어. 조민영이 결혼식 피로연에서 나한테 그러더라. 널 믿냐고."

[희동아.]

"그때는 내가 왜 그런 소리를 들어야 하나 생각했는데 퍼즐이 맞춰지는 것처럼 모든 일들이 들어맞고 있어. 너라면 믿을 수 있어?"

[…….]

"어른들 걱정하시니까 당분간은 네가 말하는 것처럼 그냥 해프닝이라고 말해. 그리고 난 좀 더 생각을 해봐야겠어."

그리고 난 더 이상의 말을 하지 않고 전화를 끊었다.

"이게 뭐야. 난 진짜 행복할 줄 알았는데……."

나는 침대에 그대로 누워 흐느껴 울었다. 눈물이 끊임없이 쏟아지고 있었다.

핸드폰을 내리는 재희의 손이 떨리고 있었다. 이런 일이 있을 줄은 몰랐었다. 희동이가 받았을 상처를 그가 모르는 것이 아니었다. 게다가 지금 희동이는 홀몸이 아니었다.

"검사님, 지금 기자들한테 계속해서 연락이 오는데 어쩌죠?"

"지금은 그런 전화를 받을 시간이 없네요."

"그렇다고 가만히 두자니 말만 많아질 것 같아서요."

사무관의 걱정을 모르는 것이 아니었지만 지금은 사건 해결이 더 중요했다.

"조민영이 성상납 스캔들의 명단을 확실히 가지고 있는 게 맞습니까? 괜히 중간에서 놀아나는 기분이 들어서요."

이 수사관이 걱정스런 눈빛으로 그를 보았다.

"명단을 오늘 저녁에 주기로 했으니 믿어봐야죠."

"검사님이 이렇게 공을 들이시는데 이거 뭔가 좀 꼬이는 것 같습니다."

재희도 뭔가 수상한 낌새를 느끼고 있었다. 명단을 가져다준다기에 집 주소를 알려주었다. 그리고 그녀를 집 안으로 불러들였었다. 하지만 그게 실수였다. 그게 연예 가십 전문 기자에게 찍힐지 전혀 상상도 하지 못했었다.

연예인 성상납 사건의 내사가 들어가고 있었고 때 맞춰 조민영이 자신이 제보할 게 있다면서 그에게 접근을 했었다. 그는 한 번도 그녀를 의심하지 않았다. 그녀의 친절함보다는 대중에게 알려진 사람이 이렇게 자진해서 자신들의 치부를 공개하겠다고 나서는 게 쉬운 일이 아니었기 때문이었다.

그는 핸드폰을 들어 조민영에게 전화를 했다.

"여보세요."

[네, 재희 씨. 전화를 다 주시고 영광이에요.]

민영은 너무 기쁜 목소리로 그의 전화를 받았다. 하지만 재희의 인상은 굳어 있었다.

"정정 보도는 어떻게 됐나 해서요."

[그건 내일 오전에 할 거예요. 기자가 따라붙은 줄도 모르고, 제 실수예요.]

"오늘 저녁에 저에게 넘길 서류는 준비가 되셨나요?"

[USB로 드릴 거예요.]

거짓말 같지 않게 상당히 정확하게 말을 하고 있었다.

"몇 시에 어디서 만나죠?"

[저희 집에서 만나는 게 좋을 것 같아요.]

"다른 곳이 좋을 것 같은데요."

[이곳은 아무도 몰라요. 공개되지 않은 곳이거든요.]

"주소 문자로 보내주세요."

[네.]

재희는 곰곰이 생각을 하고 있었다. 뭔가 찜찜한 생각이 들었다. 그렇게 걱정이 되면 얼마든지 은밀한 방법으로 처리를 할 수가 있는데 굳이 집에서 만나자고 하니 정말로 이상하다는 생각이 들었다.

"이 수사관님."

"네."

"오늘 저희 기사를 맨 처음 낸 기자에 대해 알아봐 주세요."

"네."

"약점이 있다면 더욱 좋고요."

"무슨 말씀이신지 접수했습니다. 이 기자가 누군지 몰라도 아주 후회할 겁니다."

오늘 하루 종일 기분이 안 좋은 재희의 기분을 풀어주기 위해 수사관이 기분 좋게 말했다.

생각보다 빠르게 기자의 정보가 확인되었다.

"수고하셨어요."

"이 기자 굉장히 소문이 안 좋더라고요. 연예인들 사생활을 캐서 협박하기도 하고 그걸로 돈도 챙기는 모양이더라고요."

"감사해요. 그리고 조민영에 대한 것도 좀 더 알아봐 주세요."

"어디 가시게요?"

"이 기자 한번 만나보려고요."

재희는 외투를 걸치고는 빠르게 밖을 빠져나갔다. 그리고 그를 취재했던 서울신문으로 향했다. 오늘은 시간 싸움이었다. 어떻게 해서든 조민영의 꿍꿍이를 알아야 한다. 서울신문 사옥이 강남에 있어서 시간은 오래 걸리지 않았다.

"여기 연예부 기자실이 어딥니까?"

서울신문 안의 경비원에게 재희는 다급하게 물었다.

"누구시죠?"

재희를 쳐다보는 경비원의 눈이 매서웠다. 재희가 신분증을 보여주자 그는 군소리 없이 기자 연예부를 알려주었다. 그는 연예부 기자들이 득실대는 기자실로 향했다. 그리고 유주환 기자를 찾기 시작했다.

그리고 얼마 후에 커피를 마시며 여기자와 노닥거리는 유 기자를 찾았다. 생각보다 나이가 많아 보이는 유 기자는 산전수전 공중전까지 겪은 눈을 가지고 있었다.

"유 기자님?"

"어, 검사님."

유 기자는 마치 아는 사람처럼 그를 반갑게 맞았다.

"여긴 어쩐 일이십니까?"

"잠깐 얘기 좀 했으면 합니다만……."

옆에 있던 여자가 눈치껏 자리를 피해주었다.

"커피 드시겠습니까?"

"아뇨, 유 기자의 얼굴에 부어버릴 것 같아서 싫습니다."

그가 갑자기 강하게 나가자 유 기자가 움찔했다. 이런 부류의 인간들은 강하게 다룰 필요가 있었다.

"제가 말입니다, 아주 특별한 기사 하나를 흘릴까 하는데……."

"네?"

"내일 정정 기사를 내주셨으면 해서요."

"정정이라뇨."

"안 그러면 아마 검사에게 고소를 당할 겁니다."

"아이, 뭐 연예인이랑 열애 기사 한 번 났다고 뭐 큰일이야 있겠습니까. 영광이죠."

능구렁이처럼 대충 넘기려는 의도가 강해 보였다. 어림없는 얘기였다. 휴게실에는 그와 유 기자뿐이었다.

"그 기사 조민영에게 사주받지 않았습니까?"

"에이, 설마요."

"검사는 결혼을 한 지 한 달도 안 된 새신랑이고 부인이 임신 초기이고, 이게 만약에 조민영의 계략이라는 게 탄로가 난다면 연예인들 뒤나 캐서 협박하고 돈을 뜯어내는 일을 하고 사는 유 기자에겐 큰 타격일 겁니다. 내가 검사직을 걸고 끝까지 유 기자가 한 일들을 파헤칠 테니까. 아니, 벌써 몇 건이 그냥 나오던데?"

재희는 살짝 으름장을 놓았다. 효과는 바로 나왔다.

"검사님, 왜 그러십니까? 너무 극단적이시다."

그렇게 말을 하면서 사실대로 불기 시작했다. 조민영이 자신에게 열애설 기사를 주겠다고 먼저 연락을 했다고 했다. 그러면서 문자를 그에게 보여주었다. 뭔가 소름이 돋았다.

"그 문자 나한테 전송해 줘요."

"에이, 왜 그러실까? 아까 정보를 주신다고 하시고는."

"그렇다면 이걸로는 부족하지. 내 건 아주 센 거거든. 문자를 전송하고 조민영에 관한 정보를 준다면 내가 특종 하나를 주지."

유 기자는 촉이 빠른 것 같았다. 바로 그에게 문자를 보내고는 조민영에 대한 이야기를 하기 시작했다.

"민영이는 원래 텐 프로로 아주 강남을 사로잡은 애였는데 감독의 눈에 들어서 데뷔했죠. 워낙 쭉쭉빵빵하지 남자 다룰 줄도 알지. 그래서 금방 스폰 잡아서 성공한 케이스죠."

"조민영의 스폰이 누굽니까?"

"들으면 기절할 텐데."

"누군데요?"

"최문식 회장님요."

철강계의 큰손인 최 회장은 여자가 많기로 유명했다. 그렇지만 이번 사건의 중심인물은 아니었다.

"그런데 왜 저랑 기사를 쓴 겁니까?"

"스폰은 스폰이고 열애는 열애니까요. 다 그렇게 하다가 임자 만나서 가는 거죠."

"이번 일이 처리되면 제일 먼저 기자님께 알려 드리죠."

"무슨 일인데요?"

"……."

"아주 중요한 게 하나 더 남았는데 검사님이 말씀을 안 하시니……."

"오늘 취재하러 조민영의 집에 간다고요?"

"……."

"가서 자리만 지키세요. 그리고 조민영이 의심하지 않게 잘하세요. 그렇다면 저도 약속 지킵니다."

그가 자리에서 일어났다. 그리고는 검찰로 돌아가 조민영에 대한 일들을 더 조사하기 시작했다.

드디어 약속 시간이었다. 그는 조민영의 집으로 향했다. 하지만 그는 혼자 가지 않았다.

이 수사관이 그와 동행했다. 여지를 주지 않기 위해서였다. 진작 이랬어야 했다.

"좋은 데 사는데요."

"……."

조민영의 집은 그녀의 스폰서가 누군지 안다면 그렇게 놀랄 만한 공간은 아니었다. 하지만 그렇지 않은 사람이 본다면 젊은 여자가 혼자 살기에는 입이 떡 벌어질 곳이었다. 강남의 고급주택인 그녀의 집은 겉으로 보기에도 성북동 부촌의 집에 버금가는 공간이었다.

그가 초인종을 누르자 그녀가 문을 열어주었다. 물론 벨은 그 혼자 눌렀다. 이 수사관이 보인다면 문을 열어주지 않을 게 분명했다. 그리고 약속대로 유 기자도 자리를 잡고 대기하고 있었다.

그가 정원을 지나 현관에 다다르자 문이 훤히 열려 있었다. 그리고 소파에 나체로 누워 있는 조민영이 있었다. 그는 이 수사관을 저지하고는 조민영에게 말했다.

"혼자 온 게 아닙니다."

그러자 조민영의 얼굴이 굳어지더니 자리에서 일어나 가운을 걸쳤다.

"왜 그러셨어요?"

"전 일을 하러 온 겁니다. 그리고 전 사랑하는 사람이 있습니다."

그는 이 수사관과 함께 그녀의 집 안 소파에 앉았다.

"자료를 볼 수 있을까요?"

"아뇨."

그녀는 너무나 당당하게 말을 했다.

"뭐요?"

이 수사관이 더 화가 난 듯했다.

"처음부터 그런 건 없었어요. 난 검사님이 좋아서 그런 것뿐이에요."

어이가 없었지만 분명하게 원하는 게 있어 보였다.

"진짜예요. 처음에는 썩어 빠진 연예계의 실태를 고발……."

더 이상 안 되겠다는 생각이 들었는지 이 수사관이 서류에 적힌 내용을 읽기 시작했다.

"조미숙, 나이 26세. 서울에서 출생. 1남 1녀 중에 막내. 오빠는 조민성."

조민성이라는 이 수사관의 말에 조민영의 얼굴이 굳었다.

"늦둥이로 남부럽지 않게 살았지만 부모님의 죽음으로 6살에 고아가 되어 오빠 손에 자람."

"그만!"

이 수사관의 말에 조민영이 목에 핏대를 세우며 소리를 질렀다.

"10살 차이인 오빠 조민성은 지금 다른 사건으로 수감되어 있습니다. 거의 일주일에 한번 오빠의 면회를 갈 정도로 아주 오빠에겐 지극정성임."

"그만하라고!"

조민영이 표독스럽게 이 수사관에게 달려들어 서류를 손에서 빼앗았다. 그리고는 아주 갈기갈기 찢어발기고 있었다.

"조민영!"

"아아악!

조민영은 거의 발악에 가까운 소리를 질렀다.

"왜 이렇게 일이 된 건가 했더니 오빠의 복수인가?"

"아니야."

"그럼 뭐지?"

"우리 오빠는 잘못한 게 없어."

조민영이 처음으로 핏대를 세우며 재희에게 달려들었다.

"그래서 어설프게 남의 가정을 깰 생각이었나?"

"우리 오빠는 지금 추운 감옥에 있어. 남자가 바람을 좀 피울 수도 있지. 그런다고 그렇게 모질게 굴어서 되겠어?"

조민영의 눈에 눈물이 가득했다.

"세상에 우리 오빠처럼 착한 사람은 없어. 똑같이 고통을 주고 싶었어."

"조민영 씨, 고통은 오빠가 당한 게 아니라 5년 동안 오빠에게 돈을 빌려주고 갚지도 않으면서 여러 여자에게 빌붙어 살던 오빠에게 폭행까지 당한 희동이가 당한 거야."

"거짓말."

"일단은 옷부터 입어. 당신을 공무집행 방해로 체포할 거니까."

이 수사관을 놔두고 재희는 밖으로 먼저 나왔다. 그리고 진짜 이 어이없는 상황을 어떻게 희동이에게 말해야 할지 난감하기만 했다. 희동이 앞에서 조민성의 이야기를 다시 꺼내야 하기 때문이었다.

말 그대로 저녁은 난장판이 되었다. 엄마가 재희의 일을 알게 된 것이었다. 아래층에서 시어머니가 올라왔지만 엄마는 당분간 보고 싶지 않다는 말만 하고는 돌려보냈다. 모두가 재희 때문이라고 엄마는 말했다.

분명히 결혼 전부터 만나던 여자일 거란 말까지 했다. 그리고 배신감을 느낀다는 말도 말이다. 엄마는 마치 나의 머릿속에 들어갔다가 나온 사람처럼 정확한 말을 하고 있었다. 아빠와 오빠들도 일찍 들어왔다. 모두가 인터넷을 본 모양이었다.

"희동아, 오빠가 재희 한번 만나볼게."

"뭘 만나? 우리가 뭐가 아쉬워서 바람피운 놈을 만나?"

엄마가 일동 오빠에게 한소리를 했다.

"다 필요 없어. 희동이하고 우리 손주는 우리가 보살피면 되는 거야."

엄마는 아주 단단히 화가 난 모양이었다. 물론 나도 너무나 화가 났지만 엄마는 나보다 더 속이 상해 보였다. 하긴 하나뿐인 딸에게 요 몇 달간 너무 큰일만 일어났기 때문일 것이다.

"통화는 해봤어?"

아빠가 오빠들을 보고 말했다.

"전화는 했는데 안 받더라고요."

"재희의 얘기를 들으면 알겠지."

그때였다. 양반은 안 되는지 재희가 우리 집 현관벨을 눌렀다. 비번도 아는 녀석이 오늘은 그냥 들어오지 않았다.

"열어줘."

"뭘 열어줘요?"

"얼른."

아빠의 말에 엄마가 더 이상의 토는 달지 않았다. 그리고 재희가 들어왔다. 난 방으로 들어가려고 자리에서 일어났다.

"희동아, 자리에 앉아. 할 얘기가 있어."

"아니, 듣기 싫어."

내가 방으로 들어가려고 하자 어느새 재희가 옆으로 와서 나를 막아섰다.

"재희 앉아라. 그리고 희동이도."

"여보."

"끝을 내든 뭘 하든 재희의 얘기는 들어봐야지."

흥분하는 엄마보다도 아빠가 더 무서웠다. 나는 다시 소파에 앉았다. 엄마는 나를 위로하느라 나의 손을 꼭 잡았다. 오빠들도 오늘만은 재희를 따뜻한 눈으로 보지 않았다.

"앉아."

아빠의 말에 재희는 소파에 앉지 않고 그 자리에 무릎을 꿇었다.

"죄송합니다."

나는 재희의 모습에 눈에서 눈물이 흘러내렸다. 지금은 죄송하다는 말보다 오해였다는 말을 먼저 해야 했다. 꼭 모든 걸 인정하는 것 같았다.

"뭐가 죄송하다는 거야!"

아빠가 버럭 소리를 지르셨다. 아빠는 어떤 일에도 잘 화를 내는 성격이 아닌 따뜻한 심성의 소유자였다. 우리 집의 다혈질은 엄만데 오늘 아빠는 단단히 화가 나신 모양이었다.

"오늘 일은 신중하지 못한 제 잘못입니다. 바람 같은 건 핀 적도 필 생각도 없습니다. 오늘 저하고 사진에 찍힌 여자는 조민성의 동생인 조민영이었습니다."

"……."

그의 말에 모두가 놀라 뭐라고 말을 하지 못했다. 나의 옆에서 씩씩거리던 엄마도 맥이 빠져 버린 것 같았다. 민성 오빠의 동생이 조민영이었다니, 놀랄 일이었다. 하지만 그렇다고 그가 바람을 피운 게 용서가 되는 건 결코 아니었다.

"복수를 하기 위해 저뿐만 아니라 희동이에게도 접근했던 것 같습니다."

"복수하기 위해 재희 널 유혹해서 바람을 피웠다고 해도 난 널 용서할 마음이 없어."

나는 처음으로 재희에게 나의 마음을 말했다.

"조민영이 우리 집에 왔던 건 서류를 주기 위해서였고 차를 가져오지 않았다고 가까운 곳에 자기 집이 있다고 거기까지만 태워 달라고 했던 거야. 난 제보자를 보호해 줘야 할 의무가 있어서 그렇게 해준 것 빼고는 아무것도 없어."

"사진은?"

"조민영이 기자에게 부탁한 거야."

"조민영이 그러니까……."

"늦둥이 막내입니다. 조민성과는 열 살 차이고 6살에 부모님이 돌아가셔서 오빠인 조민성이 키운 모양입니다. 그래서 조민성이 오빠 이상의 존재인 거고요."

할 말이 없었다. 그리고 그의 말을 듣고 나니 계획적인 접근의 이유를 알 것 같았다. 모두가 재희의 말을 듣고는 아무런 말도 하지 못했다. 그건 나도 마찬가지였다.

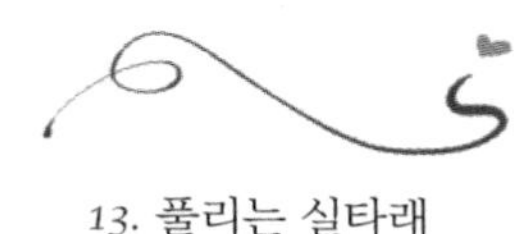

13. 풀리는 실타래

재희가 다녀간 후에 우리 가족은 그대로 얼어붙어 버린 사람들 같았다. 난 재희의 말을 믿어야 할지 어떨지를 그날은 가늠하지 못했다. 그렇게 며칠이 흘렀고 오늘은 병원에 가는 날이었다.

요즘은 시어머니와 시댁 식구들이 통 우리 집을 찾지 않았다. 그리고 이상할 정도로 마주치는 일도 없었다. 엄마는 시어머니에 대해 궁금하면서도 내 앞에서는 말을 꺼내지 않았다. 아마도 나 때문에 많이 서운하신 모양이었다.

"혼자 가도 돼?"

"오늘 나희한테 가보기로 했잖아."

"그래."

나희와 일동 오빠는 3월 1일에 결혼식을 올리기로 하고 정신없이 준비 중이었다. 그러던 와중에 내 일까지 터지자 엄마는 지금 완전히 패닉 상태였다.

"재희한테는 전화 안 왔어?"

"응."

재희가 다녀간 다음 날 조민영의 기자회견이 열렸다. 정정 기사를 내는 게 보통 일이었지만 조민영은 특별히 기자회견을 열었고 재희와 나에게 직접 사과를 했다. 여론의 뭇매를 맞기는 했지만 직접 사과를 한 덕에 조민영의 일은 일단락이 되었다.

항간에는 그녀의 스폰서가 대단하기 때문에 함부로 못 건드린다는 소문도 있었지만 그건 알 수 없는 일이었고, 기자회견 후에 그녀는 구속되지 않았다. 나는 오늘 병원에 갔다가 카페에 들르기로 했다.

아기를 낳기 전까지 집에 있는 것보다 일을 하러 다니는 게 나을 것 같다는 판단 때문에 미영이와 의논하기로 했다. 병원에서는 아기가 아주 무럭무럭 자라고 있다고 말씀해 주셨다. 그런데 아기와는 달리 나의 체중이 너무 많이 빠졌다고 걱정해 주셨다.

입덧이 심한 줄 아시는지 어떻게 하면 좋을지도 말씀해 주셨지만 난 아기가 괜찮다는 말에 안심해서 다른 건 상관이 없었다.

병원에서 나온 나는 3시까지 카페로 가기로 약속을 해서 중간에 서점에 들러 임신에 관련된 책을 사고 천천히 카페까지 걸어갔다. 추웠지만 정신은 멀쩡해지는 것 같았다. 카페에 도착을 하자 미영이 따뜻하게 맞아주었다.

"마음은 괜찮은 거지?"

"야, 산모한테 아기는 어떠냐고 물어봐야지 마음 타령은?"

"입에 가시가 돋친 걸 보니 괜찮은가 보다."

그렇게 말을 하며 따뜻한 녹차를 가져다주었다.

"오늘 무슨 날이야?"

카페 전체가 어수선한 분위기였다. 꽃들도 생화로 장식이 되어 있고 말이다.

"응, 오늘 우리 카페를 한 사람이 통째로 빌리셨다."

"진짜?"

"응, 프러포즈하신단다."

"오올~ 돈은 좀 많이 받지 그랬어."

"안 그래도 많이 받으려고."

"뭐 좀 도와줄까?"

"아서라, 임산부가 안 도와줘도 된다."

진짜 1층 전체가 다 꽃으로 꾸며져 있었다.

"로맨틱한 남자네. 난 평생 이렇게 로맨틱한 남자를 만나보지 못해서 억울하긴 하다."

"재희가 안 해줬어?"

"민성 오빠도 내 돈 뜯어가기 바빴고 재희도 알다시피 나한테 이런 거 안 해줘. 걔 무뚝뚝한 거 알잖아."

"솔직히 재희가 무뚝뚝하지는 않았지. 네가 둔한 거지."

내가 둔하다니, 뭔 소리를 하는지 알 수가 없었다.

"내가 이제야 하는 말인데, 너 재희 백일 휴가 때 조민성 그 자식 만나느라 안 갔잖아?"

"응."

"그때 재희가 너 오면 고백한다고 친구들 동원해서 꽃길 만들고 난리도 아니었는데 네가 재희에게 안 가고 조민성 그 자식한테 가는 바람에 화가 많이 난 거야. 걔가 얼마나 너 좋아했는지 너만 모르고 다른 사람들은 다 알았어."

"……."

그건 정말 모르던 일이었다. 왜 그렇게 나와 인연을 끊어버렸는지 그리고 재희가 느꼈을 배신감을 알 수 있을 것 같았다.

"진짜야?"

"그래."

"그런데 왜 말 안 했어?"

"재희가 말하면 죽여 버린다고 친구들에게 협박했거든. 우리도 너 결혼식 때 애들한테 들었어. 얼마나 자존심이 상했으면 그랬겠어. 안 그래?"

그건 미영이의 말이 맞았다. 난 지금 마음이 너무나 복잡했다. 재희가 잘못한 일이 아니었다. 그리고 난 재희를 끝까지 믿었어야 했다. 그랬다면 이렇게까지 서먹해질 이유가 없었다. 나는 갑자기 재희와 이야기를 해봐야겠다는 생각이 들었다.

"재희하고 얘기를 해볼까 봐."

"그래, 잘 생각했어."

"재희를 놓을 생각은 아니었는데 이제는 너무 서먹해졌어."

"재희는 그렇지 않을 거야. 지금 네가 임신을 했으니까 배려하는 거지. 너와 아이를 위해서."

"야, 너 너무 재희 편만 드는 거 아니야?"

"부러워서 그런다. 그렇게 하나밖에 모르는 놈은 처음이다. 앞으로도 없을 것 같고."

그건 미영이의 진심이었다.

"나 내일부터 카페 나올게."

"왜?"

"나, 나오는 거 싫어?"

"그게 아니라 못 나오지 싶다."

"왜?"

"그냥."

미영이는 알 수 없는 말만 했다.

"나 내일 나올게."

미영이가 너무 바쁜 것 같아서 난 돌아가기 위해 자리에서 일어났다.

"희동아, 어디 가?"

"집에. 너도 바쁜 것 같고."

"아니, 안 바쁘니까 잠깐 있어."

"왜?"

"조금 있다가 나희 와."

"나희 오늘 못 와. 엄마랑 일정이 빼곡하거든."

"그래도 잠깐만 있어."

미영이 하도 다급하게 말하기에 난 그냥 자리를 지켰다. 하긴 오늘 엄마가 너무 늦게 와서 집에 가도 심심할 것 같았다.

"미영아, 우리 저녁 먹을까?"

"그래, 그러니까 얌전히 있어."

난 미영이의 말에 고개를 끄덕이며 조용히 자리에 앉아 있었다.

어느새 2시간이 흘렀고 난 엉덩이에서 땀이 날 지경이었다.

"멀었어?"

"다 됐어."

1층의 거의 모든 게 형형색색의 장미였다. 나는 장미가 좋았다.

그래서 카페의 히트상품인 작은 꽃다발도 모두 장미로 만들었다. 오늘 장미는 장미 중에서도 최고급이었다.

"남자가 돈을 많이 썼네."

나는 혼잣말을 하며 카페 안을 보았다. 완벽하게 꽃길로 꾸며져 있었다. 1층만 하는 줄 알았더니 2층이 메인인 듯 위로 올라가지 못하게 끈이 쳐져 있었다. 그렇게 한참을 있는데 미영이가 보이지 않았다. 밖으로는 나가지 않았으니 2층에 있는 게 분명했다.

"미영아?"

"……."

답이 없으니 불안했다. 카페의 정문은 닫혀 있었지만 늘 사람들로 붐비던 이곳이 조용하니까 이상했다.

"미영아."

"응, 올라와."

"네가 내려와."

"빨리 와서 좀 도와줘."

나는 미영이의 부름에 2층으로 향했다. 사실 조금 궁금한 마음도 있었다. 1층이 이렇게 예쁜데 2층은 어떨지 말이다. 나는 조심조심 난간을 잡으며 2층으로 올라갔다. 아이 때문에 요즘은 뭐든지 조심스러웠다.

2층은 1층과는 다르게 캄캄했다.

"미영아."

내가 미영이를 부르자 갑자기 내 앞의 스크린에 불이 들어왔다. 영화를 보거나 큰 스포츠 경기가 있을 때 보라고 설치한 스크린이었다. 평소에는 잘 쓰지 않는 것인데 거기에 불이 들어왔다.

그리고 어디서 많이 본 사진들이 하나둘씩 올라왔다. 그건 그녀가 태어나면서부터의 사진이었다. 그런데 그 사진 중에 그녀 혼자 찍은 사진이 아무것도 없었다. 그녀 옆에는 항상 재희가 있었다.

"뭐야?"

그러더니 유치원 때 재희와 재롱잔치 때 부른 영상이 나오며 열심히 노래를 부르는 두 명의 어린 천사들이 보였다. 그리고 문제의 해변이 나왔다. 재희와 내가 두꺼비집을 짓고 있었다. 그때였다. 엄마가 재희에게 물었다.

「세상에서 누가 제일 예뻐?」

「희동이.」

「진짜 희동이가 예뻐?」

엄마가 다시 물었다.

「아줌마, 난 희동이랑 결혼할 거야.」

「왜?」

엄마가 장난스레 물었다.

「희동이는 내 마누라니까.」

「숙희야, 네 아들이 우리 딸을 마누라라고 한다.」

「뭐? 그런 소리는 또 어디서 배운 거야.」

시어머니의 목소리도 들려왔다. 캠코더는 아빠가 들고 있는 것 같았다. 모두가 젊었을 때의 모습이었다. 지난번에 재희가 펜션에서 말했던 게 사실이었다. 그런데 난 이걸 본 기억이 없었다.

그리고 수많은 사진들이 지나갔고 군대 가기 전에 재희의 모습이 보였다.

「음음, 희동아, 내가 나라를 지키러 가 있는 동안 넌 잘 기다리고 있어. 그렇게 예쁘게 날 기다려 준다면 나 제대하는 날 우리 결혼하자. 사랑한다.」

그리고 장면이 넘어가서 100일 휴가 날이었다.

「준비 잘해. 우리 희동이가 좋아해야 하니까.」

재희의 행복해하는 모습이 보였다. 나의 눈에서 눈물이 흘러나왔다. 이렇게 한곳만 바보처럼 보는 재희를 의심하다니 미안한 마음뿐이었다. 그때 갑자기 불이 켜지더니 나의 눈에 온통 장미인 길이 보였다. 그 길에는 화살표가 있었고 난 그 표시를 따라 걷기 시작했다.

눈물 때문에 걷기가 힘이 들긴 했지만 그래도 좋았다. 이 모든 걸 재희가 날 위해 준비해 주었다. 화살표의 끝에는 의자가 있었다. 아마도 거기 앉으라는 것 같았다. 내가 자리에 앉자 문 뒤에서 재희가 나왔다.

"재희야."

그는 장미다발을 들고는 날 향해 걸어왔다. 그리고 내 앞에 왕자님처럼 무릎을 꿇었다.

"나랑 결혼해 줘서 고마워. 평생 너만 보며 살게."

"재희야."

나의 얼굴에선 눈물이 끝없이 흘러내렸다.

"사랑해."

"나도 사랑해."

재희에게 사랑한다는 말을 처음으로 들었다. 재희가 날 따뜻하게 안아주었다.

"넌 평생 그 말 안 할 줄 알았어."

"아껴둔 거야. 사랑해."

그가 다시 사랑한다는 말을 하고는 나의 입술에 입을 맞추었다.

"내가 미안했어. 조민영 말만 듣고 흔들렸어."

"아니, 괜찮아."

"내가 밉지 않아?"

"난 한 번도 널 미워한 적 없어."

"진짜야?"

"응, 널 보면 미친놈처럼 좋아. 네가 있는 것 자체만으로도 좋으니까."

나는 재희를 끌어안으며 울었다.

"재희야, 진짜 미안해."

나는 재희를 안고 펑펑 울며 사과를 했다.

"이제 우리 집으로 가면 안 될까?"

"나도 가고 싶었어."

흐르는 눈물을 주체할 수가 없었다. 내가 하도 울기만 하자 재희는 가만히 날 안아주기만 할 뿐 더 이상의 말은 하지 않았다.

"병원에서 뭐래?"

"아이가 건강하대. 하지만 산모가 살이 너무 빠졌다고 조심하래."

"뭐?"

재희가 처음으로 인상을 썼다.

"이런 게 나한테 미안할 일이야."

"알았어. 많이 먹을게."

나는 다시 재희를 안았다.

"이제 그만 저희들은 나가도 되겠습니까?"

미영이의 목소리였다. 알바생들하고 구석에 있었던 모양이었다. 알바생들이 나오면서 박수를 쳤다.

"축하드려요. 완전 부럽습니다."

"이제 집에 들어가냐?"

"응."

"너무 이랬다가 저랬다가 줏대가 없는 거 아냐?"

미영이 놀리기 시작했다.

"줏대는 재희가 있으니까 괜찮아."

"재희야, 네가 고생이 많다."

카페를 정리하는 미영의 손길이 아주 바빴다. 빨리 치우지 않으면 내일 장사를 못 할 판이었다. 그래도 알바들이 일을 잘해서 치우는 시간은 그렇게 많이 걸리지 않았다.

"남의 이벤트에 니들이 고생이다."

"그래도 보기 좋았어요. 사장님도 하셔야죠."

"해줄 놈이 없다."

나는 분리수거를 하며 씩씩거리고 있었다.

윙―

"사장님 전화요. 그놈이라고 찍혀 있는데요?"

이동이 오빠였다. 초상화 때문에 요즘 하루가 멀다 하고 전화질이었다.

"여보세요?"

[뭐 해?]

"일합니다. 그리고 초상화 다 됐으니 찾아가세요."

[미안한데 네가 병원으로 가져오면 안 될까?]

"내일 가져다 드릴게요."

[아니, 지금. 오늘 일이 있어서 나 지금 병원에 있거든. 어차피 초상화는 병원에 걸 거고.]

"넵."

미영은 투덜거리며 전화를 끊었다.

"날더러 배달까지 하라신다."

"비싸게 받으세요."

"그러려고."

난 이렇게 말을 하며 4절 크기의 초상화를 들고 병원으로 향했다.

"자기가 무슨 위인인 줄 아나, 초상화는."

나는 투덜거리며 이동이 있는 이비인후과를 찾아갔다. 역시 불 꺼진 병원은 무서웠다. 입원실이 아닌 외래 진료를 하는 곳이라서 더 컴컴했다.

"찾았다."

모세병원은 희동이 입원했을 때 오고 오랜만에 왔다. 처음에 상당히 큰 병원 규모에 놀랐던 기억이 있었다. 그리고 지금은 9시가 넘은 시간에 병원에 있는 이동에게도 놀랐다.

똑똑.

"들어와."

이동의 목소리가 들렸다. 문을 열고 들어가자 의사 가운을 입고 책상에 앉아 컴퓨터를 열심히 보고 있는 이동이 보였다.

"오빠, 의사 가운 입고 있으니까 조금 멋있네요."

"그래?"

이동이 웃었다. 미영은 이동의 미소가 좋았다. 가만히 있으면 차가운 인상인 사람이 웃기만 하면 180도 달라졌다.

"이거요."

"어디 보자. 좋은데?"

"잘 보지도 않고 말하는 게 어딨어요?"

"훌륭한 화가님이 그리셨는데 당근 멋있지."

그는 이렇게 말을 하고 그림을 자신의 책상 옆으로 치웠다. 그리고 나의 손을 잡고는 환자 의자에 앉혔다.

"지, 지금 뭐 하는 거예요?"

"검사."

"무슨 검사요?"

"병원에 왔으니 진료를 봐야지."

"오빠, 나 지금 장난칠 기분이 아니고 몸 상태도 제로입니다."

하지만 미영의 말에도 이동은 기어이 의자에 미영을 앉혔다.

"아, 해봐."

"아!"

입을 크게 벌리고 눈을 감아버렸다. 귀찮은 마음이 들었기 때문이었다. 그런데 차가운 막대가 입안으로 들어올 줄 알았는데 갑자기 말랑한 그의 혀가 미영의 입안으로 들어왔다.

너무 놀란 나머지 미영의 눈이 커졌다.

"으으읍."

미영의 항의는 이동의 입안으로 사라졌다.

"뭐 하는 거예요?"

"건강 검진. 내 와이프의 건강 상태를 체크해 보는 거지."

"누, 누가 와이프예요?"

"너, 김미영."

"누가 결혼한다고 했어요?"

미영의 항의에도 이동의 야릇한 검진은 계속되고 있었다.

"입, 코, 귀는 이상이 없고."

"오빠!"

"다음은 내과 진료."

그는 이렇게 말을 하며 다시 미영의 입술을 삼켰다. 그리고 미영의 상의를 벗겨냈다. 브래지어도 어디론가 사라져 버렸다.

"으음, 아주 건강한 가슴이군."

그의 입술이 그녀의 가슴을 배회하고 있었다.

"유두의 빛깔도 좋고."

그가 유두를 빨아들였다.

"내과에서는 이렇게 검사 안 하거든요."

"……."

미영의 말은 철저하게 무시되고 있었다. 그리고 어느 순간 미영은 자신이 옷을 하나도 안 입고 있음을 알게 되었다. 그의 입술에 정신이 팔려서 이렇게 된 사실도 알지 못했다.

"누가 들어오면 어떻게 해요?"

"나랑 섹스하는 게 싫은 건 아니고?"

"그건 아니란 거 알잖아요."

솔직히 미영과 이동은 너무나 잘 맞는 섹스 파트너였다.

"여기서 끝까지 할 거예요?"

"응."

이동은 우직하게 자신이 뱉은 말을 지키는 스타일이었고 오늘도 그럴 거란 걸 미영은 잘 알았다.

"오늘 왜 오라고 한 거예요?"

"미영이 너무 고파서."

"우리 어제도 한 거 알죠?"

요즘 이동은 미영이 혼자 사는 집에 하루가 멀다 하고 찾아와서 정신을 쏙 빼놓는 섹스를 하고 돌아갔다.

"아무리 생각을 해도 같이 살아야 할 것 같아서."

"뭐라고요?"

"미영이와 매일 같이 섹스를 하고 싶어."

"미쳤어요?"

"미친 것 같아. 나도 오늘 희동이네 빌라 계약했어."

할 말이 없었다.

"미영이도 희동이랑 형수랑 사는 게 좋지?"

"좋긴 하지만……."

"그럼 됐어."

그의 입술이 미영의 입술을 다시금 집어삼켰다. 그들은 그렇게 이비인후과에서 밤새도록 짙은 사랑을 나누었다.

카페에서 나온 우리는 함께 차를 타고 친정으로 향했다. 이제 우리 집이라는 표현보다는 친정이라는 말이 더 익숙해졌다.

"어떻게 이런 생각을 했어?"

나는 재희의 손을 살짝 잡았다. 기어에 재희와 내 손이 나란히 올라가 있었다.

"내가 표현하는 법에 서툴러서 미안해."

"아니, 내가 이해력이 부족했던 것 같아. 널 그냥 무섭게만 여기고 말이야."

"나처럼 부드러운 남자가 어딨다고."

"맞아, 넌 너무 부드러워."

나의 손이 그의 손에서 빠져나와 그의 허벅지를 쓰다듬었다.

"넌 모든 게 섹시한 것 같아."

"백희동, 운전 중이야."

"차 옆에 세우면 안 돼?"

"……."

그는 대답 대신에 친정집 근처의 어두운 자리에 차를 댔다.

"네가 실수한 거야. 내가 이 동네 지리를 좀 알거든."

"난 그걸 노린 거지."

그의 입술이 나의 입술을 순간적으로 덮쳐왔다. 이렇게 짜릿한 키스를 하는 남자가 내 남편이었다. 그의 혀가 나의 입안을 점령하고 있었고 나의 여성은 촉촉이 젖어들어 가고 있었다.

"내 남편은 너무 키스를 잘한단 말이야."

나의 손이 그의 얼굴을 부드럽게 쓰다듬었다.

"희동아."

"재희야."

그의 입술이 못 참겠다는 듯이 나의 입술을 삼켰다. 그리고 나의 가슴을 만지기 시작했다.

"미치겠어."

그의 말은 사실이었다. 그의 페니스가 바지를 뚫고 나올 기세였다. 그의 키스가 점점 더 수위를 높여가고 있을 무렵 갑자기 누군가 차를 두드리기 시작했다.

"차 좀 빼주세요!"

어두워서 남자의 얼굴이 잘 보이지 않았지만 분명히 우리가 한 걸 다 보았을 것이다.

"재희야, 빨리 가."

나와 재희는 집으로 올 때까지 한마디도 하지 못했다. 그리고 집에 도착하자마자 내 웃음보가 터져 버렸다.

"왜 웃어?"

"그냥 웃기는 상황이잖아."

"그 자식이 좋은 시간을 망쳤어."

"아니, 잘 끊어준 거야. 들어가자."

우리는 빌라 안으로 서로 손을 꼭 잡고 들어갔다.

"엄마, 우리 왔어."

우리라는 말에 엄마가 주방에서 얼른 나왔다.

"장모님, 저 왔습니다."

"그래, 잘 해결됐어?"

"네."

엄마의 얼굴에도 안도의 미소가 걸렸다.

"나희는 뭐래?"

"쌍둥이는 아주 건강하고 좋아. 네 오빠가 문제지."

"오빠가 왜?"

"네 오빠 입덧한다."

"뭐?"

"아주 가지가지 해서 못살겠다."

그때 주방에서 나희가 나왔다. 나희는 나와는 다르게 살이 많이 올라 있었다. 하긴 마음고생 안 하지, 엄마가 하루가 멀다 하고 먹을 거 보내지, 모두가 나희에게 지극정성이었다.

"오빠는?"

"화장실."

"우웩."

오빠의 헛구역질하는 소리가 들려왔다.

"입덧이야."

하긴 산부인과 의사인 나희가 하는 말이니 확실한 것 같았다.

"가지가지 한다. 임산부인 나도 너도 안 하는데 큰오빠 좀 주책이다."

"할 말이 없다."

"형님, 부럽습니다."

재희의 말에 오빠는 대답 대신에 한 번 더 크게 올리고 있었다. 모처럼 저녁엔 식구들이 다 모였다. 물론 오랜만에 시댁 식구들도 올라오셨다.

"너희 둘 때문에 우리까지 무슨 고생이냐?"

엄마가 오랜만에 보는 친구 앞에서 우리에게 한마디 했다. 시어른들이 불편해하실까 봐 일부러 더 그러시는 것 같았다. 어쨌든 모처럼 즐거운 저녁을 먹은 우리였다.

나는 재희와 함께 우리들의 보금자리로 오랜만에 돌아왔다. 참 이상한 게 인테리어까지 다 바꾸었지만 오래 살던 집 같은 느낌이었다. 재희가 나의 손을 잡고는 침실 맞은편 방으로 이끌었다.

"여기가 우리 한방이 방이야."

그렇게 말을 하며 문을 열었고 나는 아기침대와 옷, 장난감으로 가득한 그린 빛깔의 방 안에 마음을 빼앗겼다.

"예쁘다."

"마음에 들어?"

"응, 정말 최고야."

난 재희의 허리를 꼭 끌어안았다. 그의 키가 너무 커서 목에 팔을 올리기도 부담스러웠기 때문이었다.

"사랑해."

"나도."

사랑한다는 말이 이렇게 쉽게 할 수 있는 말일 줄 몰랐다.

"자꾸 이러지 마."

그가 날 살짝 밀어냈다.

"왜?"

난 서운한 마음이 들었다.

"자꾸 이러면 나 못 참아."

"뭘?"

"널 갖고 싶어진단 말이야."

그의 말에 난 얼굴이 붉어지기 시작했다. 아직 그렇게 야한 말에는 적응이 되지 않았다.

"해도 돼. 의사 선생님이 조심한다면 괜찮다고 했어."

재희의 얼굴에 내가 너무나도 매력적이라 생각하는 미소가 떠오르고 있었다.

"진짜야?"

"어머!"

그렇게 말함과 동시에 날 안아 올리더니 침실로 향하기 시작했다.

"뭐 하는 거야?"

"급해. 그리고 시간이 아까워."

재희는 나를 안고는 거의 달리다시피 침실로 들어갔고 침대에 날 내리자마자 정신없이 나의 옷과 자신의 옷을 벗었다. 그리고는 키스를 하는 게 아니라 나의 배에 손을 댔다.

"얼마나 보고 싶었는지 알아? 지난 5년 동안 널 기다릴 때보다 요 몇 주가 날 더 힘들게 했어."

"미안해."

"그런데 우리 아기가 어디 있는 거야? 배가 더 들어갔어."

"앞으론 나올 거야."

"많이 먹기로 약속해."

"알았어."

그의 입술이 나의 입술을 삼켜 버렸다. 그의 혀가 주는 느낌은 처음과는 달랐다. 하루가 다르게 내가 흥분하는 곳을 잘 찾아내는 그였다. 확실히 고등학교 때 핵심을 잘 파악하던 이유가 있었다.

"으으음."

그의 혀가 나의 목젖까지 파고들었고 그의 손이 나의 가슴을 움켜쥐었지만 예전과는 다르게 부드러웠다. 아기를 위해 배려를 하고 있는 것이었다. 그는 지금 최고로 흥분해 있었다. 그의 페니스가 나의 배를 아까부터 찌르고 있었기 때문이었다.

"빨아줘."

나는 가슴을 그에게 내밀며 말했다. 그가 나의 유두를 덥석 물었다. 그리고 굶주린 짐승처럼 빨아들이기 시작했다. 지금 극도로 흥분을 한 그는 자제력을 점점 잃어가는 것 같았다.

"가슴이 커졌어."

"앞으론 더 커질 거야."

"안 돼."

"호호호, 그게 안 된다고 안 되는 게 아니잖아."

"다른 놈들이 네 가슴을 훔쳐보는 게 싫어. 고등학교 때 한 녀석이 네 가슴이 너무 섹시하다고 해서 나한테 죽도록 맞았어."

"기억나. 네가 주먹이 다 까져서 왔었잖아."

그가 나의 가슴을 빨다가 나를 쳐다봤다.

"어떻게 알았냐면 넌 유도를 해서 웬만한 일에는 주먹을 안 쓰잖아. 그래서 기억나. 다른 때도 한번 그런 적 있었어. 나 좋다고 매일 학교 찾아왔던 남자애도 그랬잖아."

"맞아."

"난 있잖아, 내가 못생겨서 남자들한테 인기 없는 줄 알았어."

재희가 웃었다.

"넌 나만 봐야 한다고 생각했거든. 너무 예뻐서 항상 불안하기도 했고."

그의 솔직한 고백이 날 기쁘게 했다. 그가 나의 가슴에 다시금 키스를 퍼붓기 시작했다.

"내가 예뻐?"

"응."

그의 담백한 대답에는 진심이 담겨 있었다.

"더 빨아줘."

"위험해."

"그래도."

그의 입술이 점점 더 아래로 내려오기 시작했다. 그리고는 나의 검은 숲에 숨을 불어넣고는 자신의 혀로 검은 숲을 가르고 들어와 클리토리스를 찾아냈다. 오랜만에 그의 혀에 닿은 클리토리스는 작은 애무에도 미칠 것 같은 쾌감을 나에게 주고 있었다.

"아아아."

나의 신음이 침실을 가득 울렸다. 그리고 나의 클리토리스는 쾌감으로 움찔거렸다. 아랫배가 찌릿했고 나의 여성은 끝없이 젖어 들었다. 할짝이는 그의 혀에 영혼까지 흔들리고 있었다.

뱃속에 아이가 있다는 것도 잊고 난 허리를 들썩이며 그의 혀를 받아들이고 있었다.

"미치겠어."

"움직이면 안 돼."

"아니, 싫어."

나는 그의 혀가 움직이는 대로 아주 거친 몸짓을 했다. 나의 몸

짓에 재희의 호흡이 거칠어지고 있었다.

"5년 동안 매일 밤 널 가지고 싶었어. 첫 키스를 한 이후부터 난 더 너에게 빠져들었어."

"진짜?"

"어, 네가 알면 기절할 정도의 야한 꿈을 날마다 꿨어."

"그럼 그렇게 해줘."

"희동아."

"제발, 날 먹어줘."

나는 지금 그 어떤 때보다 재희가 필요했다.

"넣어줘."

"희동아, 제발."

"재희야."

"이러면 난 진짜 자제할 수가 없어."

"그런 거 하지 마."

재희가 나의 다리를 힘껏 벌리고는 자리를 잡더니 거칠게 질 안으로 자신의 페니스를 밀어 넣었다.

"아악."

아직도 그의 크기는 버거웠다.

퍽퍽퍽.

오랜만에 듣는 이 소리에 난 흥분이 되었다.

"더 깊이."

"안 돼. 조심해야지."

나는 아쉬웠지만 그의 말을 듣기로 했다. 하지만 나만 매번 만족을 하는 것 같았다.

"재희야, 잠깐만."

나의 말에 그가 동작을 멈추었다. 나는 몸을 일으키고는 그를 밀쳤다. 그가 침대의 반대방향으로 눕자 난 그의 페니스를 입에 물었다.

"읍! 희동아."

그는 나의 갑작스러운 공격에 놀란 것 같았다.

"으으윽."

그의 신음 소리가 나에게 용기를 주었다. 나는 그의 커다란 페니스를 잡고는 아래위로 움직이고 입으로는 빨기 시작했다.

"희동아."

재희의 입에서 나의 이름이 나올 때마다 마치 그가 나의 유두를 빠는 듯한 쾌감이 온몸에 퍼졌다.

"재희야, 너무 좋아."

"미치겠어."

재희의 페니스가 내 입안에서 움찔거리고 있었다. 그 색다른 느낌이 나를 사로잡았고 재희의 반응이 나를 기쁘게 했다.

"그만."

재희가 이렇게 말을 하더니 나를 다시 침대로 눕히고는 자신의 페니스를 내 질 안으로 삽입했다.

"아아앙."

그의 움직임이 빠르게 바뀌었다. 아마도 끝을 향한 마지막 몸부림 같은 것이었다. 커다란 그의 페니스는 나의 질을 거칠게 점령하고 있었다.

"헉헉헉, 좋아?"

"응, 미치겠어."

"어디가 좋아?"

"다."

모든 게 좋았다. 어릴 적 친구가 이렇게 야릇한 사이가 될 줄은 상상도 하지 못했었다.

"아아아악."

그가 마지막 몸짓을 하고는 나의 몸 위로 쓰러졌다.

"헉헉, 너무 좋았어."

"나도."

그의 땀에 젖은 몸이 기분 좋게 나를 덮었다.

"고백 하나 할까?"

그가 갑작스럽게 고백을 한다는 소리에 난 고개를 들어 그를 보았다.

"난 네가 처음이야."

"알아, 말했잖아."

"내가 하는 모든 일에 처음은 바로 너라고."

그의 말이 가슴에 와 닿았다.

"나도 마찬가지야."

"아직도 이해가 안 되는 게 조민성이 그 자식은 어떻게 널 보고 참았을까? 이렇게 섹시한 여자를 두고 말이야."

"너만 그런 거야."

"아니야, 넌 지금도 지나가면 남자들의 시선을 받아. 기분 나쁘게."

재희가 애처럼 투덜거렸다.

"진짜?"

"응."

"기분 나쁘지 않네."

나는 그렇게 말을 하고는 자리에서 일어났다.

"어디 가려고?"

욕실 쪽이 아닌 문 쪽으로 가자 그가 물었다.

"나 집 구경도 제대로 못 했어. 지난번 들렀을 땐 조민영 때문에 아무것도 눈에 안 들어왔거든. 아참, 조민성은 어떻게 됐어?"

"징역 4년 정도 나올 것 같아."

"언제 확정인데?"

"나오는 대로 말해줄게."

"소라 언니가 요즘에 임신했다고 좋은 말만 들으라고 그런 거 신경 쓰지 말래."

"나도 누나 생각이랑 같아."

그가 어느새 내 옆으로 와서 가운을 걸쳐 주고 자신도 가운을 입었다.

"추우니까 입어."

재희는 아주 다정한 남자였다. 미영이가 말했듯이 나만 모르고 있었던 거다. 괜히 웃음이 나왔다.

"와, 주방은 완전 예술이다. 그동안 밥은 먹고 다닌 거야?"

"응, 엄마가 반찬 다 해주고 밥은 밥솥이 하니까 난 차려 먹기만 하면 돼."

냉장고 문을 열자 식재료는 없고 반찬통이 한 가득이었다.

"어머님이 힘드셨겠다."

재희가 나를 뒤에서 안았다.

"우리 희동이는 음식 못 하는데 당분간 양쪽 집에서 가져다 먹어야지."

"음식 잘하는데?"

"입덧이 심하다고 하고 가져다 먹자. 그래야 네가 편해."

"오올, 신랑밖에 없네."

"당연하지."

그의 심장이 나의 등 뒤에서 거칠게 뛰었다. 그러더니 가슴 사이로 손을 넣어 나의 가슴을 만지기 시작했다.

"병에 걸렸나 봐."

재희의 말에 난 깜짝 놀랐다.

"어디 아파?"

"응. 너만 보면 이 녀석이 이렇게 돼. 나도 괴롭다."

"어머."

그의 페니스가 단단해져서 나의 허리를 누르고 있었다.

"발정난 짐승이 된 기분이야."

"발정난 개 돼본 적 있어?"

"응, 너만 생각하면 그래."

그가 다시 나의 손을 잡아 끌어당겼다.

"뭐 하는 거야. 집 구경도 아직 다 안 끝났어."

"조금 있다가."

"재희야."

"날 이렇게 만든 건 너라고."

재희가 날 다시 안아 들고는 침실로 갔다. 우리는 한동안 방에서 나오지 않았다. 야릇한 우리들의 시간이 시작되었다. 아무도 방해하지 않는 오로지 둘만의 시간이었다. 29년 동안 모든 걸 같이 했던 재희와 이렇게 된다는 건 난 상상도 해본 적이 없었다.

그러고 보면 하늘에서 점지해 준 짝이 있는 것 같았다. 난 그 행운을 아주 어릴 때부터 잡았던 것 같다. 전생에 나라를 구한 게 분명했다. 재희는 지금 내 옆에 쓰러져 코까지 골며 자고 있었다.

난 턱을 괴고는 잘생긴 신랑의 얼굴을 한동안 쳐다보았다. 그리고 창밖을 보며 하늘에 계시는 신께 감사의 인사를 했다. 그리고는 재희의 품 안으로 파고들어 깊은 잠을 청했다. 정말로 달콤한 인생이 나를 기다리고 있었다.

—끝—